차례

프롤로그

1부
격동기의 어린시절

차례

2부
의사의 길로 들어서다

3부

어린이와 함께한
행복한 시간

차례

4부
의사에게 정년은 없다

에필로그

사랑과 존경을 담아

걸어온 길

여는 말

 내 나이 오십이 되었을 때 벌써 어머니는 징그럽다고 하셨다. 이제 회갑이 넘으니 나도 살아온 길을 자꾸만 돌아보게 된다. 그러다가 우리를 낳아주시고 우리와 그 세월을 함께 하셨던 부모님의 삶은 어떤 것이었을까, 문득 생각이 들곤 한다. 불현듯 부모님의 삶에 대해 우리가 얼마나 알고 있나 싶은 생각에 화들짝 놀란다. 그토록 오랜 시간을 가까이에 있었지만 내가 아는 아버지는 어쩌면 일부일 뿐이고 저마다 다른 기억 속에 남아있는데, 그마저 망각의 늪으로 사라져가고 있는 건 아닐까 두려워진다.

 그래서 우리들은 아버지의 회고록을 내기로 했다. 긴 세월 일곱 딸들에게 언덕이 되고 등대가 되셨던 아버지, 그 모습을 내내 기억하고 싶고 두고두고 그리워할 것이기에 아버지의 삶을 온전히 기록으로 남기자고 뜻을 모았다. 그리고 그것을 아버지의 손주들과 그 손주들에게 전하고, 또 아버지의 삶에서 함께 해왔던 소중한 분들을 떠올리며 고맙고 반가운 마음을 간직하고 싶었다. 나중에는 영혼의 도서관에 아버지의 회고록을 남겨 그 뜻과 발자취의 향기를 오래도록 맡고 싶다.

 사실 이 회고록은 2010년에 처음 기획하여 시작하였으나, 여러 가지 사정으로 이제야 펴내게 되었다. 그 사이에 십년 넘게 공백이 생겨서 충분히 다 담아내지 못하고 시간차가 생겼다. 그동안 그렇게나 일평생 금슬 좋던 어머니가 뇌출혈로 쓰러져 6년 넘게 지내시다가 2020년에 돌아가셨다. 어머니 박계숙님의 남편과 자식에 대한 헌신은 누구도 따를 수 없을 만큼 혼신의 힘을 다한 것이었다. 어머니가 아프실 때도 아버지는 소년처럼 웃음 가득한 눈을 빛내며 어머니에게 이런저런 질문과 이야기를 끝없이 하셔서 역시 인생의 가장 좋은 길동무였음을 알 수 있었다. 바깥나들이에서 들어오시다가 서로 마주보는 순간, 두 분 얼굴에 누가 먼저랄 것 없이 환하게 번지던 미소는 두 분이 얼마나 의좋게 살아오셨는지 누구라도 느낄 수 있게 했다. 그렇기에 두 분의 60주년 결혼기념일에 회혼식을 열어 자식들과 손주들, 증손주까지 모여 축하할 수 있었던 것은 모두의 기쁨이고 다행이었다.

이제 구순이 넘은 아버지의 인생에 소중했던 분들을 만나고, 함께 하셨던 기억을 되살리며 행복한 추억의 시간을 보내시도록 해드리고 싶다. 평생 어린이를 사랑한 소아과 의사로서 제자들과 오래오래 인연을 맺어오고, 가까운 친척들과 친지들에게 할 수 있는 최선을 다한 아버지께 자식들의 고마움과 존경의 마음을 조금이나마 표현하고 싶다. 특별히 아직까지도 정기모임을 이어오며 아버지와 두터운 사제의 정을 나누어온 이산회 선생님들께 깊은 감사를 드린다.

아버지 회고록을 준비한다고 할 때 임권택 아저씨가 아버지의 평범함 속에 담긴 남다른 점들을 잘 발견해보라고 하신 말씀을 내내 생각해본다.

자식들의 마음을 담아, 큰딸 진화 씀

아버지, 우리 아버지!

첫　째 : 정 진 화
둘　째 : 정 진 주
셋　째 : 정 진 옥
넷　째 : 정 진 경
다섯째 : 정 진 남
여섯째 : 정 진 영
일곱째 : 정 진 선

셋째　아빠가 '공주님 태어났다!'고 외치던 소리가 지금도 생생해. 우리가 방림동에 살았을 때, 진영이가 태어났잖아. 그날이 크리스마스 이브였는데, 눈이 소복하게 오고 있었어. 웬일인지 그날 기억이 또렷하게 남아있어. 아빠가 부엌에서 뭔가를 끓이고 계셨는데 아마 분만에 필요한 도구를 소독하고 계셨을 거야.

둘째　그때는 아빠가 아이를 직접 받으셨잖아.

셋째　그리고 기억나는 장면은 아빠가 애를 받아 안고 나오시면서 "공주님이 태어났다"고 외치시는 거야. 그때가 새벽인데 우리가 모두 한쪽 방에서 기다리고 있었나봐. 어린 마음에도 여동생이 생겼다는 게 굉장히 좋았던 것 같아.

첫째 그날이 크리스마스라서 좀 특별했나? 나도 일기를 썼더라. 내가 남동생이길 기대했다는 내용이었는데, 마무리는 그래도 착한 아이기만 하면 된다고 썼더라고. (웃음)

여섯째 그래서 내가 이렇게 착한가? (웃음)

일곱째 언니들은 다 집에서 태어났지만 난 귀하신 몸이라 한강성심병원에서 태어났잖아.

첫째 우리가 서울이라는 곳으로 이사를 왔다는 증거지

다섯째 근데 제일 고급스럽게 탄생한 사람이 어렸을 때는 꽤나 골골했지? (웃음)

첫째 진영이는 몸도 유연하고 건강해서 내가 강하게 키워야 한다면서, 넘어져도 일으켜주지 않고 먼 길도 걸어가게 하고 그랬는데, 진선이 너는 몸이 약해서 많이 봐줬잖아.

여섯째 나 어렸을 때 무용시킨다면서 다리 찢기도 하고 그랬는데, 정작 무용은 진남언니가 하네.

둘째 네가 좀 통통하기도 해서 우량아 선발대회에 내보내자고 했는데, 하필 아버지가 심사위원이라 포기했지.

넷째 큰언니의 그런 모습이 아빠를 닮았어. 그래서 내가 큰언니를 좋아했나봐. 꼭 엄마 처럼 의지가 되고 언니 말도 잘 들었잖아.

셋째 맞아, 가장 아빠를 많이 닮은 사람이 큰 언니야.

첫째 그래서 내가 초저녁 잠이 많지.

둘째 우리 집에서는 정반대로 아침잠이 많은 사람이 나랑 막내야. 아버지는 새벽같이 일어나셔서 우릴 깨우셨는데, 나는 잘 못 일어나니까 게으르다고 생각하셨을 거야. 하지만 연세가 드시고 나서는 잠이 보약이라는 걸 인정해 주시는 것 같아.

첫째 방학 때 특히 우리가 게으름을 피울까봐 아침 일찍 깨워서 체조를 시키셨잖아. 그때 우리 집에 놀러왔다가 자고 갔던 친구들은 지

금도 그 얘길 해. 일단 일어나서 체조를 한 다음에 아버지 나가시고 나서야 모자란 잠을 보충했거든.

셋째 아빠를 한 문장으로 표현하면 '부지런하시고, 바로 행동으로 옮기는 사람.'

일곱째 긍정적이시고, 따뜻하심을 빼면 안 되지. 난 아빠의 따뜻함을 잊을 수가 없어. 아침에 일어나 학교 가기 전에 발이 시리면, 아빠 무릎 뒤 오금에 내 발을 끼어놓고는 따뜻해지면 나가라고 하셨잖아.

여섯째 수능이랑, 연합고사 볼 때는 어디서 사셨는지 조그만 손난로에 가스를 주입해서 들려 보내셨어.

다섯째 겨울에는 강아지 손이 차갑다고 아빠 코트에 손을 넣어주셨던 기억이 나.

일곱째 그래도 나만큼 성은을 입은 사람이 없을 걸. 중고등학교 때, 어느 날 엄마가 아프셔서 아침밥이 없었는데 석쇠에 토스트를 구워서 주셨어. 가스렌지 위에다 쥐포를 굽듯이. (웃음) 요리를 못하시지만 뭔가 딸을 위해서 정성껏 하신 거야.

셋째 아마 아빠가 마음만 먹으면 요리도 잘하셨을 거야. 둘째 언니 실과 숙제가 장갑 뜨기였는데 아빠가 떠주신 거 기억나?

둘째 그랬나? 난 기억에 없네.

셋째 쑥색으로 색깔이 약간 촌스러웠지만 기초 뜨기로 해서 만드신 거였어. 근데 그걸 우리가 대를 이어서 숙제로 제출했잖아. (웃음)

넷째 진짜 이거는 보통 다른 아빠는 못 하는 건데, 우리 아빠는 할머니를 많이 도와주셔서 재봉틀을 다룰 줄 아셨잖아. 언니들 중학교 때부터 가사공부를 위해 재봉틀 하는 걸 가르쳐주셨어. 우리 집에 앉아서 돌리는 재봉틀이 있었거든. 셋째 언니도 배우고 나도 배웠지.

첫째	바늘에 실을 꿰서 바느질하는 것도 가르쳐주셨어.
여섯째	엄마가 집안일에 너무 바쁘고 힘드셔서 아버지가 해주신 게 더러 있었지. 아빠는 남녀가 하는 일을 구분하는 분이 아니라서, 당신이 그렇게 하는 것에 대해서 전혀 거리낌이 없으셨던 것 같아.
일곱째	아빠가 장도 많이 봐오셨잖아. 1980년대만 해도 마트 문화가 아니기 때문에 남자들이 장을 보는 경우가 드물어서, 양복을 입은 남자가 나타나 장을 엄청나게 봐 가니까, 시장사람들이 호텔 지배인인줄 알았더래. (웃음)
넷째	그렇게 아빠가 솔선해서 하시면서 우리한테도 엄마를 도우라고 늘 말씀하셨지. 우리는 명절 증후군을 결혼 전부터 겪었잖아. (웃음) 큰 일이 있을 때마다 우리가 도와서 한 거 보면 우리도 나쁜 애들은 아니야.
일곱째	결혼하고 나서가 더 편했다니까.
여섯째	아빠가 등산 가실 때는 엄마 좀 편하라고 항상 우리 중에 두세 명을 데리고 가셨지.
일곱째	산뿐만 아니라 부부동반 자리가 있을 때, 엄마는 피곤해서 못 가신다며 우릴 딸려 보내실 때가 많았어.
넷째	어떨 땐 산에 가기 싫어도 삼겹살 얻어먹으려고 갔잖아. 꼭 거기 가면 삼겹살을 구워주니까 고기가 귀할 때 그게 맛있어서 열심히 따라다녔네.
셋째	나는 그날 메뉴가 해물탕이면 안 따라가고, 고기면 따라가고 그랬다네.
넷째	그니까 언니는 한수 위라니까. 정신세계가 다른 것 같아. 나는 그날 가서 고기가 나오면 다행이고 아빠가 끓여주시는 김치찌개만 있으면 됐던 것 같아.
다섯째	여러 가지 이유가 있겠지만 아빠가 우릴 강하게 키우시려고 산에

어린이 건강을 품은 소아과 의사 정우진 **애들아, 안녕?**

데리고 다닌 것도 있어. 중학교 때 설악산에 처음 갔을 때, 눈이 엄청나게 왔잖아. 근데 금강굴 올라가는 그 철계단 앞에서 언니들은 잘 올라가는데 나는 중간에 겁이 나서 도저히 못 올라가겠는 거야. 그래서 아빠한테 말씀을 드렸더니, 아빠가 냉정하게 "그래, 그럼 넌 여기 있어라." 그러셔서 거의 울면서 올라갔잖아. 그래도 온통 얼어붙은 계곡 옆에서 아빠가 해주신 버너 밥과 김치찌개는 정말 맛있었어.

둘째 그 장면 생각난다. 눈이 엄청나게 오는데 저기를 어떻게 올라가나 했던 거.

다섯째 거기 올라가면서 눈을 홀딱 맞고 찍은 사진이 있잖아.

첫째 그날 동굴 속에 피신해 있으면서 밖에는 눈보라가 오는 걸 보고 있는데, 정말 신비로웠어. 아빠가 우리한테 다양한 경험을 하게 하셨던 것 같아. 늘 이런저런 제안도 많이 하시잖아.

다섯째 아빠랑 등산 다니면서 제일 덕을 본 사람은 나일 거야. 난 어렸을 때부터 몸이 약하고 말라서 잘 먹지도 않는 울보였던 것 같아. 근데 중고등학교 때 산을 열심히 쫓아다녀서 튼튼해졌고 중학교 때는 무용도 할 수 있었잖아. 그때 하루에 다섯 끼씩 먹으면서 키도 팍팍 컸어. 산을 많이 다니니까 지구력이 생겨서 고등학교 때는 오래달리기 하면 전교에서 1등을 했었다니까. (웃음)

첫째 우리가 늘 아버지를 본받으려고 하면서 살아왔지만, 아버지만한 자식이 있을까 싶네.

여섯째 아빠가 평생 해 오셨던 일 말고 다른 일을 하셨다면 뭘 하셨을까?

다섯째 군인?

셋째 스트레스 없이 한 가지만 할 수 있는 일.

일곱째 발명가, 기계 발명 연구가? 기발한 거 좋아하시고 이공계 계통 관심 많으시니까.

둘째 발명회사 사장 말고 발명가.

넷째 사업은 아니다. 공무원 하셨어도 잘하셨을 듯싶네.

첫째 소설가가 될 뻔했다고 그러신 적이 있었어.

둘째 그래. 아버지는 호기심이 많아서 다른 일 하셔도 잘 하셨을 거야.
무엇보다 늘 즐겁게 일하시는 모습이 참 대단한 것 같아.

1부

격동기의 어린 시절

_____

넷째 아들로 태어나 장남이 되다

나는 동래정씨 26대 손으로 전라남도 나주군 나주읍 과원동 109-15에서 태어났다. 아버지 정인위(鄭寅瑋)는 나주에서 태어나 경성고등보통학교(현 경기고)를 졸업하고 총독부에 잠시 나가다가 전라남도 나주군청 세무과(나중에 세무서로 분리됨)에서 강진 직세과장으로, 광주, 곡성, 벌교, 강진 등에서 세무서장 등을 지내고 장흥군수로 재직하시는 등 관직을 두루 거쳤으나 곳간은 늘 가물기만 했다. 말씀이 많은 분은 아니었지만, 장손인 내가 집안 내력에 대해 알고 살아가기를 바라셨다. 그래서 동래 정씨는 조선시대에 정승 17명, 대제학 2명, 문과 급제자 198명을 배출했는데, 당파에 휩쓸리지 않고 학자로서 청빈한 삶을 살아온 올곧은 가문임을 강조하셨다.

할아버지의 고향이 경성이지만 아버지의 고향이 장성이 된 데에는 역사적 비극이 깔려 있다. 할아버지가 이조 말엽 경남 언양 군수를 거쳐 전남 완도 군수를 지내시던 중 1910년 한일합방 문서에 조인하는 경술국치를 당하자, 그 자리를 그만두셨다. 상경하던 중 잠시 장성에 머무르게 되었는데 그곳에서 아이들을 가르쳐달라는 부탁에 눌러 앉아 계시다가, 호적법이 생기면서 전남 장성군 북이면 원덕리 72번지가 본적이 되어 버렸다. 어머니의 함자는 임종인(林鍾寅)으로 고향은 장성이다. 외가는 장성에서 삼형제의 땅을 밟지 않고는 어디든 갈 수 있는 곳이 없다고 할 정도로 부잣집이었지만, 어머니는 학교 다니는 것이 허락되지 않아 서당선생님이 집으로 방문하여 글을 가르쳐주었다.

아주 어렸을 때 외가가 있는 장성군 임서면에 어머니 손을 잡고 두어 번 다녀온 적이 있다. 그 마을에서는 제일 큰 한옥에 사랑채가 2,3개, 대문 옆에 머슴이 거처하는 방이 2,3개였으며, 개도 7,8마리나 뛰어다녔다. 집 뒤편 대나무 밭에 변소가 있었는데 밤에는 무서워 혼자 갈 수도 없고, 게다가 바람까지 부는 날에는 그 '쏴야'거리는 소리에 오금이 저렸다.

아버지보다 키가 크고 몸집이 컸던 어머니는 혼인을 한 다음에 넉넉지 않은 집안 살림을 꾸려 가느라 늘 분주하셨다. 내 기억 속의 어머니는 긴 곰방대를 물고 담배를 태우시던 모습이다. 그 무서운 외할아버지가 딸에게 직접 담배를 권하고 아들들과 달리 당신 앞에서 담배 무는 걸 용납하셨다고 한다. 이것은 내가 네 번째 아들이면서 장남이 된 사연과 관련된다. 내 위로 형 세 명이 어린 나이에 홍역으로 세상을 떠났고 나 또한 홍역으로 거의 죽었다가 살아났다. 어머니는 어깨가 많이 아프셨는데 '하도 관을 때리며 통곡하여 얻은 병'이라고 하셨으니 그 상심은 상상을 초월하는 것일 게다. 형들 대신 장남으로 대접 받으며 귀하게 자란 나의 어린 시절에는 부모님의 이런 안타까운 가슴앓이가 무겁게 깔려있다. 내가 다소 속 깊은 아이로 자란 이유이기도 하다.

죽다 살아나서인지 나는 초등학교 다니기 전까지는 좀 골골한 편이었다. 집에서도 형들을 잃은 탓에 괜히 저어하는 마음이 커 나를 밖에도 잘 내보내지 않았다. 내 위로 두 누님은 나이 터울이 커서 거의 어머니처럼 날 예뻐하셨는데, 큰 누나가 결혼한 첫 날 밤에는 여동생과 함께 신혼 방에서 같이 자기까지 했다. 아마도 내가 홍역 끝에 몸을 회복하는 기간이었고 집에 온돌방이 딱 하나뿐이라 어린 우리를 같이 재운 것 같다. 두 살 터울인 여동생 정성혜(鄭聖惠)가 태어나고 다시 3년 뒤에 남동생 정용갑(鄭龍甲)이 생기자, 나를 보물단지처럼 여기던 집안 분위기는 차츰 자연스럽게 변해갔다.

촌놈, 광주로 전학가다

2학년 때인 1939년 아버지가 광주로 발령을 받아 광주생활이 시작되었다. 우리 집은 광주천이 아주 가까이에 있는 양림동(楊林洞)에 있었다. 연립주택 같은 가옥이 몇 채 나란히 있었고, 그 중 한 집에서 우리 식구가 살았다. 집 뒤쪽으로는 작은 골목이 있었는데 그 골목을 돌아나가면 광주

천이었다. 좁은 계단으로 내려가면 맑고 얕은 시냇물이 흘렀다.

먹을거리도 놀거리도 충분하지 않았던 그 시절에는 그곳이 개구쟁이들의 놀이터였다. 실컷 물놀이를 하며 맨 손으로 붕어를 2,30마리씩 잡아 어머니께 갖다 드리면 맛난 찌개도 먹을 수 있었다. 누구에게나 가슴 깊이 차곡차곡 쌓아둔 어린 날들이 있을텐데 나에게 이렇게 맑고 천진했던 시간들을 갖게 해 주신 부모님이 참 고맙다.

내가 전학해서 들어간 서석공립국민학교(현 瑞石초등학교)는 당시 광주에서도 명문학교로 통했다. 이 국민학교는 해방 후 한때 재학생이 8천명이 넘어 전국에서 학생 수가 가장 많은 학교로 알려졌다. 3학년까지는 남녀합반을 하지만 4학년부터 졸업 때까지는 남녀분리해서 반이 편성됐는데, 그때는 3년간 한 선생님이 담임을 맡았다.

다행히 우리 선생님은 조선 사람이었다. 지금 생각해도 정말 열성적인 분이셨고, 그 선생님 생각만 하면 저절로 고마운 마음이 우러나온다. 결국 나도 일생 제자 키워내는 일을 했지만, 그 선생님처럼 존경받을 만한 사람이었는지는 잘 모르겠다.

학교가 있는 서석동은 우리 집에서 양림교를 지나 제법 걸어야 하는 곳이었다. 촌놈이 전학을 와 보니 광주 아이들은 일본어 발음이 아주 똑 떨어져서 나도 열심히 해야겠다는 생각을 했던 것 같다.

초등학교 1학년이 혼인신고를 하러가다

1941년 내가 4학년이 되던 해에 아버지께서 곡성으로 발령이 나셨다. 나만 광주에 남아 결혼한 작은 누나네 집에서 살게 되었다. 식구들과 떨어져 살아야 한다는 사실에 왈칵 겁부터 났다. 하지만 열 살 차이가 나는 작은 누나가 나를 마치 자식처럼 돌봐주셔서 오히려 잘 지냈다. 얼굴이 갸름하고 미인형인 누나는 노래도 잘하고, 아버지가 켜시는 바이올린에 맞춰 춤도 곧잘 추곤 했다고 한다.

재미있는 기억 하나는 이 누나의 혼인신고를 내가 했다는 사실이다. 우리가 나주에 살 때 17살의 나이에 누나가 결혼을 했는데, 당시 초등학교 1학년인 내게 아버지가 혼인신고를 하고 오라고 심부름을 보내셨다. 아마도 갈 사람이 없는 상태에서 어린 나라도 보내야할 급한 상황이었던 것 같다. 일본이 1937년 중일전쟁(中日戰爭)을 일으켜 전선이 확대되고 전쟁이 장기화되자, 늘어나는 주민 강간과 성병을 막고 군의 사기를 진작한다는 명목 하에 '군위안부'(軍慰安婦) 제도라는 걸 만들었다. 그리고는 10대 초반부터 40대까지 여성들을 강제로 동원하기 시작했다. 17세면 당시 혼인 관습으로 많이 이른 나이는 아니었지만, 아마도 그런 상황이 누나의 결혼을 더 서두르게 했을 것이고 어린 나라도 빨리 가서 혼인신고를 하게 되었을 것이다. 매형의 입장도 크게 다르지 않았다. 일본 도쿄에서 대학을 다니고 있던 매형 역시 징용과 학병을 피해야 하는 절박한 상황이기도 했다.

혼인신고는 나주에서 기차를 타고 장성 조금 북쪽에 있는 사거리역(현 백양사입구 역) 바로 앞 면사무소까지 가야했다. 초등학교 1학년으로서는 조금 벅찬 일이었다. 그도 그럴 것이 한 번도 혼자서 타지에 가본 적이 없었고 제법 먼 거리였기 때문이다. 난 마치 동화 속의 탐험가처럼 새로운 동굴을 하나 발견한 양 즐거웠던 일로 추억하고 있다.

기차에서 내려 건너편에 있는 면사무소에 들어가 서류를 내니까 담당자가 조금 들춰보고는 자연스럽게 접수가 됐다. 그리고 다시 그 길을 혼자 되돌아왔다. 보통 애들보다 학교를 1년 먼저 들어가서 초등학교 1학년이라 해도 좀 어린 편이었는데, 아마도 내가 좀 어른스럽게 굴었거나 똑똑하게 행동했기에 그런 심부름을 시키시지 않았을까 생각된다. 아버지는 이후에도 내가 하려는 어떤 일도 믿어주셨고, 크게 나무라신 적이 거의 없으셨다. 매사에 전전긍긍하는 성격이 아닌 것은 나 자신을 긍정할 자존감을 심어준 부모님 덕이 아닐까 생각한다.

중학생이 되어 기숙사로 독립하다

2차 세계대전 막바지이던 1943년 가을, 초등학교 6학년 후학기가 되자 모든 교과서를 일찍 끝내고 입시공부에 주력했다. 아마도 1970년대 초반 중학교 입시가 없어질 때까지 많은 초등학교 학생들이 입시 지옥을 다 같이 겪었을 것이다. 매일 5,6시간씩 시험을 보아야 했고 서중에 갈만한 친구들은 남아서 따로 특강을 받아야 했다. 그 무렵 광주서공립중학교(이후 '서중')는 명문학교로 호남지역의 수재들이 모두 진학을 희망하는 학교였다.

나는 창가(음악), 도화(미술), 체조 등 예체능(藝體能)이 미숙해서 초등학교 6년 동안 우등상을 한 번도 받지 못했고, 전체적으로 중간 이상 정도의 성적이었다. 다른 과목보다는 수학을 좋아해서 잘하는 편이었다. 1944명 봄 광주서중 입시에 우리 반에서 2,30명이 합격했다. 지방학교를 기준으로 볼 때 한 군에서 서중 합격생이 두 명만 나와도 잔치를 벌일 정도였다. 서중에 입학했을 때 내 성적은 160명 중 18등이었다고 들었다. 그때 광주심상고등소학교(현 광주중앙초등학교)는 일본인들만 다니던 학교였고, 그들은 동중(東中)으로 진학했다. 그 중에 조선인도 있어 나중에 한명이 의대에 들어왔다.

4월초 입학 첫날 일본인 담임교사인 사사기 선생이 운동장에 나를 포함한 여러 명을 불러 세워놓고, 학급 학생들 앞에서 교련구호를 외치며 훈련을 시키도록 해 급장, 부급장을 선출했다. 그러나 나는 뽑히지 못했다.

중학교는 기숙사 생활이었다. 2년간 살던 누나와 떨어져 불안하기보다는 오히려 독립한다는 기분이었던 걸 보면 제법 철이 들었던 모양이다.
기숙사는 동료(東寮)와 서료(西寮)로 나뉘어 10개씩 방이 있었다. 침대는 없지만 책상은 저마다 하나씩 쓰도록 되어 있었다. 화장실은 밖에, 다 같이 쓸 수 있는 옷장과 신발장은 방 안에 있었다. 나는 동료 쪽 7호실에서 곡성(谷城) 출신 친구들 세 명과 방을 같이 썼다. 구례(求禮)와 곡성 출신 여덟 명이 7호와 8호 두 방에 나뉘어 있었는데 내 같은 방 친구들은 조택, 양형철, 조희목이었다. 그 친구들 이름이 아직도 기억나는 것이 나 스스로도 참 신기하다. 아니, 그런 시절이 내 삶의 어느 한 지점에 아름다운 추억으로 박혀 있다는 것 자체가 축복이다.

한창 궁금한 것 많고 먹고 싶은 것도 많을 나이였던 우리는, 밤새 수다를 떨며 엉뚱한 일을 많이 꾸몄다. 기숙사 생활은 점호도 귀찮았고, 외출증도 끊어야 하고, 밤 10시면 등을 꺼야 하는 등 번거로운 일이 많았지만, 친구들과 함께 있는 것은 즐겁고 신나는 일이었다. 가장 어린 사람이 방 실장을 해야 한다고 해서 나보다 2, 3살씩 더 많은 친구들 대신 내가 방 실장을 했다.

기숙사는 한창 먹을 나이인 남자 중학생들한테는 가혹한 곳이었다. 먹을 것이 충분치 않아 우리는 머리를 짜내서 더 먹을 수 있는 방법을 연구했다. 하지만 기숙사가 아니라도 물자가 부족한 시대였으니, 우리에게 유일한 방법은 네 사람이 가위 바위 보를 해서 진 사람이 식당에 가서 몰래 남은 밥을 훔쳐 와 나눠 먹는 것이었다. 우리는 한 번도 걸린 적이 없었지만, 다른 방 친구들은 식당에서 일하는 사람한테 걸린 적이 있었다는데 그 사람이 선생님한테 이르지 않았다고 한다.

그것도 모자라 입이 궁금하면 또 다른 궁리를 했다. 다시 가위 바위 보로 한 명을 뽑아 학교 운동장 후미진 곳에 있는 채소밭에 가서 무를 훔쳐 오는 것이었다. 그러나 식당 아저씨가 감시할 의향이었는지 취침시간까지 밖에 불을 켜놓고 앉아 있곤 했다. 그렇다고 길이 없는 건 아니었다. 빛이 없는 어두운 벽을 타고 논두렁까지 다가가서 거의 눕다시피 하여 무를 뽑아왔다. 그런 스릴 넘치는 과정을 치르며 깎아먹는 무맛은 정말 꿀맛이었다.

거기까지는 좋았는데 껍질을 화장실에 버린 것이 그만 사감한테 발각되고 말았다. 온 기숙사가 발칵 뒤집히는 건 당연지사였다. 기숙사생 전체를 모아놓고 기합을 주면서, 범인은 나오라고 호통쳤으나 아무도 나가지 않았다. 물론 그 누구도 정학 당하고 싶은 사람은 없었다.

나는 착한 편이었지만 이렇게 개구쟁이 짓을 좀 했다. 그래도 그 배고픔을 조금이나마 달랠 수 있었던 것은 누님 덕분이었다. 나는 빨래를 모아 놨다가 누님 집에 갖고 갔는데, 불쌍한 동생이 왔다며 갈 때마다 쌀밥에 고기반찬을 배 터지게 먹도록 해주셨다. 매형네가 시골에서 큰 농사를 지으셔서, 그렇게 식량이 부족했던 일제 말기인데도 누나네는 보리밥도 잘 안 해먹을 정도로 항상 쌀이 풍족했었다. 나는 작은 누나를 엄마처럼 의지했고 용돈뿐만 아니라 무슨 일이 있을 때마다 도움을 주었기 때문에 부모님과 떨어져 살았지만 외롭지는 않았다.

그래도 부모님과 동생을 볼 수 있는 방학이 몹시 기다려졌다. 그 당시 곡성으로 가는 차는 하루에 두 대밖에 없었고, 버스는 뒤 쪽에 목탄을 때서 가는 목탄차였는데 가다가 멈추면 모두 내려 뒤에서 밀어야 했다.

아버지는 곡성(谷城)에서 다시 벌교(筏橋)로, 그리고 강진(康津)으로 전근을 하셨다. 나는 방학 때마다 전화로만 얘기를 듣고서 관사를 수소문해서 찾아가야 했다. 방학 때마다 내가 집에 가면 부모님과 함께 동생들이 좋아했고 나 역시 반가웠다. 뭘 하고 놀았는지는 기억이 별로 없는데 어머니 일을 많이 도와드렸던 기억은 생생하다. 보리방아를 찧거나 물건을 옮기거나 조그만 채소밭 김 매는 것뿐 아니라 김장 담그는 것도 도왔다.

집에는 늘 손님이 많이 오셨다. 식구들도 많은 편이라, 어머니의 집안일이 힘드셨기 때문에 내 힘이라도 보탤 생각을 했을 것이다. 내가 어릴 때 차호순이라는 식모가 집에 같이 살고 있긴 했다. 늦게 결혼을 할 때까지 우리 집에서 어머니 일을 도왔기 때문에 언제나 힘이 되었다. 5, 6학년부터 떡방아는 거의 내가 도맡아서 찧었고 남동생이 큰 다음에는 번갈아가며 했다. 나는 죽어라고 공부하는 아이는 아니었으나 부모님 말씀을 잘 듣는 아들이었다.

광주서중, 천황사진을 찢다

1944년은 일본이 태평양전쟁 막바지 수세에 몰려 발악하던 때로, 내선일체를 강요당해 학교는 물론 집안에서조차 우리말을 쓰지 못했다. 입학과 함께 꼭 외워야 할 것 중의 하나가 교육칙어(敎育勅語, 국민들에게 교육을 어떻게 시키라는 천황의 지침을 내용으로 함)였다. 입학 때에는 가까스로 외웠는데 교장 선생 담당이었던 수신(修身, 지금의 도덕)시간에 외워보라고 하는 것을, 결국 외우지 못해 혼난 기억이 있다.

서중은 동쪽에는 동래중학(東萊中學), 북쪽에는 평양 제2중학(平壤第2中學), 서쪽에는 서중이라고 할 정도로 이름 있는 학교였다. 이 학교 교장들은 총독부 학무국에서 보내지 않고 일본 문부성(文部省)에서 직접 보냈다. 또한 군사훈련(교련)을 시키기 위해 학교마다 보내는 배석장교가 대개 대위나 중위들이었는데 서중에는 대좌(대령)를 보냈을 정도였다. 이것은 학생들로 하여금 학교에 대한 자부심보다 일제에 저항하는 마음을 키웠을 것이다.

서중은 광주학생운동의 중심에 있었던 광주고등보통학교의 맥을 이은 항일운동의 본산이기도 했다. 입학하자 반일(反日) 사상을 가진 선배들이 우리에게 접근해 왔다. 방금 교과서 첫 쪽에 일본 천황부부 사진이 들어있는 수신 책을 받은 참이었다. 친구들 몇 명과 모여 있는데 선배들이 와서 수신책을 받았느냐고 물어 습관적으로 "하이!"라고 대답했더니 일본말 밖에 모르느냐며 선배들이 으름장을 놓았다.

그리고는 수신책을 내놓으라고 하더니 표지 다음에 있는 천황부부 사진과 교육칙어가 쓰여 있는 몇 장을 찢어버렸다. 우리가 아직 보지도 못한 것을 찢어버린 것이다. 그 다음날 당장 학교가 술렁거렸다. 하지만 책임을 추궁당할까봐 모두 쉬쉬하며 발설을 못하고 있었다. 그런 와중에 화장실에 천황 사진이 몇 장 깔린 것이 발견되자 경찰이 오고 학교가 발칵 뒤집혔다.

그런 일이 있은 뒤, 총을 어깨에 메고 하는 교련조회 때, 상급생들이 총구를 위로 가게 해야 하는데 아래로 내리는 행동을 보였다. 그것은 천황이 죽었다는 의미로 조의를 표하는 거라고 했다. 그 일의 여파가 어떤 식의 결말을 가져왔는지 기억은 없지만, 1929년 11월 3일 광주학생운동을 일으켰던 서중의 학생정신은 그렇게 은밀히 이어져 오고 있었다.

소설에 사로잡히다

나는 어렸을 때 일본 소설을 많이 읽었다. 학과 이외의 독서를 시작한 것이 소학교 5학년 때부터였다. 처음에는 동화책을 읽었고 차차 모험소설과 탐정소설 같은 걸 많이 읽게 되었다. 소설을 읽는 것이 너무 재미있어서, 중학교 입시공부를 할 때도 교과서 밑에 소설책을 감춰두고 선생님 눈치를 봐가며 읽기도 했다.

한번은 수업 중에 갑자기 선생님이 책상 서랍 조사를 한다고 하셔서, 급히 소설책을 교실 뒤쪽 청소함에 던져 넣었다. 그런데 옆자리에 앉아있던 문규열이라는 친구가 선생님에게 일러바치는 것이 아닌가! 선생님이 소설책을 꺼내시더니 책으로 내 머리를 한대 때리셨다. 내가 선생님에게 맞은 것은 그것이 처음이고 마지막이었다.

소설에 얽힌 또 한 번의 억울한 사연은 나랑 같은 학년이었던 매형의 이복동생이 내가 공부 안하고 소설책만 읽는다고 매형한테 일러바쳐 혼난 일이었다. 어렸을 때는 꼭 그렇게 고자질쟁이들이 한명씩 가까이에 있었다.

중학교에 들어가서는 연애소설에 빠지기도 했다. 책을 사는 것이 어렵고 귀하던 때라 애들끼리 책을 돌려가며 읽어, 해방 후까지 두꺼운 36권 문학전집을 다 읽었다. 그게 얼마나 재미있던지 기숙사에서는 10시 이후에 불을 꺼야 하는데, 자전거에 다는 배터리를 가져다가 램프를 켜고, 여름에는 두꺼운 이불을 뒤집어쓴 채 땀을 후드득 떨어뜨려가며 책을 읽곤 했다.

범대순(范大錞 전남대 영문과 교수로 정년퇴직)도 소설을 많이 읽는다고 소문이 났었다. 그래서 친구들 몇 명이 재미있는 놀이거리를 생각해 냈다. 책 한권을 정해서 둘이 읽게 한 다음, 정해진 날에 식당에 모여 책에 들어있는 내용으로 퀴즈를 내는 것이었다. '주인공이 어떠한 상황에서 무슨 말을 했나? 그때 어디를 갔나?'퀴즈 문제는 무궁무진했다. 서로 지지 않으려고 책을 열심히 읽었던 모습을 떠올리면 나도 모르게 미소를 짓게 된다. 그때 순진하고 열성적이었던 그 친구들은 지금 모두 어디서 무엇을 하고 있을까?

그렇게 공부보다는 소설책에 빠져 있었기 때문에 성적은 당연히 상위권이 아니었다. 쟝발장, 몽테크리스토 백작, 루팡 등등 닥치는 대로 읽었다. 모두 일본어 책이어서 덕분에 다른 사람들보다 일본어를 잘 하게 된 것 같다.

매를 드시는 일이 거의 없는 아버지에게 맞았던 것도 소설 때문이었다. 기숙사에서 나와 하숙을 하고 있던 중학교 2학년의 어느 날, 소설을 읽느라 정신을 빼고 있는 사이에 갑자기 아버지가 들어오셨다. 화들짝 놀라 소설책을 뒤로 감추며 쩔쩔매는 내 모습을 보시고는 아버지 얼굴이 굳어지셨다. 내내 아무 말씀이 없으시더니 내가 배웅을 해드리느라 집에서 나와 따라가는데, 주변에 아무도 없는 걸 확인하시고는 호통을 치셨다. "이 자식! 또 소설을 읽어?"하시며 때리셨다.

아버지는 늘 소설은 대학을 마치고 읽으면 되는데, 지금 읽는 것은 공부에 방해될 뿐만 아니라 다 잊어버리고 없어져 버리는 것이며 가치관이 정립되기 전이라 위험하다는 말씀을 여러 번 하셨다. 아마 가치관이 정립되기 전이라 더 걱정하신 듯하다. 평소에 잔소리는 안 하시는 분이었지만 안 되는 일에는 엄하셨다. 그날의 매는 평소 아버지의 모습과 달라 서럽기도 했지만, 아버지에게 실망을 안겨드려 부끄러웠던 기억으로 남아있다. 어려서 소설을 많이 읽은 것이 의사로 살면서 어떤 영향을 미쳤을까? 일제가 망하지 않고 부모님이 내가 원하는 대로 하게 했다면, 일본문학을 전공했을지도 모르겠다. 내가 남을 잘 배려하고 자상하다는 말을 듣기도 하는데, 소설을 읽으면서 생겨난 정서 때문이 아닐까 하는 생각이 든다.

잊히지 않는 기억, 일제의 동원령

학창시절을 떠올릴 때마다 절대로 잊어버릴 수 없는 일이 있다. 일제는 침략전쟁을 벌여나가는 과정에서 조선인은 갓난아이와 수족이 불편한 노인을 제외하고, 거의 모든 사람들을 어떤 형태로든 노동에 동원했다. 전쟁의 중요성을 환기시키고 후방에서도 무엇으로든 참여해야 한다는 것을 끊임없이 각인시키는 작업이었을 것이다.

우리는 초등학교 5학년 말쯤부터 교육실습이라는 명분으로 가을 벼베기에 동원되었다. 처음에는 서툴러서 손가락에 부상을 입는 사람도 있었지만 다들 곧 익숙해졌다. 6학년 때와 중학 1학년 봄에는 모심기에 동원되었다. 모심기 위해 논에 들어가면 거머리란 놈들이 어떻게 찰거머리처럼 장딴지에 달라붙어 피를 빨아먹던지 정말 모두가 질색을 했다.

좀 더 덩치가 커지고 힘이 생긴 중학교 때는 무등산에 올라가 쌓아 놓은 장작과 통나무, 숯가마니를 지고 내려오는 일을 많이 했다. 나 같은 꾀쟁이들은 요령이 생겨 처음에 숯가마니를 두 가마니 짊어지고 내려오다가, 거의 다 내려와 산 속에 숨겨두고는 한 가마니만 선생님의 검열을 통과한다. 그리고 오후에는 조금만 올라가 푹 쉬고 있다가, 다른 사람이 짊어지고 내려올 때쯤에 숨겨놓은 나머지 한 가마니를 짊어지고 내려오기도 했다. 지금 생각해도 그 일만 떠올리면 웃음이 난다.

산포도 잎을 따기도 했는데 그건 비행기를 만드는 데 필요한 재료였다. 광석에서 알루미늄을 분리하려면 주석산(酒石酸)이 필요하기 때문에, 약대생들을 동원하여 산 아래 소규모 공장을 세워놓고 목욕통처럼 큰 솥을 걸어 산포도 잎을 삶아댔다.

1943년 이후부터는 학생동원규준을 만들어 거의 오전수업만 하고 학생들을 노력동원에 이용했다. 태평양전쟁이 막바지에 이르자 휘발유가 바닥이 나고 석탄도 귀해져 무등산에 가서 관솔을 모아오게 했다. 관솔을 자르면 송진이 나오는데 그것을 모아 비행기 연료로 사용한다고 했다.

중학교 2학년 때는 거의 공부를 안하고 광주 비행장 짓는 데 동원이 돼, 아침마다 1시간 가량 걸어서 비행장까지 가야 했다. 군용비행기가 이용하기에는 활주로가 짧아 연장하는 공사를 하고 있었다. 우리가 맡은 일은 특별히 어려운 것은 아니었고, 땅을 파서 잘 돋우는 일을 주로 하고 물이 잘 빠지게 양쪽에 하수구를 만드는 일이었다. 그런 노력동원 현장에는 서중뿐만 아니라 다른 중학교 학생들도 있었다. 젊은 사람은 군대로 끌려갔고, 그 위 연배 사람들은 징용되어 광산 등으로 가버렸기 때문에 어린 중학생들이 만만하게 동원됐다.

마침내 8·15 해방을 맞다

해방의 그날은 우리가 전혀 눈치 채지 못한 사이에 들이닥쳤다. 정세가 흘러가는 걸 충분히 읽고 판단하고 있던 사람들은, 일제가 망해가는 기운을 이미 감지하고 있었다. 중학교 2학년이 되자 교련시간에 우리가 흩어져서 쉬고 있을 때면, 선배들 두세 명이 슬쩍 다가와 우리를 운동장 구석에 있는 나무 밑으로 데리고 가서 대륙에서 일본군대와 싸우는 김일성(金日成)에 관한 이야기를 하곤 했다. 그리고 독립에 대해서도 강한 의지를 불태우며 이야기했지만, 우리는 그것이 어떻게 가능한 일인지 알 수가 없었다.

초등학교에 들어가면서부터 일본어를 배웠고, 아버지가 공무원이라 일본 제국주의에 관해 부정적이든 긍정적이든 무슨 얘길 들어본 적이 없는 나로서는 생소한 이야기였다. 하지만 충분히 이해가 가는 내용이라 내가 생각지 못했던 것들에 대한 문제의식을 갖게 만들었다.

선배들은 절대로 다른 곳에서 얘기하면 큰일 난다고 엄포를 놓았기 때문에, 우리는 그런 이야기들이 얼마나 위험한 건지 어렴풋이 짐작은 하고 있었다. 그렇게 열성적으로 활동을 하던 몇몇 선배들이 1944년 말쯤에 결국 알려지지 않은 제2의 광주학생사건을 일으켰는데, 그때 걸린 사람들은 독립 세력들과의 관계를 추궁당하며 고문을 당했다고 한다.

1945년 8월 15일, 그날도 비행장 노력동원을 가는 날이었는데 나는 조퇴를 했다. 일본인 교사 한 분이 군대에 소집되어 일본으로 돌아가야 한다며, 집으로 가져갈 물건들을 같이 옮겨달라고 부탁해서였다. 그런데 매형 말씀이 그날 일본 천황의 중대한 발표가 있다고 했다.

그 선생님과 함께 본정통(현 충장로)을 걷고 있는데, 발표가 있다는 12시가 되어 우리는 가까이에 있는 어느 상점에 들어갔다. 벌써 몇몇 사람들이 둘러앉아 라디오를 듣고 있었다. 그런데 라디오 상태가 안 좋아서 도무지 무슨 말을 하는 건지 알 수가 없었다. 그 선생님 댁을 갔다가 우리 집으로 돌아오는 길에도 사람들의 모습에는 아무런 변화가 없어서, 집에 도착하고 나서야 천황의 발표가 무엇인지를 알게 되었다. 하지만 해방이 되었다는 것이 어떤 의미인지 그때는 잘 몰랐다.

다음 날부터 사람들이 거리로 쏟아져 나와 만세를 부르고, 생전 보지 못한 태극기를 들고 나와 휘두르며 돌아다녔다. 충장로와 금남로 할 것 없이 조그만 상점들까지 문을 다 닫고 사람들이 시내로 뛰쳐나왔다.

충장로의 상권을 거의 쥐고 있던 일본인 상점들 역시 문을 굳게 닫고 돌아가는 상황을 살피기에 급급했을 것이다. 해방 후 충장로에 있는 일본 상인들이 급히 일본으로 다 가버려서, 그 밑에서 일하던 사람들이 상점을 차지했다. 그때 그런 식으로 갑자기 벼락부자가 된 사람들이 꽤 있었다고 한다. 나중에는 적산가옥이라고 해서 일본사람들이 살던 집을 조선 사람들에게 분양해주기도 했다.

정치적으로 해방을 해석하기에는 우린 아직 어린 나이였다. 다만 일본어를 쓰지 않아도 되고 집이나 학교에서 조선말을 써도 누가 뭐랄 사람이 없다는 것, 당장 비행장에 일하러 가지 않아도 된다는 것이 우리한테는 아주 피부에 와 닿는 해방이었다. 그날 노력동원 갔던 친구들은 일을 하는 도중에 그만두고 내려왔고, 학교에 오니 그 소식을 조선인 선생님들이 알려줬다고 한다. 그래서인지 일본인 교사들은 눈에 띄지 않았다고 한다. 그리고 종이를 나눠주며 자기 생각을 적으라며 여론 조사를 했는데, 어떤 애는 슬프다고 쓰기도 하고 어떤 애는 우리가 독립이 됐다는데 그게 궁금하다고 적은 애도 있다고 했다.

나는 그때 중학교 2학년이어서 1학년 동안만 기숙사에 있을 수 있다는 규정에 따라 하숙을 하고 있었다. 통신수단도 많지 않았고 집에서 연락도 없어서 그렇게 엄청난 사건인 줄도 몰랐다. 그저 다른 날과 다를 바 없는 하루였다.

아버지는 그해 1월 1일부로 장흥군수로 발령이 나서 식구들과 그곳에 살고 있었다. 세무서장이 군수로 발령받는 일은 전국에서 처음 있는 일이었다고 한다. 그때는 전쟁 중이라 식량난이 극심했고 공출(供出)이란 제도가 있어 일제의 식량 약탈이 심한 때였다.

아버지는 전남 도지사에게 당신이 장흥군민을 위해 할 수 있는 일을 물으시고는, 군민의 공출량을 크게 감소시키고 장흥 남쪽의 곡창지대에서 소량 공출하여 쌀농사가 적은 지역에 보충하도록 조치를 취하셨다고 한다. 그러자 면장들이 군수가 처음이라 잘 몰라서 저런다면서 두 번 공출하게 되는 일이 생기지 않을까 걱정했는데, 아버지의 책임 하에 일을 추진하자 군민들이 크게 환영했단다.

해방이 되면서는 일제 때 배급하던 쌀마저 없어졌고, 먹고 살 일이 힘들어지던 와중이라 더욱 도움이 됐을 것이다. 그렇게 군민을 위한 행정을 하셨던 터라 해방되었을 때, 다른 군수들은 친일파라 하여 구타당하고 쫓겨나기도 했지만 아버지는 그대로 직무를 수행하시게 되었다.

해방 후, 나라가 혼란스런 상태가 되자 아버지는 장흥군만큼은 책임을 져야 한다고 생각을 하셨던 것 같다. 그리고 어릴 때부터 들었던 어른들 말씀대로 위기에는 군권(軍權)을 잡아야 한다는 생각에, 청년대를 조직하고 일본인 경찰서장에게 무기를 내놓으라고 해 청년대를 무장시켰다. 하지만 면소재지마다 청년대 내부에 좌우로 분열이 생겨 싸움이 벌어졌고, 그럴 때마다 한밤중에도 뛰쳐나가 싸움을 정리하셨다고 한다. 그때 좌든 우든 살아남은 사람들은 아버지가 고마울 것이다.

아버지는 당시 전라남도에서는 세무 계통에서 최고위직까지 하셨던 분이었다. 그래서인지 미군정청(美軍政廳)이 들어서면서 아버지를 전라남도 군정청 재무부장으로 불러들였다. 그러나 아버지는 당신이 일제 밑에서 관리를 한 사람인데 어떻게 재무부장을 할 수 있겠느냐며 다른 사람을 물색하셨다고 한다. 그래서 친일을 안 하고 은행에 있는 사람 중에, 나이 많은 사람을 모셔다가 재무부장으로 앉히고, 당신은 직세과장(直稅課長)을 하셨다고 한다. 인사권은 직세과장에게 있어서 후배 한사람을 데려다 관세과장을 시켰고, 그렇게 세 분이 3, 4년 동안 전남의 재무 분야를 이끌어나가셨다.

자라나는 의식

해방이 된 뒤 2, 3주 동안의 방학이 끝나고 학교에 가니, 일본 선생들이 다 사라지고 우리나라 선생들만 남아있었다. 악랄하게 조선인들을 괴롭혔던 일본 선생들은 해방되자마자 사라져버렸고, 그래도 대다수 일본 선생들은 한동안 남아 있다가 일본으로 돌아갔다. 우리를 위해 애쓰던 카가와 교감선생님은 오랫동안 자기 집에 있었는데, 일본으로 돌아갈 때 해코지를 당할까봐 학생들이 부산까지 호위를 했다. 부산에서 연락선을 타고 일본으로 돌아가신 선생님은 그로부터 10년 뒤에 선배들의 초청으로 한국을 방문하신 적이 있다.

일본인들이 사라지면서 일본 말도, 일본 글도 모두 우리 주변에서 사라지기 시작했다. 학교에서는 개학하자마자 얼마 되지 않아 한글로 된 책을 나눠줬다. 처음에는 읽기가 어려워 더듬더듬 거렸으나 신문이나 간판 등 주변의 모든 것이 한글로 바뀌기 시작하면서 금방 적응이 됐다. 불과 며칠 전까지만 해도 조선말을 쓰면 큰 일이 나는 줄 알고 살았는데, 모든 것이 조선말로 진행되어 신기했다.

학생들이 한글에 익숙하지 않고 교사들도 부족한 상황이 되자, 어느 날 우리를 가르칠 서중 선배들 20명이 대거 들어와 운동장에서 취임인사를 했다. 일제 때부터 우리한테 물리를 가르치던 선생님을 통해서였는지, 후배들의 교육에 책임감을 가지고 그런 결정을 한 것 같았다.

해방은 모든 걸 제자리로 돌려놓는 듯했지만, 그것이 곧 평화를 의미하는 것은 아니었다. 9월 어느 날 교사(校舍) 한쪽을 비우더니 미군들이 들어왔다. 학교가 술렁거리기 시작했다. 반일감정으로 무장되어 있던 선배들은 거의 좌익사상을 갖고 있었고, 처음에는 그들이 학생회를 좌지우지했다.

상급생이 모이라고 해서 가보면 공공연하게 공산주의니, 사회주의 얘기가 나오기 시작했다. 팸플릿을 주면서 읽고 얘기를 해보라고 시키기도 했는데, 그런 얘기를 처음 들어보는지라 얼떨떨했다. 아직 부모님이 장흥에 계셔서 하숙을 하고 있었기 때문에 모임 참석이 자유로워 거리낄 게 없었다.

아직 어린 중학생의 입장에서 인상적으로 감지된 당시의 변화는, 선후배 관계가 일제시대처럼 상명하복(上命下服)이 아니라 부드럽게 소통이 이뤄진다는 점이었다. 해방 전에는 선배를 만나면 경직된 상태로 경례를 붙여야 했지만 이제는 인사를 제대로 안 해도 별 문제가 없었다.

그런 자유로운 상태에서 패싸움이라는 것도 했던 것 같다. 주변에 주먹깨나 쓰는 애가 있어서 서너 명이 저녁에 패싸움 하는 데를 따라 간 적이 있었다. 그런데 좀 싸우다가 금방 판가름이 났고 진 녀석이 빵을 사고, 그리고는 친구가 됐다. 지금 생각하면 좀 웃기는 일이긴 한데 그냥 누가 더 세냐를 가리기 위해 잠깐 싸우는 것이었다. 선배인지 같은 학교인지도 알

수 없는 상태에서 싸웠으니, 일제 시대 때는 생각할 수도 없었던 일이지만 해방 후 자유로운 분위기 속에서 나온 것 같았다.

어느 날부터인가 연일 학생대회가 계속됐다. 핵심은 미군정 반대였다. 도청 앞과 경찰서 앞 등에서 데모를 하며 경찰들과 어깨싸움을 하는 등 격렬하게 진행됐다. 학생 전체가 나가기도 했지만 1, 2학년 중에서는 키가 큰 애들 중에 1/3정도가 나갔다. 나도 키가 큰 편에 속했기 때문에 이슈가 큰 일이 있으면 수업을 안 하고 나가곤 했다.

그때는 학생대회가 인정되는 시기여서 선생님한테도 통보를 하면 나갈 수 있었다. 선생님들 중에는 좌익을 내놓고 옹호하는 이들은 없었으나, 암암리에 통했을 지도 모르겠다. 이렇게 서중이 전체적으로 좌익 성향이 강해서, 이북 출신이 교장으로 왔다는 말이 있을 정도였다. 하지만 서중만 학생대회를 하는 것이 아니었고, 데모에 나가보면 다른 학교 학생들을 충장로나 금남로 같은 큰 길에서 만나 도청 앞에서 같이 대회를 하곤 했다. 나는 앞장 서는 성격은 아니었으나 잘 따라다녔다.

중학 3학년, 유치장에 들어가다

해방으로 한반도가 통째로 들끓기 시작했듯이 내 개인이 겪은 변화 역시 그에 못잖았다. 중학교 3학년 여름, 내 생애 처음으로 경찰서 유치장에 들어갔다. 2학년 말과 3학년 초부터 선배가 오라고 해서 가면, 주변 친구들 몇몇을 모아놓고 인쇄가 조잡한 작은 책을 한권 주면서 같이 토론하자고 했다. 거기엔 마르크스와 레닌에 관한 내용이 적혀 있었다. 그렇게 몇 번 회합을 했지만 그것이 가져온 위험성은 상상 이상의 것이었다.

어느 날 그 모임이 들통이 나버렸다. 그때는 아버지가 광주로 전근 오셔서 우리가 군정청 관사에 살고 있던 때였다. 한밤중에 경찰서에서 왔다면서 문을 두들겼다. 아버지가 문을 열어주니 정우갑과 어떻게 되느냐고 물어서 아버지라고 하셨다.

나는 자고 있다가 소란스러운 소리가 계속 나서 팬티바람으로 나왔는데, 뜻밖에 경찰이 나를 데려가겠다는 얘기가 다 돼가고 있었다. 아버지는 놀랐지만 나는 왜 그러는 건지 몰라 놀라지도 않았다. 가자고 해서 옷을 입기 위해 방으로 가려고 하자 "학생! 안 돼! 옷 갖다 주세요"라고 하면서 저지하기에 '아, 이거 큰일났구나.'싶었다.

아버지는 문 앞까지만 나오시다 들어가셨고, 경찰은 집에서 좀 떨어진 곳에 세워 둔 지프차에 나를 태웠다. 양쪽에 경찰이 앉아 나를 데리고 간 곳은 경찰청이었다. 가슴이 덜컥 내려앉으며 심장이 오그라드는 것 같았다. 통나무로 엉성하게 만들어놓은 유치장으로 들어가니 거기 있던 나이 든 사람이 날 보고 "동무, 왜 들어왔소?"했다. 안 그래도 신경이 곤두서있는 와중에 들은 소리가 달갑지 않았다. 그때는 전부 좌익들만 들어오던 시절이라 무조건 동무라고 부르는 모양이었다. 그냥 어물어물하고 있는데 잠자라고 해서 보니 신참들은 변기통 뚜껑 위에서 자게 되어 있었다.

하루 저녁인가 이틀 저녁을 거기서 자면서 오만가지 생각으로 몸살을 앓았다. 다음 날 아침, 작은 창밖에서 나를 부르는 소리가 나서 내다보니 아버지 친구가 거기 있었다. "안녕하세요?" 그러니까 "이놈의 자식!" 그러고는 가버렸다. 옆 사람이 저 사람을 어떻게 아느냐고 해서 아버지 친구라고 했더니 저 사람이 제일 무서운 사람이라고 했다. 사상범을 다루는 우두머리인 경찰청 사찰과장이었다. 원래 어떤 사람이었는지는 기억에 없지만 해방 뒤에 그런 직위를 얻었던 것 같다.

얼마 지나지 않아 나보고 옷을 가지고 나오라고 해서 나가려는데 옆 사람이 석방되나보다고 속삭였다. 나를 내보내주면서 했던 그 사찰과장의 짧은 설교는 기억에 없다. 하지만 경찰청 밖으로 나가서 본 아버지의 무거운 그림자는 내 안의 상처로 남아 오래도록 지워지지 않았다.

아버지는 앞장서 걸으며 아무 말씀 없이 집에까지 가셨다. 집에서는 장남 걱정에 눈이 푹 꺼진 어머니가 한숨만 쉬고 나무라지도 않으셨다. 내내 굳은 얼굴이시던 아버지 앞에 앉아 한참 걱정의 말씀을 들어야 했다. 사실 어머니의 남동생이 좌익 쪽 거물이었기 때문에 알 건 다 알고 계신지라 네가 알면 얼마나 알겠냐 싶으셨나 보다.

작은 외삼촌은 동경에 있는 와세다 대학에 유학 가 있는 동안 일본 공산당에 입당했고, 그로 인해 2년 동안 일본에서 감옥살이를 하셨다. 해방후 우리 집에 두 번 오신 적이 있는데, 두 번 모두 광주 형무소에서 나와 우리 집에서 저녁식사를 하셨다. 그때마다 아버지와 격렬한 논쟁을 벌이셨던 기억이 난다. 아버지는 세무계통에서 일하셔서 경제에 밝았기 때문에 정치경제에 관한 의견을 가지고 있었고, 그것이 외삼촌의 생각과 대립되어 논쟁을 했던 것이다.

외삼촌은 나중에 월북해서 박헌영(朴憲永) 아래로 들어갔다고 한다. 그러나 외숙모와 자식들은 이북으로 가지 못하고 빨치산으로 죽었다. 그 와중에 아들 하나는 일본으로 징용을 가 있어서 살아남았다. 나에게 외사촌 형인 그는 해방 후 귀국하지 않고 동경 근처에서 주먹세계에 몸을 담아 나중에는 보스가 되었다.

내가 1978년 3개월 동안 소아과학회 일로 일본 연수를 갔을 때, 주말마다 그 집에 들르곤 했다. 그 형님 집에 있는 동안 일본 폭력조직에 대해서 조금 알게 되었는데, 아침마다 간부급들 두 세 명이 형님 집에 와서 무릎을 꿇고 인사를 하곤 했다. 그들이 옆에 있는 나를 꺼려 눈치를 보고 있자, 형님은 내 동생이라며 신경 쓰지 말라고 했다. 형님의 한마디에 그들은 안심을 했는지 어느 조직에서 싸워서 뭐가 어떻고 돈이 얼마 있고를 계속 보고했다. 조카인 임권택 감독도 '장군의 아들'같은 영화를 만들면서 그 당숙한테 소스를 얻지 않았을까 생각된다. 이후 그 형님으로부터 들은 작은 외삼촌 소식은 박헌영이 북한에서 숙청당할 때 같이 처형당했다는 것이었다.

유치장에 들어갔다 나오니 선배들은 모두 흩어지고 모임은 와해가 된 상태였다. 내 경우는 뭔가를 대단하게 했던 것이 아니었기 때문에 그냥 나올 수 있었다. 그렇게 잡혀갔다 온 경우가 흔한 일이어서 친구들도 대수롭지 않게 생각했다. 유치장에 갇혀있으면서 하늘이 무너질 것처럼 오만 가지 생각에 시달렸던 것이 오히려 민망했다. 그래서 더 특별히 조심해야겠다는 생각은 들지 않았다. 워낙 앞장서서 하는 일이 아니었기 때문에 이후에도 그냥 하던 대로 학생대회에 참석하곤 했다.

그때는 분위기가 당연히 그렇게 하도록 돼있었을 뿐 아니라, 해방 후의 상황 속에서 진행됐던 얘기들이 모두 옳은 주장이라고 생각했기 때문에 참여하지 않을 이유가 없었다. 하지만 점차 미군정이 우익 쪽을 키우면서 좌익 세력은 약화되고 있었다. 그 뒤에도 잠깐 또 한 번 유사한 경우를 겪었지만, 그 일로 아버지가 뭐라고 하셨는지는 기억에 없다.

1947년 즈음에는 거의 좌익이 주도하는 학생대회가 열릴 수 없을 정도로 세력이 약화돼 있었다. 그런데 좌익의 지하활동이 계속되었던지, 그해 광주에 있는 경양방죽에서 서중 출신의 우익 학생(학생연맹 간부)이 칼에 찔려 죽은 사건이 발생했다. 놀랍게도 한 달 뒤에 잡힌 살해용의자는 오씨 성을 가진 우리 반 친구였다.

평소에 주먹 한번 휘두르지 않았던 친구라 믿어지지 않아서 고문 때문에 그렇게 불었을 거라고 짐작했는데, 공판에 가봤더니 순순히 실토를 해서 놀랐다. 판사가 죽은 사람이 평소에 감정이 있던 사람이냐고 물으니 아니라고 했다. 아마도 좌익에서 지령을 내려 본보기로 그 사람을 죽인 것 같았다. 무기징역을 받은 그 친구는 전쟁 통에 인민군이 내려올 때, 한국군이 잡혀있던 좌익들을 모두 죽이면서 후퇴했기 때문에 아마도 그때 죽었을 것 같다. 그때 살아남은 사람이 없다고 들었다.

이렇게 좌익 모임에 참석했다고 해서 두 번 체포되고, 친구의 권유로 점차 강해져 가는 우익 쪽에 별 느낌 없이 참여도 해봤지만, 특별히 정치적인 성향이 강하지 않았던 탓에 세월은 그럭저럭 흘러가고 있었다. 사실 내 시간을 좀 더 많이 빼앗은 것은 여전히 계속되고 있던 소설 읽기였고, 그리고 코앞에 의대 입시가 다가와 있었다.

권투, 한 달 동안의 피멍

일제로부터 해방되자 그동안 빼앗겼던 우리의 모든 것들은 하나 둘씩 제 자리로 돌아갔다. 학교에서도 그동안 할 수 없었던 우리말 공부는 물론이고 다양한 수업외 활동이 시작됐다. 중일전쟁 이후로 활동이 정지되었던 전통 있는 서중 야구부도 해방 후 다른 운동부와 함께 야구부원을 모집하면서 활동을 시작했다.

당시 광주에서 야구를 할 수 있는 곳은 서중밖에 없었기 때문에, 미군이 주말마다 서중 운동장에 와서 야구를 하곤 했다. 미군의 야구경기를 구경하다가 공을 줍거나 부러진 방망이를 주워 모으니 제법 되었던 모양이다. 엉뚱하게 이렇게 모아진 장비들로 광주서중 야구부가 재가동됐다.

오랫동안 가장 가까운 술친구인 중학 동창 노정원(盧井源)이 이 야구부 출신이다. 요즘은 허약해져서 날씬하지만 그때는 힘도 세고 덩치가 커서 야구선수로 어깨에 힘깨나 들어가 있었다. 한국 야구 100년사의 산 증인으로 불리는 명투수 김양중(金洋中)도 우리 동기이다. 지금도 명승부로 회자되고 있는 1949년 제4회 청룡기배 전국고교야구대회에서 막강 경남중(慶南中)을 꺾고 우승함으로써 지금의 광주일고 야구시대를 열게된 것은, 투수이자 3번 타자로 마운드에 올랐던 김양중의 활약 덕분이었다. 그때 야구부 9명 중에 4명이 우리 반이어서 나 역시 야구에 대한 관심이 높았다.

나는 당시에는 체력이 약한 편이라 좀 강해지려는 욕심에 권투부에 들어갔다. 하지만 링 위에서 멋지게 주먹을 나누는 권투시합의 매력은, 오랜 세월동안 엄청난 고통을 통해서 얻어지는 것이라는 사실을 아는 데는 많은 시간이 필요치 않았다. 한 달 동안 연습상대로 죽어라고 얻어터지고 나니 오만 정이 다 떨어져 글러브를 벗어 그만두고 말았다. 이렇게 내가 잠깐이나마 권투를 했다는 것을 우리 식구 중에는 아는 사람이 없다.

어렸을 때는 바둑에 빠지기도 했다. 나는 혼자 하는 놀이보다 두 사람 이상이 같이 할 수 있는 게임을 좋아했다. 의대 다닐 때는 지도교수가 중국에서 배워온 마작에 재미가 들려 시간 날 때마다 친구들과 같이 게임을 하기도 했다. 이런 식의 취미는 바둑에서부터 시작된 것 같다. 내가 하숙할 때 그 집에 같은 반 친구가 살고 있었는데, 영광에서 교장선생님인 그의 아버지가 바둑 초단의 실력자라고 했다. 그 친구와 두꺼운 종이를 잘라서 바둑돌을 만들어 책을 옆에 두고 배워가며 바둑을 두었다. 종이로 된 거라 소리도 안 나고 재미있었다. 그 친구는 자기 아버지 어깨 너머로 배우기 시작한 실력이 제법이어서 나는 당할 수가 없었다.

아버지가 광주로 오신 뒤에는 관사에 들어가 살았지만 바둑을 둘 기회가 전혀 없지는 않았다. 집에서 500미터 쯤 떨어진 곳에, 건축사무소를 하는 작은 아버지 집에 기숙하고 있던 이희보(李熙寶)라는 같은 반 친구가 있었다. 그 친구도 바둑을 제법 알고 있어서 같이 해보자고 의기투합을 했다. 그리고는 아침에 일찍 집을 나서 그 친구 집에서 한판을 두고, 돌아오는 길에 두 판을 뒀다. 그러기를 몇 번 하던 중에 한 번은 그 집 어른한테 걸려서 학생 놈들이 공부는 안하고 바둑만 둔다고 야단을 맞은 통에 아예 바둑판을 거둬야 했다.

2부

의사의 길로 들어서다

1932년생, 의대에 들어가다

 해방 이후 바뀐 것이 많았지만 그 중에 가장 혼란을 일으킨 것 중 하나가 학제 개편이었다. 우리 앞의 상급생들은 4학년 졸업을 했던 것이 우리 때는 6년제가 되어 중학교 1년 선배가 대학에서는 3년 선배가 되는 식이었다. 몇 년 뒤 또 다시 개편이 되긴 했지만 어찌 생각하면 1932년생들이 겪어야 했던 또 한 번의 고난이었다.

 4학년이 되자 의대반, 문과반으로 나뉘어, 이후 3년 동안 같은 반에서 수업을 받았다. 난 일찍부터 의대에 진학하기로 작정했기 때문에 의대반에 들어갔지만, 학교가 어수선하여 공부를 열심히 할 만한 분위기가 못되었다.

 그래도 일찌감치 광주의과대학(현 전남대 의과대학)에 가기로 결정하고 있어 크게 걱정이 되지는 않았다. 생긴지 5년 정도밖에 안된 신생대학이어서 어렵지 않을 거라는 생각이 들었던 것 같다. 그래도 수학, 물리, 화학 같은 과목은 열심히 해야 했기 때문에 중학교 6학년이 되면서 본격적으로 입시 준비를 시작했다. 의대반에서 같이 공부했던 친구들 중에 나를 포함해서 18명이 정원 70명인 광주의과대학에 합격했다. 문과반에서 몇명이 의대로 오고, 나머지 친구들은 모두 서울로 갔다.

 나는 합격자 발표가 나기 하루 전에 합격했음을 알았다. 우리 뒷집에 광주의대 예과 교수인 최방진(崔邦珍) 선생님이 살고 있었는데, 아버지들끼리 친하셔서 우리 큰누나와 결혼도 할 뻔했던 분이었다. 물리학 교수였던 이 선생님은 별명이 다이아몬드일 정도로 융통성 없고 고지식한 분이어서, 합격자 발표하기 전날 밤 12시에 통행금지가 되자 바로 우리 집 문을 두들겨서 정우갑이 합격했다는 말을 전하고 갔다. 발표하기 전에 우리가 떠벌릴까봐 걱정해서 그렇게 하신 것 같았다.

 식구들은 내가 합격하리라는 걸 당연하게 생각하긴 했지만 모두들 기뻐해주었다. 나 역시 조금 불안한 생각이 없지 않아서 합격 소식에 시름이 다 가실 지경이었다. 합격을 확인하기 전까지는 혹시 몰라 다른 대학 입시공부를 좀 하고 있었다. 생각해보면 나는 공부만 죽어라고 하는 사람이 아닌데, 지금껏 살아오면서 시험에 떨어진 적은 없는 것을 보면, 스스로 '저공비행의 명수'라고 부르고 싶을 지경이다.

파란만장했던 서중시절은 1950년 5월 졸업과 함께 대단원의 막을 내렸다. 이어서 6월 5일 광주의과대학 입학식이 있었다. 의사가 되어야겠다는 희망이 그 목적지를 향해 한발자국 내딛은 셈이었다. 이제는 뭘 해도 어중간하고 답답한 까까머리 중학생이 아니라, 청운의 꿈을 가슴에 품은 어엿한 대학생이었다.

6.25전쟁, 다시 역사의 소용돌이 속으로

하지만 그 여유롭고 가슴 벅찬 대학생활은 잠시뿐 그로부터 20일 후, 우리는 다시 생사의 갈림길에 서야 했다.

1950년 6월 25일, 처음에는 38선에서 흔히 일어나는 작은 충돌이라고 생각했다. 그런데 북한군이 파죽지세로 남하하면서 미처 전열을 정비하지 못한 남한군을 밀어붙이기 시작했다. 아침 방송에서는 북한군과 소규모 충돌이라고 했던 것이 점심 때가 되자 전쟁으로 확대되고 있었다.

6월 28일 서울이 함락되었다. 그 용맹하다던 국군이 허무하게 무너져버린 것이다. 곧 미국이 참전했지만 인민군은 계속 밀고 내려왔다. 7월 하순, 광주에 주둔 중이던 제5사단이 호남지역을 방어하고 있다가, 결국 북한군의 기세에 눌려 광주를 포기하고 여수를 거쳐 부산으로 후퇴해버렸다. 처음에는 별다른 동요 없이 생업에 종사하고 있던 광주시민들은 그제서야 사태의 심각성을 깨닫기 시작했다. 군인과 경찰들, 공무원들이 도망쳤다는 소문이 파다하게 퍼지고 있던 와중에, 위에서는 피난민들이 줄지어 밀어닥쳤고 포성이 계속되자 광주시민들도 피난길에 올랐다.

우리 가족은 인민군이 대전에서 호남 쪽으로 남하할 무렵, 결혼 10년 만에 처음으로 임신해 8개월째인 작은 누나를 위해 좀 일찍 피난해야 한다

어린이 건강을 품은 소아과 의사 정우권 애들아, 안녕?

는 결론을 내렸다. 우선 남동생과 나는 작은 누나네 식구와 함께 시골에 있는 매형네 집으로 피난가기로 했다.

매형의 고향인 나주군 공산면 백사리까지는 광주에서 80리가 넘는 길이었다. 기차는 물론 버스도 다 끊긴 그 길을 걸어가야 했다. 나는 짐을 매형의 배낭에 꾸렸는데 아마도 20kg는 충분히 되었을 것이다. 짐을 짊어지고 막 일어서려는 순간 뒤로 나자빠져 버렸다. 그때 내 어깨를 누르던 그 짐의 무게를 떠올리면, 이후 어떤 어려움도 나를 꺾을 수 없다는 신념으로 나 자신을 북돋웠다.

나뿐만 아니라 매형과 동생도 감당하기 힘든 무게의 짐을 지고, 그 먼 길을 가다 쉬다를 반복하며 걸어가 밤이 어두워서야 매형네 집에 도착했다. 그 뒤 며칠 동안 어깨가 부어 고개를 돌리기도 쉽지 않았다.

사돈댁으로 피난 간 것은 외딴 곳에 떨어져 있는 작은 마을이라 인민군이 들어오지 않을 것 같아서였다. 그래도 우리는 늘 조심해야 했고, 마을로 들어오는 고갯길을 늘 주시해야 했다. 논두렁에서 그 고갯길이 훤하게 보였기 때문에, 논에서 새를 쫓는 시늉을 하며 그 길목을 계속 지켜봤다. 그러다가 누군가가 오는 것 같으면 논 속에 엎드려 숨었는데, 그런 일이 2, 3일만에나 한 번씩 있을 정도로 오가는 사람이 적은 마을이었다.

7월 23일, 북한군이 탱크를 앞세우고 광주에 들어왔다. 이미 많은 사람들이 피난을 갔고 군인과 경찰 등이 도시를 떠난 상태였기 때문에 아무런 저항 없이 광주는 북한군의 수중에 떨어졌다. 그래서 광주는 다른 지역에 비해 인적, 물적인 피해가 심하지 않은 편이었다.

이후 광주는 그동안 지하에서 활동하던 인민위원회의 등장으로 민청, 부녀동맹 등의 조직과 소년단과 조국보위후원회 같은 단체의 활동이 활발하게 일어났다. 도시민들의 일상이 큰 피해 없이 지나갔던 데 비해, 일제시대 때 지주와 소작인 간의 갈등이 심했던 시골에서는 지주들의 수난이 이어졌다.

정성혜 _여동생

　내가 전남여중 4학년 때 전쟁이 일어났어요. 오빠랑 남동생은 작은 언니네 시댁으로 피난을 갔고 나는 처음 부모님이랑 집에 있었죠. 우리 집이 텃밭이 넓어서 방공호를 파놓았고 비행기 소리 나면 그 안으로 피하곤 했어요. 나중엔 나랑 어머니만 집에 있었는데 친구네가 트럭 타고 시골 과수원으로 피난을 가면서, 처녀가 그냥 있으면 강간당한다면서 같이 가자고 해 어머니랑 헤어져 친구를 따라갔어요.

　그 과수원에서 하루 저녁을 자는데 부모님하고 처음 떨어진 거라 도저히 무서워서 있을 수가 없는 거예요. 그래서 그 다음날 저녁에 울면서 혼자 집을 향해 무작정 걸었어요. 시내에 들어서니 사람이 하나도 없이 마치 유령도시처럼 조용하더라고요. 우리 집에 가려면 병원을 지나가야 했는데 순간 기절하는 줄 알았어요. 병원 앞에 시체들이 줄지어 누워있는 거예요. 지금 생각해도 그 길을 어떻게 나 혼자 지나 올 수 있었는지 신기하기만 해요. 완전히 넋이 나가서 우리 집을 향해 걸었던 것 같아요. 어느 순간 집 앞 당산 나무를 지나가는데 낙엽이 밟히는 소리가 꼭 누가 따라오는 것 같아 오금이 저렸어요. 어린 여자애 혼자 그 먼 길을 걸어간다는 것 자체가 굉장히 위험한 행동이었던 거죠. 하지만 그 때는 엄마랑 살아도 같이 살고 죽어도 같이 죽는다는 심정이었어요.

　드디어 집 앞에 도착해 문을 여는데, 만약에 엄마가 집에 없으면 나는 죽는다는 생각 밖에 없었어요. 그런데 안에서 엄마가 나오시는 거예요. 그날 밤 엄마나 나나 얼마나 붙들고 울었는지 몰라요. 만약에 엄마가 없었으면 난 그 자리에서 기절했을 거예요. 엄마는 너무 무서워서 집에서 꼼짝 않고 방공호에 숨어 있었다고 하더라고요.

그 마을에는 공산주의 사상을 가진 집이 하나 있었는데, 인민군이 남하하자 광주로 이사가 버려 그 마을에는 좌익이 한사람도 없었다. 작은 마을이라 분란의 소지가 있었을 텐데 다행이었다. 매형 아버님은 마을 어르신들과 머리를 맞대고 마을의 안위를 위해 많은 대책을 마련하시는 것 같았다. 그 덕에 국군이 다시 들어온 후 잡혀가 곤욕을 치른 사람은 한사람도 없었다. 하지만 인민군이 젊은 사람들을 잡아간다는 말이 있어 늘 경계심을 늦출 수가 없어, 우리는 벼가 다 익은 10월 국군 수복 때까지도 논에서 새를 쫓으며 시간을 보내야 했다.

그 집에서 같이 지냈던 사람들은 모두 10명 가까이나 됐다. 그 어려운 때에 신세질 수 있었던 것은 사돈댁이 부농이라 먹을 것이 풍부했던 덕이 컸다. 사돈은 공산군이 내려온다는 소식에 쌀을 딱 끊고 100% 보리밥을 먹었다. 그때 질리게 먹어서인지 쌀 한 톨 없는 보리밥을 지금도 먹을 자신이 있다. 머슴도 자기 집에 보리를 한가마 반 쯤 보내게 해놓고는 같이 집에 있도록 했다. 사람이 가진 게 많아도 그걸 나누고 베푸는 건 쉬운 일이 아닐 텐데 평생을 두고 고마운 분이다.

동생은 매형 동생과 자고, 나는 매형 아버지랑 같이 사랑채에서 잤다. 첫날 저녁에 자는데 내가 잠버릇이 워낙 험해 적잖이 긴장이 되었다. 스스로 다리를 꼬고는 절대로 풀지 말아야겠다고 명심을 해서인지 아침에 일어나도 그대로였다. 그러나 차츰 긴장이 풀려 내 다리를 사돈 다리 위에 얹기도 하는 날이 많아서, 깜짝 놀라 일어났던 적이 한 두 번이 아니었다.

전쟁 중이라 그랬겠지만 그 집에서 지내는 동안 도울 일이 별로 없이, 그냥 얻어먹고 지낼 수밖에 없었다. 그렇다고 특별히 즐겁게 할 만한 소일거리도 없어서 그저 먹는 것이 일이었다. 집 뒤에 있는 밭에는 참외, 수박 등이 익어가고 있어 간식거리로 충분했다.

집 가까이에 있는 얕은 못에는 물고기가 많아, 망사 같은 걸로 채를 만들어 뜨면 붕어가 몇 마리씩 올라왔다. 그걸 10마리, 20마리씩 잡아다 누님한테 가져다주면 바글바글 맛있는 찌개를 끓여주셨다. 매형과 매형 동생이 읽던 책이 좀 있어서 비 오는 날 같은 때 읽었던 기억이 난다.

누님은 거기서 첫 딸을 낳았다. 언제 총칼이 우리를 위협할지 모르는 전쟁 통이었지만, 예쁜 조카의 탄생은 우리에게 크나큰 선물이 되었다. 매형의 어머니는 이 힘든 때 나온 복덩이라며 정성껏 아이를 받으셨다. 당시 큰 누님은 해남에 살고 있어 어린 조카를 본 적이 없어서인지, 나는 작은 누님이 낳은 조카딸이 정말 예뻤다.

다른 마을과는 달리 위험한 일이 거의 발생하지 않아서인지 그럭저럭 지낼 만 했다. 몇 번인가 인민군이 온다는 소리가 있어 동네 가까이에 있는 폐광에 숨기도 했다. 하지만 인민군이 직접 들어온 적은 없었고 의용군이 몇 번 온 것이 다였다. 또 광산 노동자들이 빨치산으로 들어갔을 수도 있기 때문에, 내려올까봐 걱정이 되긴 했지만 실제로 그런 일은 발생하지 않았다. 분주소 직원 두 세 명이 오면, 그 중에 한명이나 총을 메고 있을까싶을 정도로 총조차도 제대로 본 적이 없었다.

그곳에 피신해 있는 동안 광주 집을 두 번 다녀왔다. 중간에 무슨 일을 당할지 모르기 때문에 사실 굉장히 위험한 일이었다. 80리길을 걸어가야 했으니 아무리 조심해도 인민군을 만날 수밖에 없었다. 그럴 때일수록 정신을 차렸고 신분증을 제시해 무사히 통과했다. 나의 당당한 태도에 반동분자는 아니라고 생각했을 것이다.

광주에 갈 때마다 연락을 미리 할 수 없었기 때문에 내가 가면 부모님은 깜짝 놀라셨다. 하루 이틀 자면서 그때 상황에 대해 얘길 하고 부모님이 피신을 해야 할지 말지를 얘기하곤 했다. 오래있으면 이웃의 신고로 의용군에 끌려갈 수도 있었기 때문에 그것이 제일 걱정이었다.

두 번째 광주에 갔다가 매형네로 돌아가는 길에 동창을 만나 가슴이 철렁 내려앉았던 적이 있었다. 나주군 금천면에 삼거리가 있는데 광주에서 영산포를 거쳐 나주로 이어지는 곳이었다. 딱 그 삼거리에서 그와 맞닥뜨렸다. 서중 때 내가 학생연맹과 잠깐 관련이 있었던 걸 알고 있는 친구여서, 가까이에 있는 분주소에 나를 반동으로 신고할까봐 노심초사했다. 그런데 마침 점심 때라 같이 밥을 먹자고 하는 게 아닌가! 거절할 수 없어 마주보고 앉아 국밥을 먹는데, 밥이 코로 들어가는지 입으로 들어가는지 모를 지경이었다. 그때 그 친구 말이 "네가 그 일을 안했더라면 지금 빛을 봤을 텐데…"라며 걱정을 해줬다. 가슴이 뜨끔하긴 했지만 그 순간 나를 해코지 하지는 않을 것 같은 생각이 들었다.

 나중에 알게 된 사실이지만 그 친구는 이북으로 가지 않고 빨치산으로 죽었다고 했다. 학교 다닐 때는 공부를 잘했고 특히 수학을 잘해 서울대 공대에 들어갔던 친구였는데 아까운 사람이다.

정성혜 _여동생

 내가 과수원을 갔다가 혼자 돌아오기 바로 전날 인민군이 광주에 들어왔대요. 하지만 집 주변은 조용했어요. 우리는 밥을 먹고 나면 방공호에 들어가 마치 사람이 없는 것처럼 살았어요. 그래도 언제 인민군이 집으로 쳐들어올지 모른다는 생각에 아버지와 나는 남평의 아는 집으로 피난을 하기로 하고 그곳으로 갔어요. 사돈 관계에 있는 집안이었는데 집 가까이에 넓은 잠원시험장 같은 곳이 있어서 숨을 데가 많은 곳이었죠.

 하지만 난 얼마 못 가서 엄마가 내 곁에 없다는 사실이 너무 두려웠고 어쩐지 그곳에 있기가 싫었어요. 그래서 아버지를 조르기 시작했고, 울고 불고 난리를 치자 아버지도 어쩔 수 없었는지 나를 데려다 주기로 결정을 하셨어요.

 광주까지 산길을 걸어오는 동안 비행기가 머리 위를 지나갈 때는 나무 뒤에 숨기도 하고 위험한 상황이었죠. 그런데 우리가 아침 9시에 그 집에서 나오고나서 한 시간 뒤에 인민군이 들이닥쳐 집주인인 사돈이 죽었다는 사실을 전쟁이 끝난 후에 알았어요. 이상하게 내 예감이나 꿈이 비슷하게 맞는 경우가 있는데 그때도 그게 적중해서 아버지와 내가 살게 됐던 것 같아요.

이후로 집에 숨어 지내는 동안 인민군이 찾아오거나 하지는 않았는데 한번은 친구가 밖에서 부르는 소리가 나서 나갔어요. 아마도 인민군이 학교로 학생들을 불러 조직을 만들어 나가고 있었던 모양이에요. 학교에 나갔던 친구가 주변에 사는 친구들을 데리고 오라고 했다면서 학교에 가자고 해요.

나는 졸업은 해야 되지 않겠나 싶은 마음에서 학교에 갔더니 공부 잘하는 사람한테는 간부직을 맡기더라고요. 집으로 가서 아버지한테 말씀을 드렸더니 당장 나가지 말라고 하셔서 다시는 집 밖을 안 나갔어요. 다음날 친구가 와서 불렀는데 어머니가 내가 피난 가고 없다고 말해서 무사히 넘겼죠. 그때 학교에 나가 조직부장 등 간부를 맡아 했던 친구들은 나중에 정학을 당하거나 퇴학을 당해야 했어요.

10월 초쯤 그동안 낙동강 전선으로 몰렸던 국군과 유엔군이 9월 15일 인천상륙작전으로 전세가 역전되어 서울이 수복되고 인민군이 후퇴했다는 소식이 들려왔다. 이제 집으로 돌아가도 되겠다고 의견을 모아 사돈댁을 나섰다. 매형 내외는 남고 내 남동생과 매형의 동생과 길을 떠났다. 영산강을 배로 건너 영산포로 가서 다시라는 곳을 지나가야 했다. 다시역 앞에서 경찰관 한명이 총을 무릎에 끼고 의자에 앉아 졸고 있었다. 그 모습이 어찌나 한가로워 보이던지 모든 시름이 사라지는 듯 했다. 우리는 안심하고 광주까지 걸어갔다.

집에서는 형제가 모두 무사히 돌아와 이제 살았다는 생각에 부둥켜안고 눈물을 흘렸다. 무엇보다 아버지의 전력 때문에 혹시 반동으로 몰려 힘든 일을 당하지 않으셨을까 걱정했는데 다행히 잘 넘기신 것 같았다.

서울 수복, 평화로운 학교생활

한 치 앞도 내다볼 수 없었던 위기 상황에서 벗어나 학교에 다시 오니 모든 것이 꿈만 같았다. 하지만 수업이 재개된 학교는 선배들이 학생들의 좌익 성향 여부를 조사하며 술렁거리고 있었다. 피난 갔던 동안에 무엇을 했는지 자술서를 쓰게 했는데, 학생연맹 같은 것이 만들어져 경찰이 할 일을 대신하고 있는 것 같았다. 그 선배들의 면면이 대체로 우익 성향의 집안 사람들이었다. 나 역시 피해갈 수 없는 일이라 가보니 강당 밑 작은 공간에 있는 방으로 한 사람씩 들어오게 해서는, 선배 두 세 명 정도가 앉아 날선 질문을 해댔다.

정성혜 _여동생

전쟁이 터진 뒤 몇 달 있다가 인민군이 물러가고 10월에 수업이 시작됐어요. 대체로 다들 무사했지만 죽은 친구도 있어서 마음이 아팠어요. 내 뒤 자리에 앉았던 영광에 사는 친구는 방학하기 전 마지막 날, 청소하면서 우리 살아서 만나자고까지 했는데 인민군이 들어와 그 친구랑 동생들까지 가마니에 넣어서 칼로 찔러 죽였다고 하더라고요. 예쁜 친구였는데······

전남여중에도 서중에서와 같은 흐름이 있었죠. 한 친구는 부역했다고 정학을 당했고, 아예 퇴학당한 친구는 좌익사상에 동조해 앞장서서 활동을 했다는 이유였대요. 정학을 당한 친구들은 3개월 혹은 1년이 지나 복학을 했고 같이 공부할 수 있었죠. 하지만 퇴학당한 친구는 그 이후 소식을 알 수가 없었어요.

친구 중에는 서중 다니는 오빠가 도망가다가 강물에 빠져 죽었는데 그 친구도 정학을 당했어요. 자기는 좌익사상이 아니었다고 하는데 오빠 때문에 그랬나 싶어요. 나는 그런 좌익 사상에 사로잡혀보지는 않았어요. 오빠는 중학교 때 유치장에 갔다 오기도 했지만 해방 직후엔 똑똑한 사람들은 거의 다 좌익으로 잠깐씩 경사됐던 때가 있었기 때문에 그랬을 거라고 생각해요.

아직 전쟁 중이었지만 의대생들은 징집에서 제외되었기 때문에 평상시처럼 학교생활이 계속 되었다. 일반 대학생들이나 청년들은 학도병으로 차출되어 군번 없는 군인들이 전장터에 나가기도 했다. 서중 동창인 노정원은 청년방위대에 들어가면 군대에 안가도 된다고 해서 들어갔다가, 결국은 전투가 치열한 전장터로 가서 수없이 많은 동료들이 죽어나가는 걸봐야 했다. 천운으로 살아 돌아온 친구는 한동안 꿈속에서도 전쟁에 시달려야 했다며 진저리를 치곤 했다.

광주는 전장터가 아니었기 때문에 나는 실제로 전투를 경험하지는 않았다. 딱 한번 전쟁 막바지쯤으로 기억되는 어느 날, 집 가까운 곳에서 폭탄이 터진 적이 있었다. 그때 박기병 대령이 이끄는 11사단 20연대가 서석국민학교에 연대본부를 두고 있었다. 그런데 그날 무등산에서 빨치산들이 내려와 전투가 벌어졌다. 하지만 그곳에 주둔해 있던 국군은 전날 저녁 6시에 장성 방향으로 공비토벌을 위해 거의 다 나가있는 상태였다. 그 사실을 모르는 공비들이 교실에 수류탄을 던진 것이었다. 서석국민학교는 우리 집에서 200미터도 안 되는 곳에 있어 쉬익, 쉬익 소리가 쉴 새 없이 났고 '쾅'하는 소리가 엄청 컸다. 그렇게 가까운 곳에서 전투가 벌어지니 온 식구들이 너무 놀라서 겨울 이불을 꺼내 모두 뒤집어쓰고 있었다. 아침이 되자 아버지와 같이 주변을 살피며 나가보았다. 서석국민학교 앞에 동생이 다니는 공고가 있었는데 그 근처까지 가니 길가에 군복 비슷한 이상한 복장을 한 사람들이 쓰러져 있었다. 딱 보기에도 10명 정도였는데 그날 공비가 3,40명 죽었고 도망가면서 시체를 가지고 갔다고 하는데 덜 치운 시체들이 남아있었다. 집 가까이에서 그런 일이 벌어지니 식구들에게 무슨 해코지를 하지는 않을까 싶어 무척 신경을 썼으나, 별일없이 무사히 지나갔다.

해방 전 우리나라에는 대학인 경성제대 의학부외에 7개 의학 전문학교가 있었다. 서울에 경성의전, 세브란스의전, 경성여자의전이 있고 대구 평양 광주 함흥 4개 도시에도 의학전문학교가 문을 열었다. 이들 8개교 중 해방 후 38선 이남에 있는 경성제대의학부와 경성의전이 통합되어 서울대 의대가 되고 경성여자의전 대구의전 광주의전이 모두 예과 2년 본과 4년의 대학으로 승격되었다.

현재 전국에 있는 41개 의과대학과는 학교 수와 학생 수, 부속병원의 크기와 의료시설, 진료수준 등에서 비교가 힘들 정도다. 내가 입학한 광주의대는 해방되기 바로 전 해인 1944년 함흥의전과 함께 광주의학전문학교라는 이름으로 개교하여 1948년에 1회 졸업생이 배출된 상태였다.

광주의과대학 예과 1학년은 한반으로 총 70명이었다. 1학년 때는 주로 교양과목 수준의 공부만 했고, 교과서는 거의 없이 영어로 된 프린트물을 나눠줬다. 아직 한글로 된 책은 거의 없었다.

어수선하게 몇 달이 지나고 방학이 되자 나는 학교생활이 좀 아쉬웠다. 그래서 화학과 교실에 가서 봉사활동을 자처했다. 도시락을 싸가지고 가서 청소도 하고 정리도 하는 일이었는데, 스스로 간 것이어서 힘들다는 생각은 안 들었다. 다른 친구들은 안하는 그런 일을 한 것을 보면 내가 좀 적극적인 성격인가 싶은 생각이 들기도 한다.

그때 조교로 있던 분은 교수님의 처남으로 서울대 전임강사인지 조교수라고 했다. 무슨 사정인지 매형 밑에 와서 있었는데 대단한 분이라는 말이 있어서, 일 좀 도와주고 배울 것이 있을까 생각했다. 교수님과는 같은 동네에 살았기 때문에 같이 집으로 오는 경우가 많았다. 학교에서 집까지는 걸어서 15분 정도로 걸어 다닐 만한 거리였다. 교수님이 술을 좋아하셔서 일주일에 한 두 번은 "어이~ 정군 나가세."그러면 다른 교수님들과 같이 나가서 막걸리나 소주를 마시곤 했다.

그렇게 방학 때까지 했고, 개학하고 나서는 실습 준비하는 것을 돕기도 했다. 나의 적극적인 학교생활을 기특하게 보셨던지 하루는 아버지가 선물이라며 청진기를 사오셨다. 뿔이 아니고 상아로 만들어진 거라 가격이 배 가까이 비싼 것이었다. 그날 이후 그 청진기는 내 의사로서의 삶에 든든한 의지처가 되어 나를 지켜주고 있다.

서울 수복 이후 38선 돌파와 북진으로 평양이 수복되고 인민군은 계속 북쪽으로 쫓겨 통일이 다가온 듯 했다. 그러나 중공군의 개입으로 1951년 1월 4일, 다시 서울을 빼앗기고 한국군과 유엔군이 퇴각하기 시작했다. 인민군의 치하에 있어 봤던 우리는 반동분자로 낙인이 찍혀도 처형당할 정도는 아니라는 것을 겪었기 때문에 일단 관망하며 집에 있었다. 당시 좌익은 거의 뿌리가 뽑히고 남아있는 빨치산들이 소규모 전투를 계속하고 있던 상태여서 사실 걱정이 될 정도는 아니었다.

방학이 끝나고 학교에 가보니 모두들 무사한데 한 친구만 목숨을 잃었다고 했다. 그 가족들이 여수에서 부산으로 피난가려고 창경호를 타고 가다가 배가 가라앉아 모두 죽었다는 것이었다. 북한군이 대전 이남으로 내려올 경우 광주는 전략적으로 포기를 하도록 돼있었기 때문에, 안전하게 부산으로 피난을 가려고 했던 것 같다. 전쟁이 일어나지 않았다면 꽃다운 나이에 세상을 떠나지는 않았을 텐데......

의대에서 평생의 벗들을 만나다

예과 2학년 때 나는 반 대표를 맡았다. 회식 때 돈 걷기, 친구들이 휴강을 원할 때 대표로 교수한테 가서 휴강 조르기 등 시시한 일을 대신 하는 정도였는데, 그 뒤로 4년 내내 반대표를 계속했다. 재시험을 쳐야 하는 친구들을 위해서 반 대표 자격으로 교수님께 가서 그 친구들이 개인적으로 시험을 칠 수 있도록 봐달라고 부탁하기도 했다. 학과가 많기 때문에 하루에도 서너 군데 가서 그렇게 사정을 해야 했다. 낙제점을 많이 줬던 해부학 교수는 "왜 자네는 학기 때마다 와서 그러는가? 자네는 점수 맞았지 않았나?"라고 하실 정도로 적극적으로 친구들을 구제하러 다녔다. 한 과목만 낙제해도 재시험을 볼 수 없었고 다시 수업료를 지불해야 했기 때문에 빤한 형편에 보통 일이 아니었다.

그렇게 해서 구제된 친구들이 많아 1, 2학년 때를 제외하고는 낙제를 당한 사람은 두 명 밖에 없었다. 예과 1년에서 2년으로 올라갈 때와 그 다음 해인 예과 2년에서 본과 1학년으로 올라갈 때 무려 30% 가까운 학생이 낙제를 당했다. 결국 졸업할 때 보니 70명 입학생중 졸업한 친구는 23명에 불과했다(졸업생 총수는 41명).

대학생활 동안 배구선수를 한 것은 내 일생에 중요한 사건이었다. 친한 친구들 중에 배구를 하는 친구가 서 너 명 있어서 한번은 따라가 보았다. 외과 교수이신 조영국, 김형순 선배들이 배구 코치를 하고 있었고, 나에게 권해서 해본 것이 그 시작이었다.

의대와 예과는 700미터 정도 떨어져 있었는데, 매일 오후에 나가서 배구라는 운동에 흠뻑 빠지기 시작했다. 교수님 중에 한분의 누이동생이 간호학교 배구부여서 의대 배구부와 같이 훈련도 하고 시합도 했다. 나중에는 그쪽에 코치가 없을 때는 우리가 가서 코치를 해주면서 상당히 가깝게 지냈다. 그러다가 서로 눈이 맞아 커플이 생기기도 했지만 나는 여자들한테 별로 관심이 없었다.

그렇게 2, 3개월이 지났을 때 단과대별 배구대회가 있었는데 나보고 그 시합에 나가라고 해서 떨리는 심정으로 출전했다. 요즘과는 다른 9인조 배구였다. 제일 만만한 한쪽 후위(後衛)였다. 문제는 서브였다. 9인조 배구의 서브는 테니스처럼 두 번이었다. 보통 첫 서브는 강한 스파이크 서브였다. 지금도 얼굴이 화끈거리는 기억은 두세 번째 서브가 나한테 왔는데 순간 놀라서 못 받아버렸다. 공은 무릎에 맞고 튕겨나갔고, 다들 나를 쳐다보는데 어찌나 무안하든지 그 순간이 평생 잊혀지지 않는다.

그때가 예과 2학년 5월쯤이었다. 9명의 선수와 후보 선수 몇 명 중 서너 명이 동기로 예과 2학년이 주축을 이루고 있었다. 그때는 내가 무엇을 하든, 이 친구들과 함께 할 정도로 가까운 동무들이었다.

그 중에 박광순이라는 친구가 있었다. 순천농고 출신으로 처음 하숙을 하다가 얼마 후에 가족들이 광주로 이사를 왔고, 그의 아버지가 1년 넘게 광주시장을 했다. 성격이 급하고 욱하는 성질이 있어서 친구들과 많이 싸우는 편이어서, 내가 뛰어가 말린 것이 한 두 번이 아니었다.

내 방이 넓어서 친구들이 모여 같이 공부를 하곤 했는데 박광순은 항상 빠지지 않았다. 대체로 시험공부를 위해 모여 공부하며 시험과 관련해서 토론도 하고 내가 가르쳐줄 수 있는 것은 가르쳐주기도 했다.

정말 뭐든 함께 했던 그와 헤어진 것은 너무 급작스러웠다. 흉부외과를 전공하고 졸업 후에는 일반외과로 순천에서 개업해 잘 지내고 있던 그로부터 어느 날 전화가 걸려왔다. 황달이 왔는데 죽을 지경이라는 것이었다. 급히 내려가 그 좋아하는 술도 같이 못 마시고 저녁만 먹고 왔는데 얼마 못 가서 세상을 달리하고 말았다. 나이 40도 안 되던 때여서 생각할수록 그립고 아까운 친구이다.

정광호라는 친구 역시 배구부였다. 원래는 서중 1년 선배였는데 좌우익 관련 살인사건에 연루되어 형무소를 갔다 온 적이 있었다. 아마도 학생연맹의 핵심 인물이었던 것 같다. 전라도뿐만 아니라 서울에서도 이름 날리는 주먹인 데다가 감옥 생활을 했지만 머리가 좋고 똑똑해서 출소 뒤에 사범학교에 들어갔다고 했다. 그리고 다시 광주 의과대학에 들어와서 나와 한 학년이 되었다.

70명 중에 정씨가 딱 두 사람이라 어쩐지 피붙이 같았고 배구를 같이 하면서 더욱 친해졌다. 사범학교 다니면서 만난 아내와는 동거를 몇 년 하다가 졸업하자마자 결혼을 해 부러움을 사기도 했다.

친구 중에는 모두의 기억에 뚜렷이 남는 한 친구가 있다. 이경석은 함흥에서 형과 같이 월남했기 때문에 우리가 따라지라고 부르는 친구였다. 이북에서는 잘 사는 집안이었다는데 재산을 몰수당하고 달랑 둘이 남쪽으로 내려왔다고 했다. 부산에 어떤 친척이 있다고는 했으나 만나서 도움을 받을 만한 처지는 아니라고 했다. 힘들었지만 같이 지내며 의지가 됐던 그 형 역시 의대에 다니고 있었는데, 4학년 때 결핵을 앓다가 그만 세상을 등지고 말았다.

워낙 맨손으로 월남한데다가 혈혈단신이 된 경석은 늘 다음 끼니를 어떻게 때울 지가 걱정이었다. 사범학교를 졸업하고 의대에 들어온 그는 이북 출신 교수들로부터 조금씩 도움을 받는 것 같았고, 학비를 벌려고 뭔가를 하기도 했지만 먹고 사는 것이 늘 걱정이었다. 아침을 어디서 얻어먹으면 점심을 걱정하고, 저녁 먹으면 잘 자리를 걱정하며 살아야 했던 친구였다.

그가 우리 집에 오면 어머니가 알아서 차려주셨기 때문에 내가 없을 때도 와서 밥상을 받고 있었다. 내가 반 대표였기 때문에 프린트물을 공짜로 준다거나 하는 식으로 내가 해줄 수 있는 것은 무조건 공짜였다. 돈은 없어도 그 친구는 언제 어느 때라도 당당하게 얻어 먹었다. 어떤 땐 친구가 하숙을 옮기면 가서 책상을 짊어지고 도와 거기서 밥을 먹기도 했다. 그러다가 몇 끼를 굶게 되면 우리 집이 그의 최후의 피난처였다.

일반과를 전공한 경석은 이북 출신의 의대교수가 학교를 그만두고 군산에서 개업하자 돕겠다고 왕래를 하더니, 거기서 일하는 간호사와 마음이 맞아 군 복무 중에 결혼했다. 결혼식 전날 나는 군산에서 친구들을 모아놓고 돈을 모아 경석에게 전달해서 조금이나마 도움이 되도록 했다.

제대하자마자 개업을 한 그는 군산에서 자리를 잡았다. 열심히 일한 덕에 나중에는 2, 3층 빌딩을 지어서 사위한테 병원을 물려줄 정도로 안정된 생활을 하게 돼 내 마음이 뿌듯했다. 어렸을 때의 고생을 생각해서인지 내가 군산에만 가면 불편하지 않도록 모든 편의를 제공한다. 그는 언제든지 전화해서 내 마음의 모든 것을 말할 수 있는 든든한 친구이다.

세상에 없는 "전시 연합 대학"

전쟁으로 정상적인 수업을 받을 수 없는 대학들이 늘어났다. 1951년 5월 4일 '대학교육에 관한 전시 특별 조치령'으로 전시연합대학이 출범했다. 전쟁으로 정상적인 수업을 받을 수 없는 대학생들에게는 그 기간 중에 타 대학에서 수업을 받을 수 있도록 제도적으로 보장하는 조치였다. 이 시행령이 발표되자 서울대, 연세대, 고려대, 이화여대 등이 부산, 대구, 광주, 대전, 전주에 설립되었다. 애당초 전쟁으로 인해 교육이 중단될 수는 없다는 의지로부터 출발한 것이었고 면학 분위기가 뜨겁게 달궈지기도 했다.

그러나 학생들에게 징집이 완화되거나 유보되는 혜택을 부여함으로써 대학생 수가 급격히 증가하고 무리하게 진학률을 높이는 결과를 가져오기도 했다. 이 당시 대학교육은 교양이나 인격을 갖추기 이전에 '생존'을 위한 선택이었다.

전라도에서는 광주의과대학이 전시연합대학으로 지정되어 서울에서 학교를 다니던 친구들이 대거 들어왔다. 서중 동창인 고재경 역시 서울에서 학교를 다니다가 광주로 내려와 전시연합대로 들어왔고, 다음해 3월에 전시연합대학이 문을 닫은 후에도 광주의과대학에 남아 그대로 졸업을 했다.

이렇게 서울로 복귀하지 않고 학교가 좋아 그냥 다니다가 졸업한 친구들이 많았다. 서중에서 최석규와 함께 바둑으로 양대 산맥을 이루던 김영길도 같은 경우이다. 머리가 좋아서 수학을 잘 했고 서울 공대를 다니다가 전시 연합대로 들어와서 학교 분위기가 좋다며 서울로 안가고 의대를 졸업했다.

전쟁 중에도 포화가 미치지 않는 곳에서는 일상과 다름없는 일들이 계속되고 있었다. 전쟁 중에도 전국체육대회가 열려 예과 2학년 때는 배구로 전국체육대회에 나갔다. 먼저 단과대 별로 경기를 해서 우승팀이 다른 대학의 우승팀과 경기를 한다. 거기서 우승하면 전남지역 대학 배구부 우승팀으로 전국대회에 나가 다른 지역의 대학팀과 겨루는 방식이었다. 우리 광주의과대학 배구부는 이런 식으로 4년 연속 전국대회에 출전했다. 서울에 올라갈 때는 체육 교수 인솔 하에 다 같이 여관에 묵었다. 한번은 우리가 서울까지 왔는데 고기도 좀 먹어야 하지 않겠냐는 의견이 모아졌다. 그리고는 나한테 체육교수한테 가서 말하라고 해서, 우리끼리 친목도모를 하려고 하는데 배구부에 배당된 돈을 좀 주실 수 없느냐고 교섭을 했다. 결국 돈을 받아내서는 우리끼리만 따로 좀 싼 여관에 들어가 지내며 재미있는 추억거리를 많이 만들었던 일도 있었다. 아마도 우리가 서울까지 오긴 했지만 우승은 애초부터 불가능하다는 생각이 들어서 그냥 즐겁게 놀다가자는 생각이었을 것이다.

포성이 들리지 않는 후방이라 가능한 거긴 했지만, 여름방학마다 나는 배구부 친구들과 여수 만성리 해수욕장에 놀러가곤 했다. 돈도 많지 않아 여수에서 3, 40분 거리를 걸어서 가야 했고, 먹을거리조차 충분치 않아 술도 많이 마시지 못했지만, 친구들과 즐거웠던 시간은 지금도 기억 속에 생생하다.

경기중학 시절 기계체조와 수영선수를 하셨던 아버지로부터 초등학교 4학년 때 수영을 배웠다. 지금은 개발을 이유로 매립돼 없어졌지만 광주 경양방죽에 사설 수영장이 있었다. 그때 배운 수영 실력으로 만성리 해수욕장에서 섬까지 2km를 천천히 왕복하곤 했다.

전쟁은 너무나 많은 것들을 파괴하고 또 수없이 많은 사람들의 가슴에 상처를 내며 3년 동안이나 계속되었다. 그 와중에 무사히 그 힘든 터널을 통과했다는 사실 자체만으로도 난 운이 좋은 사람이었다. 어쩌면 천성적으로 느긋하고 긍정적인 성격이 그 혼란의 시간들을 평소와 다름없이 보내도록 만들었는지도 모르겠다.

첫 번째 관문, 해부실습

1953년 4월 1일 광주의과대학은 국립전남대학교 의과대학으로 개편되면서 그 위상이 한층 올라갔다. 초대 총장은 광주의과대 학장이었던 최상채 박사였는데 아버지의 경기중 선배여서 입학할 때 아버지와 함께 인사를 드린 적이 있었다.

예과 2학년이 지나고 본과에 올라가자 본격적으로 의학 수업을 받으면서 마음가짐이 달라지는 느낌이었다. 의학을 크게 나누면 해부학, 생화학, 세균학 등의 기초의학과 내과, 외과, 산부인과, 소아과 등의 임상의학으로 나누는데 본과 1,2학년 때는 기초의학을 주로 배운다. 임상학에서는 내과와 외과가 시간 배정이 가장 많고, 산부인과와 소아과가 그 다음, 어떤 과는 한 학기에 몇 시간씩 배우고 끝나는 것도 있었다.

본과에 막 들어가자 해부학, 생리학, 생화학을 가르쳤다. 첫 번째 넘어야 할 산은 해부실습이었다. 해부는 6,7명이 한조로 시체 하나를 두고 교수가 시키는 대로 진행됐다. 포르말린이라는 방부제에 시체를 담가놓는데 문제는 그 냄새가 기절하게 역하다는 데 있었다. 교실 하나에 시체 10구가 있으니 교실 가득히 차 있는 그 냄새는 상상 이상으로 견디기 힘든 것이었다. 특히 여학생들 중에 비위가 약해서 토하며 진저리를 치는 친구들이 있었다. 하지만 결국은 메스를 들어야 하기 때문에 견뎌내야 한다.

해부 과정은 피부에서 근육으로 그리고 내장, 뼈의 순서로 칼을 대게 된다. 군대에 가야 하는 남자들의 경우는 야전병원이라도 있어야 과가 나뉘져 있지, 전방에 가면 어떤 환자든 자기가 다 봐야 하기 때문에 준비를 해야 한다.

나도 그런 경험이 있다. 6·25사변 때 생긴 유행성 출혈열이 번져, 수도 육군병원에서 인턴을 할 때 전염병과에 환자들이 몇 십 명씩 쭉 누워있었다. 큰 병이 아니려니 했는데 나중에 보면 전날 멀쩡하던 사람들이 다음 날 죽어나가기도 했다.

기억에 남는 일은 여학생들 도시락에 시체의 일부를 조금 떼어넣어 기겁하게 만든 짓궂은 인간들이 있었다는 것이다. 규정에 어긋나는 일이어서 그런 장난 하지 말라고 호되게 야단을 맞기도 했다. 본과에 들어가 공부가 시작되자마자 우선 시체부터 만지니 이젠 정말 의사가 되는구나 싶어 왠지 진중해지는 느낌이었다.

생체의 외부 및 내부 형태를 조사하는 해부실습이 끝나고 나면, 생리학에서는 그 기관들이 어떤 역할을 하는지에 대해 배우게 된다. 현미경으로 살피며 그것의 화학적 메카니즘을 알아나가는 과정이다.

그것이 끝나면 약리학 등의 응용학을 배우고 그리고 진단학으로 이어지며 최종적으로는 국가시험을 본다. 그 시험에 몇 명이 합격했느냐가 학교의 명예와 관련된 일이어서, 학교에서도 신경을 많이 쓸 수밖에 없다. 그리고 80명 졸업생 중에 20명만 인턴으로 뽑히고, 나머지는 의과대학이 없는 병원에 가서 과정을 밟아야 한다. 그 병원에서도 유명 학교 출신들이 와서 다 차지해버리면, 인턴과정하기 전에 군대를 가야하고 다녀와서야 인턴과정을 밟게 된다. 그것도 겨우 이름만 있는 병원에 가면 배운 것도 없이 개업을 해야 하는 상황이 돼버리기도 한다.

본과에 올라가서는 여름방학 때마다 보길도에 있는 마을에 가서 무의촌 진료 봉사에 참여했다. 봉사의 의미도 있고 뭔가 배울 것이 있으리라는 생각에서였다. 처음에는 잘 몰라서 힘들었지만 조교와 교수님한테 물어가면서 금방 적응했다.

일단 환자에게 어디가 아픈지 물어서 초진 기록지를 조교에게 넘기면 처방전이 나왔다. 아직 진료를 해보지 않은 학생 신분이라, 반창고는 어떻게 붙이고 붕대를 어떻게 감는지 등등을 배우면서 했다. 무의촌 진료는 기본적으로 의대생들만 가고 간호대생들은 가지 않았기 때문에 모든 것을 우리가 다해야 했다.

대개 일주일에서 열흘 동안 봉사활동을 하게 되는데, 주민들에게 폐를 끼치지 않으려고 각자 쌀을 가져가 밥은 실컷 먹었다. 점점 주민들과 친해지자 술이 많이 있는 집으로 가서 저녁마다 술을 마시며 이야기꽃을 피우기도 했다. 배를 타고 한참을 가야 병원이 있는 육지로 갈 수 있기 때문에 환자에게는 몹시 열악한 지역이었다. 그렇기 때문에 우리가 봉사를 끝마치고 돌아갈 때는 소화제, 지사제, 해열제 등 남은 것을 주고 오곤 했다. 해변가에 검은 돌이 인상적이었던 그곳에서 우리는 진료를 끝내고 매일한 시간 정도 수영도 하고, 해물을 싸게 사서 술도 한잔씩 했다. 무의촌 진료는 방학과 함께 귀향해야 하는 시골 친구들은 갈 수가 없었고, 거의 광주 시내에 살고 있는 학생들을 중심으로 갔다.

일본 뇌염과의 사투

1953년 7월 27일, 전쟁은 끝났다. 본과 2학년 여름방학이 막 시작될 무렵이었다. 3년간의 전쟁은 남북한 쌍방에 엄청난 피해를 입히고 막을 내렸다. 우리는 전쟁에 크게 좌우되지 않은 후방에 있었기 때문에 표면상 크게 달라진 것은 없었지만, 정신적으로든 물질적으로든 전쟁으로부터 입은 상처는 어느 누구도 피해갈 수 없는 것이었다. 다만 나를 비롯해 친구들 모두 군대에 갈 나이가 됐기 때문에, 이젠 전방에 가서 죽을 염려는 없겠구나 싶은 생각으로 안심은 되었다. 게다가 의대는 졸업 때까지 징집이 유예되기 때문에 당장은 걱정할 일이 아니었다.

다음해 본과 3학년이 되면서부터는 본격적으로 실습을 위주로 한 강의가 시작되었다. 교수님이 회진을 나갈 때 따라다니면서, 앞으로 내가 무슨 과를 할지 정하게 되는 중요한 기간이기도 했다. 미리 정해두어도 자꾸 마음이 바뀌기 때문에 충분히 실습을 하며 시간을 가져야 할 일이었다. 실습에 나가 직접 치료하는 경우는 없었고, 교수가 환자를 진료하면서 무슨 처방을 내릴지에 대해 학생에게 물으면 그에 대한 답으로 평가를 하기도 했다.

그렇게 실습을 하다보면 마음속으로 어떤 과를 가야겠다는 결심이 생기지만, 문제는 담당교수의 낙점이 있어야 전공으로 정할 수 있었다. 지금은 레지던트 시험을 봐야 하나 그때는 과장의 도장을 받으면 되는 일이었다. 대부분 하겠다고 하면 도장을 찍어주지만 지원자가 많은 경우가 문제였다. 그래서 친구 중에 꼭 될 것 같은 사람이 지원을 하면, 대부분은 다른 과로 애초에 피하기도 한다. 물론 그런저런 고민 없이 자기 부모님이 의사인 경우는 부모의 전공을 따라 가기도 했다.

나를 비롯해 한 두 명은 늘 실습을 더 많이 해보고 싶은 생각에 교수님들 주변을 어정거렸다. 일단 친한 교수님이 허락을 하실 가능성이 높기 때문에 배구 코치이신 외과교수님(조영국, 김형순)이 언제 당직인지를 알아본 뒤, 그 날 가서 가운을 입고 따라다니다 보면 일을 시키실 때가 있었다. 뭔가 직접 해 보고 싶은 마음에 열심을 부린다는 걸 교수님들이 알고 있어서 그런 열성을 높이 사셨다.

그러다가 드디어 수술실의 조수로 들어갈 기회가 생겼다. 그때가 본과 3학년 겨울방학 중이었다. 집에서 학교가 가까웠기 때문에 저녁을 먹고 학교에 스윽 들렀다. 그날은 교수님이 야간당직을 하시면서 수술이 있던 날이었다. 그런데 나를 보시더니 "자네 손 씻소"해서 무슨 일인가 했는데 수술실로 데리고 들어가셨다.

처음이라 긴장도 됐지만 뭔지 모를 가슴 벅찬 감정이 느껴졌다. 내가 할 수 있는 일이라고는 수술부위를 소독하는 것과 모스키토(출혈을 막기 위해 혈관 끝을 잡아주는 것), 복막을 절개할 때 한 쪽으로 잡아주는 식의 단순한 일이었지만 수술 자체로 보면 중요한 일이었다. 그렇게 처음엔

"소독해보소", "마무리해보소", 그러다가 이후로는 "한번 꿰매보소"라며 맡기셨고, 차차 그런 일이 익숙해지자 나중엔 "잘라보소"까지 하게 됐다. 수술이 끝나고 나서 교수가 '자네가 꿰매보소' 그러고는 장갑을 벗고 나가시면 간호사의 도움을 받아 내가 해야 했다.

한동안은 계속 긴장하며 했던 것 같다. 혹시 잘못한다고 야단맞지 않을까 걱정도 됐고, 한 생명이 내 손에 달려있다는 책임감이 들었다. 처음에 "네가 잘라봐라" 할 때는 옆에 계시면서 시켰기 때문에 안심은 됐지만, 그래도 맹장을 못 찾으면 어쩌나 걱정이 되고 긴장이 되는 건 당연한 일이었다. 교수님이 없으면 수간호사가 경력이 많기 때문에 물어가며 했다. 자기들이 먼저 말하지 않고 물어보면 대답을 해주는 식이었다.

애초에 나는 외과를 전공으로 하고 싶은 생각이 많았다. 아버지의 경기중학 선배이자 당시 학장이어서 인사를 드렸던 최상채 박사의 전공이 외과였고, 친하게 지낸 배구 코치님들이 외과 교수였기 때문에 알게 모르게 관심을 갖게 됐다. 그래서 모두들 내가 외과를 가려니 생각했는데 마지막으로 했던 소아과 실습이 내 미래를 완전히 바꿔놓았다.

당시에 내 생각으로는 외과는 나중에 본격적으로 공부를 해야 되니까 우선 다른 공부를 해봐야지 싶은 생각에 내과, 산부인과, 피부과 등등의 실습을 시작했다. 그리고 마지막으로 소아과를 한 다음에 외과를 할 계획이었다. 그런데 전쟁 끝에 일본 뇌염이 본격적으로 돌기 시작하더니 1955년 여름, 어린이 환자들이 병원에 넘쳐나기 시작했다.

원래는 소아과가 너무나 한가해서 저렇게 하면서 월급을 받아도 될까 싶을 정도였는데 상황이 완전히 역전돼버렸다. 그도 그럴 것이 당시 소아과 교수는 김덕성 과장님을 비롯해 김동열, 김헌두 선생님 세분 밖에 안 계셔서 일손이 턱없이 부족했다. 감기가 와서 열만 나도 모두 대학병원으로 몰려들었고, 광주 시내뿐만 아니라 인근 군 단위 마을에서까지 다 오니 실습나간 우리가 도울 수밖에 없었다.

자연히 병상도 부족해서 8, 90명 들어가는 2층 병동의 환자들을 다른 곳으로 옮기고, 소아병동으로 이름을 붙여 일본뇌염 환자만 있는 병동으로 사용했다. 그래도 부족해서 상무대에 있는 77육군병원(현 광주국군통합병원)의 한 병동 복도에까지 침대를 쭉 깔았다. 침대 하나에 어린이 한명과 그 부모들까지 같이 누워 자야하는 상황이었다.

그러니 의사 세 명이 종일 환자를 보는 것도 하루 이틀이지 한계가 있었다. 그래서 가까이 있는 우리 실습생들이 간단한 처방법을 배워서 할 수밖에 없었다. 나중에는 처방전에 사인까지 우리가 해야 할 정도로 눈 코 뜰 새가 없었다.

속이 빈 가는 침을 몸속에 찔러 넣어 체액을 뽑아내는 일을 천자(穿刺)라고 하는데, 등뼈 사이에 바늘을 넣어서 신경과 뼈 사이에 있는 척수 액을 주사로 빼내는 걸 요추천자(腰椎穿刺)라 한다. 사실 평소 같으면 거의 해볼 수 없는 시술을 마치 그 분야의 전문가처럼 해낼 정도까지 되었다. 그러다가 뇌척수액 검사까지 나한테 시켰다. 원래는 검사실 일이었는데, 위급한 상황인데도 결과가 다음 날이 돼야 나오기 때문에 그냥 우리가 바로 해야 했다.

일본 뇌염은 원래 항생제를 하나나 줄까 싶을 정도로 약하게 처방이 됐지만, 화농성이라고 하면 항생제를 내리 부어야 했다. 뇌가 망가지기 전에 막아야 했기 때문이다. 감수성 검사도 일반적으로 결과가 나오기까지 일주일이 걸리고 그 와중에 죽어버릴 수가 있기 때문에 결과가 나오기 전에 손을 써야 했다. 시간은 촉박하고 손은 부족하니 별다른 방법이 없었다. 가장 혼이 난 것은 사망 환자를 처음 대하게 된 일인데, 그것도 내 손으로 사망선언을 해야 했던 일이었다. 첫 번째 사망환자가 한밤중에 발생해 정말 심장이 멎었는지 청진기를 대보았다. 그런데 약간 박동이 들리는 것 같아 청진기를 뗄 수도 없고 사망했다고 선언을 할 수도 없어 간호사에게 맥을 짚어 보라고 했다. 그랬더니 맥이 안 잡히고 동공은 반사가 없는 것으로 결론이 내려져 결국 사망선언을 할 수밖에 없었다.

하지만 그 아이가 죽었다는 것이 믿어지지 않고 포기할 수가 없어서, 울

부짖는 부모 뒤로 물러서서 혹시 다시 살아나거나 숨을 쉬지 않을까 가슴 두근거리며 서 있었다. 그러나 그런 기적은 끝내 일어나지 않았다. 그 후 내가 사망 선언한 환자가 32명이었고, 총 33명이 의사가 아닌 나에 의해 밤중에 사망이 확인되었다. 그 당시 김헌두, 김동열 두 선생님은 피로가 극에 달해 몸겨눕기까지 해서 그해 여름은 그야말로 사투를 벌여야 했다. 방학 내내 소아과에서 씨름하는 동안 2학기 강의가 시작됐는데도 환자 때문에 강의에 들어갈 수가 없었다. 나중에는 차츰 환자가 줄어들어 강의에 들어갈 수 있었지만, 정말 실습 한번 제대로 한 셈이었다. 학생이 요추천자까지 하는 건 상상도 안 되는 일이었으나 나한테는 좋은 기회가 됐다. 요즘은 인턴 레지던트 과정을 당연한 것으로 여기고 있고 그 과정을 거치지 않으면 꿰매는 것을 할 수가 없다. 그런데 옛날에는 이렇게 인턴 과정이 아니라도 교수님의 재량으로 해볼 수 있는 경우가 더러 있었다.

4학년 2학기가 되자 우리는 긴장상태에 돌입했다. 수업이나 실습 혹은 봉사활동 같은 것은 일체 접고 국가시험을 대비하여 문제집 풀이와 특강만 있었다. 몇 사람씩 그룹으로 모여 스터디를 했는데, 내가 속한 조는 우리 집이 넓기 때문에 우리 집에서 모여 공부를 했다.

드디어 졸업 전인 1956년 1월에 국가시험이 있었고 예상대로 합격이었다. 하지만 졸업은 우리 반 친구들 중에 1/3 정도 밖에 하지 못했다. 같은 반에 있던 여학생 7,8명도 나중에는 세 명 정도밖에 안 남았는데 하나는 나와 같이 바이올린을 했던 지정희이고, 전남여고 나온 영암 출신 친구와 또 하나는 당시 광주시장의 딸이었다. 지정희는 요즘도 동창회에 나가 반갑게 인사를 나누곤 한다.

입대를 미루다

졸업을 앞둔 1956년 2월 초에 새로운 제도가 하나 생겼다. 갑자기 대학 원생은 2년간 징집이 보류된다는 발표와 함께 정원은 10명이라는 것이었다. 소아과도 1명이 배정돼 있었다. 졸업과 함께 입대를 염두에 두고 있었기 때문에 좀 갑작스럽긴 했지만, 나는 대학원 시험을 쳐서 그 10명안에 들어 당장은 군의학교에 가지 않아도 되었다.

그때 아버님과 상의하여 정한 과가 바로 소아과였다. 당시 주임교수인 김덕성 교수님은 호남에서 명성이 자자했던 분이셨고, 또 내가 4학년 여름 방학 때 소아과에서 실습을 하며 소아과 교실 선배들과도 절친하게 지낸 것이 결정적으로 작용했다. 또 하나 중요한 이유는 어렸을 때 형들이 홍역을 앓다가 그 후유증으로 죽고, 나 역시 죽음의 문턱까지 갔던지라 아이들의 밝고 건강한 삶을 위해 조금이나마 내 힘을 보태고 싶다는 희망이 생겼기 때문이었다.

전쟁은 끝났지만 입대하는 것보다 대학원을 선택하게 된 이유는, 아직 전쟁에 대한 불안이 남아 있었고, 한 살이라도 젊었을 때 공부를 해야겠다는 생각에서였다. 졸업한 뒤에 군대에 가면 대위 계급을 주기 때문에 군대 생활이 더 편할 수 있었다. 대학원을 가지 않고 바로 군대 간 사람들과 계급이 맞춰지는 제도였다.

졸업과 함께 대학원 입학을 하게 된 10명 외에 다른 친구들은 군의학교로 떠났다. 남은 우리 10명은 기초학 교실부터 임상학까지 각자가 선택한 과로 흩어졌다. 내가 가게 된 소아과는 김덕성 교수님이 병원장을 하면서 주임교수를 겸임하고 계셨다.

대학원 1년은 크게 인상적인 일이 없이 빠르게 지나갔다. 학부 때와는 달리 환자를 보고 처방을 할 수 있어서, 교수들이 오전만 진료를 하고나면 오후에는 우리가 직접 환자를 봤다. 그래서 오전에는 대개 초진 환자들이 오고 오후에 재진 환자가 배치됐다.

대학원 과정에 들어가서 처음 환자를 볼 때는 그 전에도 늘 해오던 것의 연장이라는 생각에 별로 새로운 느낌이 없었다. 이때 나와 함께 무급조교로 있던 선배가 강연수, 장영태였다. 우리는 무급의 설움을 달래며 의기투합하여 가끔씩 술도 한잔하며 힘든 날들을 잘 견뎌내고 있었다.

여름에는 변함없이 무의촌진료를 나갔다. 학생 인솔 책임 교수가 있고 그다음으로는 내가 중간 정도의 책임자가 되었다. 학부 때와는 달리 학생들을 통제해야 할 자질구레한 일들이 있었고, 그 외에 내가 더 책임지고 해야 할 일들은 교수한테 물어서 진행했다.

병원은 후배가 선배들을 따르고 복종하는 것이 오랜 전통이 되어 있는데, 그런 위계질서가 환자를 살리는데 절대적으로 필요하기 때문이다. 복종하지 않고 개별적으로 행동하여 문제를 일으킬 경우 결국 퇴출되기도 한다. 무의촌 진료를 가서도 그런 식의 관계는 잘 지켜져야 했다. 후배들은 나와 연배가 한참 떨어져 내 앞에서는 담배도 못 피웠다.

그들이 꼭 소아과 전공자가 되는 것은 아니어서, 성적이 좋은 후배들에게는 3학년쯤에 실습을 나오면 소아과에 오라고 충고를 하기도 했다. 그래서인지 내가 소아과에 들어간 뒤로는 매년 3등 안에 드는 후배들이 소아과에 왔는데, 대학에 남지 않고 모두들 개업을 했다.

갑작스런 징집 영장

1957년 1월, 갑자기 군대에 오라는 징집통지서가 날아왔다. 대학원생에게 혜택을 주던 징집연기제도가 없어져버린 것이었다. 당분간은 공부하는 학생신분이 아니라 군의관으로 군대생활을 하게 되니 마음이 착잡했다. 아직 결혼도 안 한 장남이 군대를 가야 하니 집안에서는 이런저런 걱정이 앞섰다.

대학원 과정에 있던 10명 모두, 삼삼오오 기차를 타고 마산 군의학교로 떠나면서 무거운 마음이었을 것이다. 그래도 뿔뿔이 흩어지지 않고 한 군데로 가서 훈련을 받는다는 것이 다소 위안이 되었다. 마산에 도착해서 군의학교에 전화를 했더니, 입교 안하고 어디로 가버릴까 봐 그랬는지 득달같이 데리러 나왔다. 그리고는 갈아입으라고 군복을 주는데 내가 덩치가 큰 탓도 있지만 어찌나 옷이 짧든지 웃음이 터져 나왔다. 가지고 있는 소지품은 한꺼번에 넣으라고 상자를 주고는 그 중에 지갑만 돌려주었다. 옷을 다 입고 나가서 줄을 서는데 옷도 안 맞고 주름도 안 잡혀 모양새가 좀 그랬는지, 몇 주 먼저 와있던 간호장교 후보생들이 보고 웃고 야단이었다. 우리가 군인이 되려면 까마득히 멀었구나 싶어 한숨이 나왔다. 잠자리는 퀀셋 막사(양철로 지어진 반원형의 막사) 안에 양쪽으로 침대를 깔아주고는 모두 들어가게 했다. 그리고 대표와 부대표를 뽑는데 서울대 출신이 십여 명으로 제일 많았고, 나머지가 전남대 출신이어서, 대표를 서울대 의대 출신을 시키고 나보고 부대표를 맡으라고 했다. 하지만 부대에서 할 일이라는 게 별로 많지 않아, 대표가 거의 다 하고 나는 별로 할 일이 없었다.

원래 1년 선배였으나 졸업이 늦어져 우리와 같이 입대한 대표는 나보다 세 살 위였다. 우리 외에 수의과 출신들이 열 몇 명 있었는데, 우리와 학제가 달라서 군의학교에서 교육이 끝나고 우리가 중위를 붙일 때 그들은 소위 계급을 달았다. 그때 35세에 가까운 사람들도 징집이 늦어져 우리와 함께 입대해 우리는 노인부대라고 불렀다.

10주 동안의 훈련은 아침 6시에 기상하는 것으로 시작되었다. 나는 원래 초저녁에 잠들고 아침 일찍 일어나는 편이라 전혀 문제되지 않았다. 고된 하루를 보내고 저녁 10시면 잠자리에 들어야 하기 때문에, 다른 사람들 역시 불평을 하지는 않았던 것 같다.

군의학교에서 받는 훈련은 일반 군인들에 비해 훨씬 간단했다. 군의관들은 원래 무장을 하도록 돼있지 않기 때문에 체력을 기를 만큼 심한 신체

훈련은 없었다. 총 쏘는 것도 연습은 했는데 이유는 모르겠지만 목표물을 겨냥하는 연습만 했다. 그러다 두 달 쯤 지난 어느 일요일에 외출 중지를 시키더니 옆 예비사단으로 데리고 가서 실탄 사격을 시켰다. 아마도 군부 대 배치를 앞두고 경험을 하라는 것 같았다.

군의학교에서 중요한 것은 약품 수급에 관한 교육과 장비에 대한 것이었 다. 약품을 받을 때 송장을 받아서 확인하여 실수가 없도록 해야 한다. 수 두룩한 몇 백 만 원짜리 장비 세트 중에 하나라도 잃어버리면 변상을 해 야 한다는 것이었다. 나중에 안 사실이지만 미군들은 장비가 세트별로 돼 있어서 그것만 있으면 어떤 수술도 할 수 있었다.

또한 중요한 교육 중에 하나가 군대 의무행정에 관한 것이었다. 예를 들 어 환자를 후송할 때 작성해야 할 것들인데, 최전방에서 쓸 응급일지 작성과 이동외과 병원 관련 일지 작성 요령 등이었다. 그리고 언제 다시 전쟁이 터질지 모르므로 후퇴하려면 독도법을 잘 알아야 한다고 했다.

이런저런 교육과 훈련을 받는데 특별히 무리한 일은 발생하지 않았다. 원래 악질 상관을 만나면 굉장히 고생한다는데 다행히 그런 일은 없었다. 어쩌다 잘못해서 군법회의로 넘어가게 되면 위생병으로 강등돼버릴 가능성이 있기 때문에 조심하지 않으면 안 되었다. 하지만 의대생만 모아놓은 집단이라 일종의 피해의식이라고나 할까, 내가 군대에 왔구나 싶은 초조함이 있었고, 아무 일 없이 잘 넘어가야 할 텐데 하는 긴장감이 있었던 것은 여느 초짜 이등병과 다를 바 없었다.

그래도 친한 친구들과 같이 군대에 온 것은 천만 다행이었다. 다만 아쉬운 것은 군의학교에서는 술을 마실 수 없다는 사실이었다. 그래서 우리는 외출이 되는 일요일에 밖으로 나와서 부족하나마 위로가 될 만큼은 마셨던 것 같다.

첫 외출은 서너 명이 함께 토요일 오후에 나와서 마산에서 1박을 했는데 여관은 아니고 한방에 서너 명씩 잘 수 있는 하숙집 같은 곳이었다. 주머니 사정이 되는 대로 술을 마시고는 다음날 점심을 먹고 귀대했다. 그런 식으로 주말마다 외출을 했고 나중에 대여섯 번은 부산까지 가기도 했다. 군인은 기차를 공짜로 탈 수 있도록 군인 칸 1량이 따로 있었다. 그때 부산에 와 있는 지정희와 예과 때 물리학을 가르쳤던 교수님을 만나 회포를 풀었던 기억도 있다. 광주는 다녀오기가 너무 멀어 가기도 쉽지 않고, 면회도 오기 힘들었을 텐데 남동생이 한번 다녀가며 돈을 주고 갔다. 먼 길이라 먹을 것은 가져오지 말라고 했더니, 돈을 주고 가서 유용하게 쓸 수 있어 고마웠다.

10주 동안 받는 훈련이 훌쩍 지나갔다. 마지막에 시험을 치러 자기가 배치받기를 원하는 곳에 지원을 하도록 돼있어서, 나는 광주로 갈까 아니면 아버지 고향인 서울로 갈까 고민하다가 큰 곳에서 한번 해보자 싶어 서울로 결정했다. 군의학교 교육 중에 의무차감인 김수명 대령이 두 번이나

와서, 우리는 법대로 꼭 3년 복무 후 제대하게 될 거라고 강조했지만, 당시에는 군의관이 대개 8년 정도 복무해야 제대가 되었다. 분명히 3년 만에 제대가 될 것 같지 않아서 인턴 과정을 하기로 결정하고 수도 육군병원(현 국군서울지구병원)을 지망했다.

서울 수도육군병원으로 신고하러 갔더니 의전장교인 중령(대령이 병원장)이 내가 군번이 빠르니 먼저 신고를 하라고 했다. 내가 군의학교에서 80명 중 네번째로 성적이 좋게 나왔고, 수도육군병원으로 온 사람 중에서는 성적이 제일 좋아서 군번이 빠른 것이었다. 같은 이유로 인턴장까지 하게 했다.

군의학교에 같이 갔던 10명은 광주, 부산, 대구, 서울로 흩어졌고, 서울로 온 사람은 나를 포함해 3명이었다. 어쩐지 별로 낯선 느낌이 들지는 않았다. 식사과장이 같이 훈련 받은 수의과 소위여서 더 그랬는지도 모르겠다. 그를 만나 우리가 같은 동기이니 밥이라도 넉넉히 달라고 했더니, 웃으면서 문제없다고 해 적이 든든한 마음이었다. 정식 인턴과정은 후배들이 20명 가량 군의학교에서 훈련을 받고 온 2개월 뒤에 시작되었다.

수도육군병원에서 처음 배치된 곳은 전염병과였다. 거기에는 전방에서 후송되어 온 유행성출혈열 환자들이 수용되어 있었다. 첫날부터 중환자의 심전도 검사를 하라고 해서 처음 보는 기계를 간호장교에게 물어가며 장착하고 검사를 시작했다. 그런데 몇 분 지나지 않아 심박동의 그림이 작아지더니 일직선을 그리는 것이었다.

아마 기계를 잘못 돌렸겠거니 하고 점검을 하려는데 간호장교 말이 환자가 이미 사망했다는 것이었다. '사람이 이렇게 쉽게 죽을 수 있을까?'당혹감을 감출 수가 없었다. 정말 죽음이란 소리 없이 오는구나 싶어 소름이 끼쳤다. 그날 이후 내내 그 심전도 검사의 그림이 뇌리에서 떠나지 않아 열심히 심전도 검사기기를 만지작거리면서 한 달이 지나갔다.

수도육군병원은 소아과와 산부인과가 없는데 하라는 대로 돌아가며 일

을 했다. 어떤 과든 배정이 되면 가서 과장한테 인사하고 밑에 사람들한 테 일을 분담시키며 그럭저럭 분주하게 보냈다. 수간호사가 대위였지만 우리가 중위라고 말을 낮추거나 하지는 않았다. 평일에도 일과만 끝나면 외출이 가능할 정도로 꽤 자유로운 편이었다.

병원은 경복궁 건너편에 있었고 그때는 경복궁과 병원 사이에 중학천이 흐르고 있어서 다리를 건너야 경복궁 쪽으로 갈 수 있었다. 그 실개천은 1957년 도시정비를 목적으로 복개를 해 길이 나버렸다. 요즘 중학천을 되살리는 작업을 진행하고 있는 것으로 알고 있다. 완공되면 다시 가서 그 시절을 떠올려보고 싶다. 병원에서 나와 조금 가면 종로였고 뒷골목 에는 막걸리집이 줄지어 있어서, 친구들하고 만나 술 한 잔씩 하곤 했다.

인턴생활 중에 특히 기억에 남는 것은 2군 산하 6관구의 서울지구 대표 팀으로 관구대항 체육대회에 나갔던 일이었다. 알고 보니 전염병과 과장

72

이 한국 국가대표 배구선수 출신이었고 관구사령부 서울지역 배구 감독이었다. 그래서 나도 대학 배구선수였다고 했더니 몹시 반가워하며 편하게 대하는 것 같았다. 덕분에 수도육군병원 6관구에 마련된 배구팀 숙소에 묵으며 대회를 앞두고 본격적인 연습에 들어갔다.

대구에서 진행된 그 대회에서 우리 6관구 배구팀은 승승장구하여 종합우승의 성적을 거두었다. 우승기를 들고 서울 용산에 새벽이 되어서야 도착했는데 관구 사령관과 참모들이 어둑어둑한 이른 새벽부터 홈에 나와 우리들을 기다리고 있었다. 사령관에게 우승신고 한 후에 사령관 이하 전 참모가 일렬로 우리 앞을 지나면서 악수를 청했다.

그런데 그때 어느 중령이 내 앞에 오더니만 "야, 우갑아 오랜만이구나." 라며 반가워해서 깜짝 놀랐다. 자세히 보니, 중학교 동기인 안태수(安泰洙 내과의원)였다. 졸업 직전에 육사에 들어간 후에 그가 6관구 사령부에 있다는 말을 듣긴 했지만 내가 군복을 입고 만나기는 처음이었다. 그런 상황에서 만나니 계급 때문에 함부로 할 수는 없었으나 정말 반갑고 기쁜 마음이었다.

갑자기 전방으로

인턴과정은 원래 1년이었지만, 6개월 정도가 지난 즈음에 나머지는 전방에 가서 하라는 명령이 내려졌다. 아마도 전방에 군의관 수가 부족해서 그런 결정이 났던 것 같다.

1958년 6월, 동기인 허진득(許珍得, 허백련 화백의 막내아들)과 함께 발령이 난 곳은 1군사령부 산하 20사단 의무 참모부였다. 내과를 전공한 허진득은 초등학교 때부터 18년 동기였다. 서석초등학교, 서중, 전남대 의대, 마산군의학교, 수도육군병원 인턴을 같이 하고 20사단에까지 같이 오게 됐으니, 이렇게 끈질긴 인연이 있을까 싶다. 그는 전문의를 딴 후 광주기독병원에서 27년 동안 일하다가 광주시내에서 내과로 개업했다.

의무참모부에 가니 참모가 백성호(白星鎬) 소령이었는데 전남대 의대 선배였다. 부친들끼리 6·25 때 작은 누나 집에서 같이 숨어 계실 정도로 가깝게 지내는 사이여서 우리를 보고는 깜짝 놀라셨다. 전쟁 중에 그 두 분이 같이 작은 누나네 집으로 피난을 가셨던 적이 있다고 들었다.

백소령은 학교 후배가 왔다고 반기면서도 난감해했다. 왜냐하면 20사단에서는 당시 사단장이 신고를 받지 않고 참모장(박모 중령, 후에 혁검 감찰부장)이 신고를 받는데, 그분이 굉장히 무서운 사람이었다. 나중에 들으니 그전에 신고를 한 군의관 한명이 총의 개머리판으로 얻어맞고 후송갔다는 것이었다. 백소령은 인사참모와 장시간 전화를 하더니 우리는 신고하지 않아도 되도록 조치해주었다.

그때만 해도 군의관이 모자라는 판이라 하사관 교육대로 나를 보내고, 허진득 군은 공병대로 가기로 결정됐다. 하사관 교육대에서는 교관도 해야 하기 때문에 남의 앞에서 말을 해본 경험이 있는 나를 거기로 보내는 것이라고 했다. 나중에 안 사실이지만 그전까지만 해도 하사관학교는 교육이 심한데다 환자도 많이 발생했지만 군의관이 한 번도 부임하지 않았다고 한다.

나는 민간인 통제선 바깥으로 배치되었다. 군의관이 배치됐다고 하자 당장에 하사관 교육대 대장인 유철근 소령이 왔다. 그를 따라 민간인 통제선에서도 한참을 올라가니 무슨 막사가 나타났다. 가방을 내려놓고 있는데 중위, 대위, 소위들이 쫙 모였다. 교육대니까 교관과 감독 장교들이 있고 퀸셋 하나에 한명씩 배치된 장교들이었다. 낯선 곳에서 새로운 사람들을 만나는 느낌이 긴장되면서도 흥미진진했다.

전방에서는 대대나 소대에 소속된 병사들이 아프면 일단 연대 의무실로 간다. 거기서 치료가 안 되면 이동외과 병원(7~8개)으로 가고 다시 야전병원(4~5개)으로, 그리고 최종적으로는 후생병원(2개)으로 가게 돼 있었다.

내가 배치된 곳은 교육을 주로 하는 곳이라 그런지 자잘한 부상 정도만 있을 뿐 크게 긴장할 일이 없었다. 교육대에서 '군대위생'이란 교재를 읽고 하사관들을 교육시키는 일 정도가 새로운 경험이었다. 치료를 받아야 할 피교육자가 아침식사를 하고 의무대에 오면, 위생병들에게 간단한 처치를 받게 돼있어 군의관이 직접 진찰하는 일은 드물었다. 그리고 오후 교육이 끝나야 다시 환자들이 치료 받으러 왔기 때문에 위생병들한테 지시만 제대로 해놓고 나면 나는 하루 종일 할 일이 없었다. 그때 나보다 두 살 많은 선임하사가 군인정신이 투철했다. 절도 있게 나를 대했고 나한테 어떤 의견을 개진하면 그대로 진행하게 했기 때문에 자기가 나한테 얘기하면 다 통한다는 인식을 갖게 됐다. 그래서 부하 통솔이 잘 됐고 자연히 내가 편했다.

나는 슬슬 돌아다니면서 교육 과정을 살폈다. 사격장에도 가보았는데 모두 열심히 사격훈련을 하고 있었다. 그때 재미있었던 일은 사격을 원 없이 실컷 해본 것이었다. 무슨 검열이라도 있으면 검열에 대비해 여러 가지 준비를 하느라 사격을 할 수 없게 되고 결국 실탄이 남아돌았다. 그렇게 되면 자연히 반납해야 할 탄피가 부족하게 되어, 탄피를 만들어내야 하는 상황이 된다. 그래서 일부러 M1소총 탄환을 사격장에서 기관총으로 사격하여 탄피를 단시간에 대량으로 만들고 있었다.

그걸 보고 있자니 문득 저렇게 일부러 탄피를 만들어 낼 바에야 내가 해도 되지 않을까 싶어서 내가 총을 좀 쏴보겠다고 했더니 대환영이었다. 그래서 틈만 나면 사격장에 가서 소총, 기관총을 쏘면서 실력이 늘어갔다. 나중에는 사단 사격선수인 교관과 술내기 사격 시합까지 할 정도가 되었다.

마취제 없는 열 바늘

나는 의대에 입학하기 전에는 술을 전혀 마시지 않았다. 그러나 이후에 술로 치자면 나를 당해낼 사람이 없을 정도로 주당으로서 내 이력은 무궁무진하다. 전방에서는 99% 알코올이 나오는데 거기다 물과 설탕, 바닐라를 타면 양주 비슷한 30% 알코올이 되기 때문에 그렇게 해서 술을 만들어 먹는 것이 다반사였다. 하사관 교육대에서는 유철근 소령 덕분에 술 떨어지는 일이 드물긴 했다. 나 못지않는 술 실력을 가진 그분은 술로 상대가 될 만한 인물이 나타나자 술자리를 자주 마련해 술 고픈 일이 별로 없었다.

전방에서 군복무 중에는 이런 일도 있었다. 하사관 교육대 후문 쪽에 민간인·촌락이 있었는데 주로 양공주 아가씨들이 거기서 영업을 하고 있었다. 한번은 미군에게 얻어맞은 아가씨가 있다며 나에게 치료를 부탁해 위생병과 함께 그 마을로 가서 치료를 해주었다. 그것이 인연이 되어 그 마을에 가면 자주 양주를 얻어먹곤 했는데, 놀랍게도 양공주회의 감찰부장이 광주에서 제법 유명한 집안의 딸로 내 친구와 사돈지간이었다. 나중에 알고 보니 어찌어찌하여 기생집을 전전하다가 거기까지 흘러들어간 모양이었다. 그 뒤로도 가끔 가서 술 한 잔씩 얻어먹으며 광주 이야기를 나누곤 했는데, 정작 광주에 가서는 친구에게 그런 얘기를 할 수가 없었다. 나는 술이 셀뿐만 아니라 술 마시고 주정을 한 적이 없어서 모두들 주신(酒神)이라고 부를 정도였다. 그런데 딱 한번 술 마시고 다친 적이 있었다. 크리스마스 휴가를 나와 광주 집에 있을 때였다. 친구들과 술을 조금 하고 집으로 돌아와 군화를 벗는데 큰 누나한테서 전화가 왔다. 집에 좋은 안주가 있다며 오라고 해서 가보니 매형 형님의 사위가 와 있었다. 그 안주에 술을 한잔 하는데 매형도 그 사위도 술을 잘 못 마셔서, 나 혼자 홀짝홀짝 마신 것이 집에서 만든 소주 한 되를 다 마셔버렸다. 그날은 크리스마스 이브라 통행금지가 없고 당구장도 늦게까지 해서, 술김에 당구나 쳐야겠다 싶어 동방극장 주변에 있는 당구장으로 갔다.

그곳에서는 2년 후배 세 명이 당구를 치고 있었다. 술이 점점 올라와 내가 좀 휘청거렸는지 후배들이 귀가를 독려해서 집으로 가려고 2층 계단을 내려가는데 순식간에 넘어져 굴렀다. 보는 사람은 없었지만 민망하여 서둘러 일어나는데 사제 군복 위로 피가 뚝뚝 떨어졌다. 상처를 손으로 막고 집으로 살짝 들어가 동생한테 탈지면과 반창고를 가져오라고 해서 대충 붙여놓고 잠을 잤다.

아침에 일어나 가만히 생각하니 지난밤 뭔가 사고를 친 것 같았다. 옆에 누워 있는 동생한테 물어보려고 부르려는데 턱에 통증이 느껴지고 말이 잘 안 나왔다. 거울 속의 내 모습은 턱이 찢어지고 얼굴이 부어 말이 아니었다. 그래서 외과에 있는 군대 안 간 동기생 최석규에게 전화를 해서, 내 형편을 얘기하고 꿰맬 준비를 하고 오라고 했다. 그런데 이 친구가 급하게 오느라 마취제를 안 가져왔다. 다시 가져오려면 시간이 더 걸리겠다 싶어 그냥 꿰매라고 하고는 열 바늘을 꿰맸다. 그 통증은 이루 말할 수 없었으나 술을 넘치게 마신 죄라고 생각하고 꾹 참았다. 어느 책에선가 일본 군인이 중국 전장터에서 맹장에 걸려 마취제 없이 생으로 배를 째서 수술을 했다는 기록이 있었는데, 나한테 이런 일이 생길 줄은 꿈에도 몰랐다. 그 사건 뒤로 술을 좀 줄여야겠다는 생각을 했다.

가족, 인생의 슬픔과 기쁨으로 잣는 양탄자

1958년 5월 20일, 아버지가 갑자기 돌아가셨다. 아직 환갑상도 받으시기 전이었고 자식 셋이 결혼을 안 한 상태였으니 세상을 달리 하시기에는 너무 아까운 연세였다. 일제치하에서 가족들을 보호하고 먹여 살리느라 마음고생도 많이 하셨는데 이제 자식들이 차려준 밥상도 받으시고 오래오래 사시다 가시면 좋으실 것을…… 서러움이 복받쳐 올라왔다.

내가 아직 학생신분으로 군에 있는 처지라 할 수 있는 게 별로 없었지만, 장례식은 성당에서 성대하게 치렀다. 부모님이 성당에 다니시게 된 것은 참으로 우연한 일이다. 나주에 사실 때 알고 지냈던 신부를 우리 집 근처에서 만났는데 가까이에 있던 남동성당으로 부임해 왔다는 것이었다. 그 신부를 찾아 두 어른이 성당을 다니시게 된 것은 아버지가 돌아가시기 얼마 안 되어서였다. 그 신부는 아버지의 장례미사를 위해 그 곳에 왔던 것일까. 남동성당에서 장례미사를 올린 뒤 영구차가 공업고등학교에 가서 거기서 또 식을 올리고, 공업학교 학생들 몇 백 명이 천천히 뒤를 따라왔다.

아버지는 동생이 다니던 광주공업고등학교의 후원회장으로 교사를 짓는데 중요한 역할을 하시는 등 학교 운영에 큰 공을 세우셨다. 그럼에도 당시 교문에는 교장의 송덕비만 세워져 내심 나는 서운했었다.

 입대하기 전부터 위장이 좋지 않았던 어머니 병세가 나아질 기미를 보이지 않았다. 군의관이라 휴가나 외출이 좀 자유로운 편이어서 광주에 자주 다녀올 수 있었다. 아버지가 돌아가신 뒤 어머니의 병세가 갈수록 안 좋아지는 것 같아 대학병원에 모시고 가보니 위암이었다.
 어머니는 마음이 많이 약해지셔서 더 늦기 전에 빨리 큰 아들이 결혼하기를 소원하셨다. 친구들 중에는 결혼한 사람들이 제법 있었다. 시골의 장남들은 혼인이 더 빨라서 본과 4학년 때 이미 결혼해 애까지 있는 친구들도 있었다.
 그러나 대학시험에 붙고 나서도 나는 소설책과 어머니를 돕는 일에 몰두했지 다른 친구들처럼 연애에는 관심이 없었다. 역시 결혼적령기가 되었어도 혼인을 하고 싶은 마음이 별로 없었다. 친구들이 자기들의 누이동생이나 사촌동생 등을 소개해줘서 만나보았으나 별로 마음이 안 당겼다.

 내 결혼이 집안의 걱정거리가 되더니 급기야 누나들이 혼기가 꽉 찬 동생과 친정이 걱정돼서 슬슬 내 결혼을 서두르기 시작했다. 큰 매형의 먼 친척 중에 전남지사인 박철수(朴哲洙)라는 사람이 있는데, 그 분의 조카가 초등학교 교사로 괜찮은 처자라 하여 얘기가 오간 모양이었다. 밀양 박씨(密陽朴氏)인 박용수(朴容洙)씨의 6남매 중 둘째인 박계숙(朴季淑)으로 나보다 세 살 아래였다.
 59년 봄, 휴가를 나왔더니 큰누나가 엄마도 혼자 계신데 어서 결혼을 해야 하지 않겠느냐며 운을 뗐다. 장남이라 결혼할 때가 됐다는 생각이 들던 차였다. 누나들이 마음에 드는 규수가 있어서 먼저 만나봤다고 하길래 선뜻 그럼 그 사람과 결혼을 하겠다고 했다. 그랬더니 누나들이 깜짝 놀라며 만나보지도 않고 어떻게 결혼을 하느냐며 일단 만나보라고 했다. 내 입장에서야 돈도 없고 특별한 인물도 아니니 눈코입만 제대로 달려있으면 됐지, 특별히 미인이어야 한다거나 다른 걸 주장할 형편은 아니라고 생각했다. 또 사람은 다 비슷하지 않겠느냐는 것이 내 여성관이었고, 특별하게 이상한 성격을 가진 사람은 한두 번 봐서는 모르는 것인데 누나들이 마음에 들었다니 그럼 됐다는 생각을 했다.

그래도 선을 보자고 해서 그 집으로 가서 어른한테 인사를 했다. 둘이 대면이라도 하라고 해서 다른 방으로 가려고 하는데 순간 정전이 돼버렸다. 그래서 촛불을 켜놓고 상대를 보긴 했지만 고개를 숙이고 있어서 머리 가리마 밖에는 인물을 제대로 볼 수가 없었다.

뭐라도 물어봐야겠기에 "의사에 대해서 생각해 본 일이 있습니까?"하고 처음이자 마지막 질문을 했다. 일단 의사라는 직업을 선택하게 되면 거기서 인성의 발달이 끝이 난다. 의사라는 틀 속으로 들어가 버리고 나면 자유롭고 다양한 사고를 하기가 쉽지 않고, 어느 정도 선에 오면 그걸로 끝까지 가게 되는 직업이었다. 그래서 싫어할 수도 있지 않을까 해서 물어본 질문이었다.

그런데 생각해봤다고 해서, 어떻게 생각했느냐고 묻는 것이 좀 장황한 것 같아 생각해봤으면 됐다 그러고는 말았다. 사실 아내의 사촌오빠가 안과의사이고 나중에는 처남도 비뇨기과 의사로 전남대에서 정년퇴직을 했으니, 배우자가 의사인 것이 특별한 일도 아니었을 것이다. 한 가지, 내가 키가 커서 배우자가 너무 작으면 안 되겠다고 생각했는데 그것도 문제될 것이 없었다.

연애 한번 안 해본 숙맥이어서 그런지, 결혼할 여자가 생겼다는 것이 무안하기도 하면서 동시에 몹시 들뜬 기분이었다. 1959년 봄에 선을 봐서 그해 가을에 결혼하기 전까지 기회만 되면 광주로 내려갔다. 아내의 얼굴을 제대로 보기 위해서였다. 그런데 매번 초등학생인 막내 처남을 데리고 나와 가슴 뛰게 긴장할 만한 사건은 발생하지 않았다. 대개는 음식점에서 식사를 하고는 다방에 좀 앉아 있다가 헤어졌다.

아내가 다니던 광산군의 초등학교에도 두 번 정도 간 적이 있었다. 교장 선생님을 뵙고 결혼할 사람이라고 정식으로 인사를 드리기도 했다. 당시에는 약혼자라는 것을 밝히지 않으면 연애나 하고 돌아다닌다는 나쁜 소문이 나기 쉽기 때문에 확실히 해둬야 했다. 아내도 우리 집에 인사를 하러 왔다. 어머니가 위암으로 누워계실 때여서 좀 불편했겠지만, 어머님은 반가워하셨고 서둘러 결혼식을 하자고 하셨다.

1959년 10월 23일 드디어 결혼식을 올렸다. 내 나이 만 27세, 식장은 이제 막 지어진 광주 교육회관이었다. 어머니는 병이 위중하여 겨우 부축을 받고 나오셨지만 밝게 웃으며 좋아하셨다. 신혼여행은 결혼 휴가를 10일 받고 친척들이 많이 계시는 서울로 올라와 어른들에게 인사를 다니는 것으로 대신했다.

결혼 휴가가 끝나고 돌아갈 때는 좀 서운했다. 연애기간이 길지 않았기 때문에 아내가 보고 싶기도 했다. 그때는 전시도 아니고 군의관은 상대적으로 시간 여유가 많아, 일을 만들어서 휴가를 나오기도 했다. 광주에 가면 집으로 바로 가지 않고 아내 퇴근시간에 맞춰, 당시 재직하던 대성 국민학교 앞에서 기다렸다. 연락할 방법이 흔하던 때가 아니라 전날 가겠다고 연락을 하기도 하지만, 갑자기 가게 되면 아내는 놀라면서도 몹시 반가워했다.

결혼하고 얼마 후에 같은 사단에 있는 150mm 포병대대로 전근했다. 이후 2년 9개월이나 있었던 이 부대는 경기도 북부의 전곡(全谷)과 연천(蓮川) 사이에 있는 통제라는 곳에 있었다. 여기서는 큰 도로변에 있는 민간인 집에 하숙했다.

한 번은 집사람이 처음으로 부대에 면회를 왔는데 그 날 밤 인근의 미군 40전차대대에 비상이 걸려 밤새 탱크 4, 50대가 방 옆을 왔다 갔다 했다. 당시로는 제일 큰 150mm 대포를 달고 다녔기 때문에 지나갈 때마다 방이 들썩거렸다. 사정을 잘 모르는 아내는 전쟁이 난 것 아니냐면서 놀란 토끼눈을 하고 있었다. 그러더니 다음 날 당장 서울로 돌아가 버렸다. 내가 부자도 아니고 당시에는 대학 졸업자도 아니었기 때문에 시집을 와 준 것이 고마웠다. 더구나 선생님이라는 직업이 인기가 있었던 때였다.

하지만 당시에는 의사도 많지 않았으니 아내도 좋았을 것이다. 요즘은 전국에 의과대학이 41개나 되고 의사가 너무 많아서 아마 나 같은 사람은 장가도 못 갈 것이다.

결혼을 하고나니 집안 어른들은 자손이 빨리 나오기를 기다렸는데, 어머니 병이 위중해져서 더욱 그랬을 것이다. 그토록 바라던 첫 애가 1960년 12월 22일에 탄생했다. 정기휴가는 아니었지만 당연히 휴가를 나와 내 아이를 안아보았다. 병석에서 일어나지도 못하셨던 어머니는 아이를 옆에 뉘어놓으니 찬찬히 뜯어보셨다. 병중에서 손녀의 탄생을 기뻐하신 것이다.

애까지 낳았으니 핑계가 좋아서 자주 휴가를 나왔다. 어머니는 갈수록 식사도 제대로 못하시고 쇠약해져 가셨다. 워낙 키도 덩치도 아버지보다 크시고 힘도 세서 덕석을 한 손에 짊어지고 다니실 정도였는데, 이제 병이 깊어 한없이 야위셔서 뵙기에도 눈물이 났다.

1961년 7월 23일, 어머니는 집에서 돌아가셨다. 두 번 죽기 싫다 하시며 마취도 수술도 거부하셨다. 당시 연세가 63세이셨으니 60세에 돌아가신 아버지보다 3년을 더 사신 셈이다. 아버지 때와 마찬가지로 성당에서 장례미사를 드렸다. 어머니는 걱정하시던 장남의 결혼도 보시고 자손도 품에 안아 보신 뒤 마음을 놓으셨다는 듯이 편안히 눈을 감으셨다. 어머니를 보내드린 다음 해 4월 나는 둘째 딸 진주를 얻었다.

내가 대학원에 다니던 1950년대 후반부터 군의관(軍醫官)으로 전방에서 근무한 60년대 초까지는, 내 일생은 물론 우리나라 현대사도 파란 많은 시련과 희망의 시기였다. 내가 겪은 잇따른 슬픔과 기쁨의 사연 속에서 우리는 4·19 학생 혁명과 5.16 군사쿠데타를 겪었다.

6·25 전쟁 뒤의 극심한 서민들의 가난 속에서 자유당(自由黨)은 이승만(李承晩) 정권의 연장을 위해 1960년 3·15 부정 선거를 저질러 4·19 학생혁명으로 퇴진했다. 뒤이어 등장한 민주당(民主黨) 정권도 다음해 5월의 5·16 군사쿠데타로 맥없이 무너졌다.

나는 4·19와 5·16을 모두 군의관 신분으로 겪었다. 전방부대 근무 때였으나 군의관(중위) 덕에 때때로 광주로 휴가 나와 처와 딸들, 가족·친구들을 만나면서 세상 변하는 모습을 지켜보았다.

내 동생, 영화감독 임권택

거의 7년에 이르는 군대생활, 그 긴 시간을 마감한 곳은 의정부 바로 밑에 있는 101 노무 근로단(勞務勤勞團)이란 곳이었다. 미군부대에서 일하는 노동자 중대 36개가 전국에 흩어져 있었는데 그 중의 하나로 내가 있게 된 곳은 의정부 노무단 의무 참모부였다. 그곳에는 나보다 나이가 많은 선임하사 한 사람과 서기인 노무자 한 사람이 있을 뿐이었다. 내 일이란 것도 간단해서 환자 진료는 전혀 없이, 각 중대에서 보고하는 환자 통계를 종합해 상부에 보고하는 것이 전부였다.

그러니 할 일이 거의 없어서 한동안은 부대 뒤에 있는 도봉산 북쪽 끝자락인 산에 올라가 낮잠을 자곤 했다. 한번은 자고 있는데 주위가 뒤숭숭하여 눈을 떠보니, 참모장 이하 여러 참모들이 주위를 빙 둘러서서 나를 내려다보고 있는 것이 아닌가. 놀라서 벌떡 일어나 얼떨결에 인사를 하자 모두 웃고 말았다. 물론 다시는 그곳에 가지 않았다.

하루는 사람들이 웅성거리며 영화를 촬영하는 팀이 왔다고 해서 구경삼아 나가봤더니 임권택이 거기 있었다. 그는 나와 외가 쪽으로 6촌 형제가 되는 세 살 아래 동생이다. 나도 임감독도 자주 이사를 다녀 어렸을 적에는 친하게 지낼 기회가 없었다. 다만 서로의 소식을 어렴풋이 알고 있었을 뿐 현재 어떻게 사는지 몰랐던 터라, 예상치 않은 곳에서의 만남은 꿈인지 생시인지 싶었다.

그가 10대 후반에 부산으로 가 영화판에서 일하고 있다는 소식은 들어 알고 있었지만, 그렇게 어엿한 감독으로 성장했을 줄은 상상도 못했다. 그도 그럴 것이 그때 그의 나이가 26세에 불과했기 때문이었다.

임감독 역시 내가 군대 간 것은 알고 있었지만 그곳에 있으리라고는 생각지 못한 상태였다. 그런데 촬영을 앞두고 약간의 문제가 발생했다. 촬영지인 망월사(望月寺)로 가려면 부대를 통과해야 해서 부대 승인을 받아야 하는 까다로운 절차가 필요했다. 바로 그 순간 부대에 영향력을 미칠 수 있는 군의관인 나를 만났으니 임감독이 운은 좋은 사람이었다.

그곳에서 3일 동안 아무런 문제없이 촬영을 할 수 있도록 도와준 것은 물론이고, 나는 보기 힘든 영화촬영 구경으로 즐거운 나날을 보냈다. 또 촬영기간 동안 내 하숙집에 와서 자면서 술 좋아하는 우리는 밤새 술잔을 기울이기도 했다.

임감독은 그 뒤로 영화를 만들어 개봉할 때는 언제나 시사회 표를 보내주었고 자주 만나 더욱 가까운 사이가 됐다. 그 당시 임감독의 가족들은 우연히 이봉창(李奉昌) 의사의 형님 댁에 세 들어 살고 있었다. 이대 뒤쪽 산동네에 있던 그 집에는 임감독의 시골 친척들이 반드시 거쳐 가는 곳이어서 좁은 집에 사람들이 늘 붐볐다. 그런데도 그 집에 가서 나 역시 하룻밤 신세를 지며 밤새 술을 마시곤 했다. 우리는 지금도 만나면 그 때 일을 회상하며 박장대소한다.

7년간의 군 생활을 마치다

나의 군대 생활은 막바지를 달리고 있었다. 군복무는 말년이 될수록 지시만 하면 되어서 나는 하는 일 없이 지내는 것이 싫어 미군 고문단에게 병원에서 일하고 싶다고 건의를 해 받아들여졌다. 그 병원은 청량리 한쪽 끝 홍릉(洪陵)이란 곳에 있었다. 101사단의 환자는 후송가면 병원에 입원하는데, 그곳은 우리 사단을 지휘하고 노무자 봉급을 주는 미군 부대와 한 울타리 안에 있었다.

숙소가 있는 의정부까지 거리가 너무 멀어 출퇴근 시간이 길어지자, 나중에는 병원장실에 칸막이를 하고 한쪽에 간이침대를 두고 자게 되었다. 그곳에서 지내니 세끼를 다 부대에서 먹을 수 있어서 좋았다.

장교로 부대에서 저녁에 밥을 먹는 사람은 나밖에 없어서 한번은 미군들이 저녁을 먹으러 오라고 하여 가보니 비프스테이크 등 맛있는 음식이 많았다. 한국군 노무부대 장교라도 미8군 패스만 있으면 8군 장교식당에서 식사를 할 수 있다는 사실을 그때야 알게 되었다. 그 뒤로는 통역을 통해 출입증을 얻어서 점심이나 저녁때 한 번씩 가서 고기를 먹곤 했다. 그런데 영어가 짧아서 음식 이름을 봐도 그것이 무슨 음식인지를 알 수가 없었다. 거기서 서빙 하는 부인들한테 부탁을 해서 내가 좋아하는 비프스테이크를 원 없이 먹었던 기억이 있다. 당시에는 흔하지 않은 아이스크림도 먹을 수 있어서 호사가 따로 없었다.

서울로 와서는 광주에 왕래하기가 편했다. 할 일도 별로 없고 시간이 많았기 때문에 휴가를 나가는 데 별 문제가 없었다. 서울에서 4시간에서 4시간 반 정도 걸리는 거리라 만만치 않았지만, 아내가 혼자 일을 하며 아이 키우랴 힘들겠다는 생각이 들어 가능하면 자주 다녀와야 했다. 이제 보석 같은 딸이 둘이나 됐기 때문에 아이들이 보고 싶은 마음이 두 배가 되는 것인지 더 서둘러 내려가곤 했다.

1963년 7월 10일, 드디어 제대를 했다. 3년이 되리라던 세월이 벌써 햇수로 7년이 되었다. 그날은 토요일이었는데 20명 가량 의무병들이 내무사열에 내가 앞서 가면서 사열을 받고 부대장이 내 뒤에 따라왔다. 대위인 내가 앞서고 중령, 소령이 내 뒤를 따르는 형식이었다. 그 부대 창설 후 처음 있는 일이라고 했다. 원래 그런 전통이 있는 것은 아니었는데 부대장과 가끔 술 한잔을 하면서 친해져서 내가 떠난다고 서운해서 그렇게 한 모양이었다. 7년 남짓했던 군대 생활을 정리하게 되니 내 감회도 남다른 것이 있어 마음이 짠했다.

제대는 누구보다 아내가 반겼다. 결혼하자마자 떨어져 산 세월이 벌써 4년째로 접어들었으니 그 시름이 좀 컸겠는가. 우선 두 아이에게 날마다 따뜻한 아빠의 품을 선물로 줄 수 있어 행복했을 것이다.

3부

어린이와 함께한 행복한 시간

대학 병원, 스승을 만나다

 제대하고 광주로 내려 온 것은 토요일이라 다음날인 일요일 하루를 쉬고 월요일에 바로 전남대 의대부속병원으로 출근했다. 제대 전 휴가를 나왔을 때, 소아과 손철 교수님과 당시 주임교수이면서 병원장을 하고 계셨던 김덕성(金德性) 교수님께 상의하여 소아과로 입국하게 되었다. 민간에도 인턴 레지던트 제도가 생겨 나는 레지던트 2년차로 대학원 등록을 했고 무급 조교가 되었다. 그렇게 내 기나긴 대학병원 의사로서의 삶이 시작되었다.

네 아이의 가장, 험로에 들어서다

 대학원 1년을 마치고 7년의 긴 세월을 군대에서 보낸 나는 제대하자마자 무급 조교로 석사과정에 복학해 논문을 준비했다. 내용은 점액단백질을 척수에 넣어서 검사한 결과를 정리하는 것이었다. 나는 대학시절 뇌염 환자를 많이 봤기 때문에 뇌척수액 검사에 대한 관심이 많았다. 그런데 한국인의 뇌척수액 성분과 정상인의 수치가 어느 정도여야 하는지에 대한 자료가 거의 없었다. 그래서 외국 자료와 비교하면서, 혈액 안에도 뇌척수액 성분이 있지 않을까 하고 몇 가지 실험을 하니 한 가지 결과가 도출되었다. 문헌에는 없는 내용이었다.
 무엇이 되었든 새로운 사실을 규명해야 한다는 것이 내 생각이었기 때문에 논문 주제를 결정하기 전에 다양한 자료를 조사하는 과정을 거쳤다. 또한 당시에는 컴퓨터라는 편리한 기계가 없어 논문을 작성하는 데에도 많은 시간과 노력이 필요했다. 원고지에 정성을 들여 작성한 후 조금이라도 수정을 해야 할 경우 처음부터 다시 써야 했으니 여간 힘든 게 아니었다. 논문은 스승으로부터 11번의 수정을 요구받아 처음 2, 30장이던 것이 40장을 넘어갈 정도까지 되었다. 그렇게 논문이 완성되어 석사과정

중앙대학교 의과대학 제1회 학생 실습기념 1976. 6. 24.

을 마쳤다.

석사과정이 끝나기 한 해 전, 아내는 셋째 딸 진옥을 낳았고 석사학위 취득과 동시에 넷째 딸 진경을 얻었다. 나는 아버지로서 무거운 책임감을 갖기보다 더 없이 귀여운 딸을 얻었다는 기쁨이 더욱 컸다. 하지만 공부하고 논문을 준비하는 것과 동시에 불어나는 식구들의 살림을 지탱하는 것이 만만치 않았다. 더우기 어린 자식들이 넷이 되자 아이들을 돌보며 교사를 계속하기가 어려워져 아내는 퇴직하게 되었다.

그 무렵 이런 내 사정을 잘 알고 있던 중학 선배 강연수(康連洙)가 도움이 될 제안을 해왔다. 자신의 병원인 강소아과의 일요진료를 맡아달라는 것이었다. 당시 광주 시내에 있던 강소아과는 소아 환자가 많기로 유명한 곳이었다. 어차피 일요일은 위급환자가 없는 한 문제될 것이 없어 나는 선배의 제의를 흔쾌히 받아들이고 그 일을 성실히 맡아해 나갔다.

그 당시 수련의 과정에 월급이 없어 많은 수련의들이 지방의 작은 종합병원에 파견 나가 적게나마 수고비를 받아오기도 했다. 지방에는 인턴, 레지던트가 없어서 대학병원에서 지원을 받을 수밖에 없었고, 그렇게 레

지던트들이 가서 소아과 과장 노릇을 하던 시절이었다. 그러나 나는 내가 책임져야 할 과를 소홀히 할 수 없다는 생각에 그들처럼 갈 수가 없었다. 그리고 여름방학이면 거의 빠짐없이 학생들과 함께 무의촌 무료봉사를 가는 일도 포기할 수 없는 일이었다.

 강소아과에서 일요일 진료를 시작한 나는 하루에 200명의 환자를 보기도 했다. 강소아과 자체가 환자가 많은 병원이기도 했지만 내 진료 실력도 조금씩 알려지기 시작했던 모양이었다. 그럭저럭 경제적인 어려움을 잘 견뎌나가고 있던 즈음에 마취과 선배인 최병조와 함께 유급 조교가 되었다. 다른 사람들보다 상당히 빨리 된 셈이었다. 두 사람은 교수 요원으로 남을 사람이라는 것이 이유가 됐다. 보통 기초학 쪽은 유급조교이고 임상학은 무급조교여서, 적은 액수이긴 했지만 여간 고마운 것이 아니었다.

 1967년에 치러진 제9회 소아과 전문의 시험에서는 총 44명이 응시해 16명이 합격했다. 나도 합격하여 전임강사가 되었고 고민 끝에 박사과정에 들어갔다. 사실 임상학의 경우 박사까지 할 필요는 없었으나, 제대하고 오니 다른 과 후배들이 모두 박사과정을 마친 상태였다.

경제적으로 어려운 상황에서 돈을 들여 박사학위를 해야 하나 하고 고민이 깊어지기도 했다. 개업의의 경우 몇 년 간 연구생으로 등록하고, 기초학 교실에 실험을 의뢰해서 박사학위 논문을 하기도 한다. 그때 돈으로도 비용이 2, 3백만원 필요한 일이었다. 지도교수한테 아이디어를 받아 연구생들을 시켜 대신 실험을 하게 하는 방식이다.

나는 돈도 돈이지만 평생 대학에서 후학을 양성하기로 마음을 먹었기 때문에, 남이 써준 논문에 자기 이름을 얹는 식으로 박사과정을 하고 싶지는 않았다. 그래서 스스로 실험을 하여 논문을 완성해야겠다는 결심을 했다.

손철 교수는 우직할 정도로 소아과 의사의 길을 가고 있는 나를 좋게 보신 것 같다. 내가 박사과정을 하기로 결정하자 손교수는 조언을 아끼지 않고 격려해주었다. 그러나 임상 교수는 박사 논문 지도를 할 수 없게 돼 있어서 약리학 지도교수인 김영인(金永寅) 교수를 찾아가 나를 맡겼다. 다행히 내가 약리학 교실에서 실험 보조를 했기 때문에, 김교수는 나를 잘 알고 있는 사이였다. 두 스승은 자신들이 그동안 힘들게 밟아왔던 길에, 이제 막 전문의가 된 제자가 들어서고 있는 모습을 흐뭇하게 바라보고 있었다.

토끼가 도와준 박사논문

내가 관심을 갖고 시작한 논문의 주제는 교감신경(交感神經)이 장(腸)에 미치는 영향에 관한 것이었다. 논문을 시작하기 전에 자료를 찾아보니, 어린 토끼의 장이 약품에 어떻게 반응하는지, 교감신경이 부교감(副交感)신경에 어떻게 작용하는지에 대한 연구가 없었다. 대체로 심장에 관련한 논문은 많았지만 창자에 대한 연구, 특히 토끼의 창자에 대한 연구가 없었다. 논문을 쓰기 위한 여러 가지 과제가 정해지자 혼자만의 씨름이 시작되었다.

내가 한 실험은 토끼의 장운동이 약물에 반응하는 변화를 기록하는 것이었다. 실험에 필요한 토끼를 조달하는 것은 어렵지 않았다. 학교 내에 실험용 동물을 몇 백 마리씩 키우고 있는 동물 막사가 있어서, 암·수토끼를 갖다 주고 키우게 했다. 당시에도 대체로 흰쥐를 많이 사용했지만 쥐에 비해 토끼는 커서 다루기가 좋았다.

실험은 암·수토끼를 교배하면 어떤 날 새끼가 나올 것이라는 계산을 미리해서 날을 잡아 진행했다. 토끼는 대개 6~8마리 새끼를 낳아서 두 서너 쌍만 있으면 되었다. 태어난 직후의 토끼부터 15일이 된 토끼까지를 선택해 즉사시킨 뒤 복부를 절개하고, 4~5cm 길이의 장을 잘라 실험에 사용했다. 토끼는 죽어도 장은 몇 시간 동안 살아있어서 잡은 지 30분에서 1시간동안 실험을 할 수 있었다.

실험은 마그너스(Magnus) 법에 의거해 길이 2cm 정도의 장을 37℃의 동물용 링거액 20ml가 들어있는 bath에 매다는 것으로 시작한다. 20~30분을 기다려 장의 움직임이 안정되면 bath액의 0.5 또는 1ml를 같은 양의 약물로 대체 투여한 뒤, 변화된 장의 운동을 키모그래프 상에 기록하는 것으로 진행되었다. 그래프는 내가 직접 종이를 새까맣게 그을려, 둥그런 통에 발라 놓으면 바늘이 움직이면서 그 위에 선이 그려지는 방식이었다.

장의 움직임이 약하기 때문에 바늘은 아주 천천히 움직였고, 몇 시간에 걸쳐 한 바퀴의 그래프가 나올 정도였다. 나는 실험노트를 만들어 몇 시에 뭘 했고, 어떤 결과가 나왔는지 꼼꼼히 기록해나갔다. 나중에 보니 1년에 한 달 정도는 잠을 안 잤다고 기록돼 있었는데, 실험 결과가 잘 나오는 날은 밤샘을 하기도 했다.

혼자 진행할 수밖에 없는 이 실험은 나에게 절대적인 집중력을 요구했다. 보통 오후 5시까지 환자를 보고, 그 이후 시간에 약리학 교실에 가서 혼자 11시 반까지 실험을 하다가 집으로 가는 일과가 반복되었다. 어떤 날은 실험이 잘되면 새벽 4시, 5시까지 하다가 집에 들어가 아침 먹고 다시 나와서 환자를 보기도 했다. 체력이 절대적으로 필요한 일이라는 걸 절실히 깨달았다. 그 과정을 1년 반 동안이나 지속할 수 있었던 것은 나의 타고난 체력이 바탕이 되었기에 가능한 일이었을 것이다.

그 실험에는 총 121마리의 토끼가 사용되었다. 재미있는 기억은 잡은 토끼를 실험이 끝나면 학교 근처의 식당에 가져다주고 안주로 요리해 먹기도 했던 것이었다. 쥐와는 달리 토끼는 크기가 있어서 먹을 만했고 맛도 좋았다.

드디어 "Sympathomimetic Amines의 신생(新生) 가토장편(家兎腸片)에 미치는 영향(影響)"이라는 제목의 논문이 완성되어 1970년 9월 박사학위를 받았다. 당시 총장인 유기창 박사는 내가 예과일 때 과대표로 자주 대했던 영어과 교수였다.

학위수여식 날 내가 첫 번째로 나가 학위증을 받은 것은, 유일하게 연구소 도움 없이 혼자 박사논문을 준비한 사실이 좋은 평가를 받았기 때문이었다.

스승의 곁을 떠나 서울로

박사학위를 받은 뒤로 모두들 나를 손철 교수 다음으로 소아과를 이끌어 갈 사람으로 생각했다. 하지만 주변 사람들이 보기에도 나는 새로운 모색이 필요했다. 학위를 취득하기 전 아내는 진남과 진영을 연년생으로 출산하여 나는 여섯 딸의 아빠가 되었지만, 여덟 식구가 살아가기에 월급봉투는 터무니없이 얇았다.

그 당시 개업의 5년이면 일생 먹을 걸 번다고 했을 정도여서, 의대를 가는 것은 바로 곧 개업의가 되는 걸 의미했다. 하지만 나는 개업 할 뜻이 없었다. 교수로서 제대로 제자를 키우는 것이 내 꿈이었기 때문에 그것을 포기할 수가 없었다. 하지만 가족들의 가난한 삶을 담보로 해야 하는 현실이 내 마음을 무겁게 했다.

강소아과의 일요진료를 1년 52주 중에 두세 번 빼고 다 갔던 것은 내 직

어린이 건강을 품은 소아과 의사 정우간 **애들아, 안녕?**

업의식 외에 나름의 절박함 때문이었다. 특별한 일이 생기면 휴진을 한다는 풋말을 붙여야 하는데, 그것 역시 마음에 걸리는 일이라 6년 동안 최선을 다해서 그 일을 했다. 내 실력과 소아과 의사로서의 자질을 잘 알고 있는 강연수 선배는 내 경제사정을 걱정하면서 자기가 돈을 빌려줄 테니 개업을 하라고 적극적으로 나섰다.

나는 선배의 마음이 고마워 아내와 함께 광주 시내에 있는 충장로에서 조금 들어간 곳에 전세 4억짜리 건물을 보러 가긴 했으나, 생각이 복잡해 결정이 쉽지 않았다. 교수로서의 삶을 포기하는 것도 그러려니와 실제로 개업을 해도 돈을 잘 벌 수 있으리라는 확신이 없었다. 그리고 온전히 빚으로 무언가를 시작한다는 것은 받아들이기 힘든 마음의 짐이었다. 아내는 평생 나에게 무엇을 하라 말라 나서는 사람이 아니어서 내 결정을 기다렸다. 결국 이런저런 고민 끝에 개업을 포기하게 되었고 그 뒤로는 개업에 대한 생각을 버렸다.

1971년 스승과 제자들의 신뢰 속에 전남대 의대 조교수가 된 나에게 뿌리칠 수 없는 제의가 들어왔다. 10년 선배이면서 스승이기도 한 김희달(金喜達) 교수는 전남대 의대 병원장을 지냈던 분으로 당시 서울의 필동 성심병원에 있었다. 1970년 성심병원이 중앙대 의대 부속병원으로 결정이 되고 한강성심병원이 지어지면서, 전남대 의대 몇몇 교수들에게 같이 일해보지 않겠느냐는 제의가 들어왔다. 김희달 교수는 한강성심에서 소아과를 맡을 사람으로 나를 생각한 것같았다. 그는 내 매제와 육촌지간이기도 했다.

나에게 제의가 들어오기 2, 3개월 전, 당시 병원장이던 산부인과 김두상(金斗相) 박사와 그 밑에서 조교수를 하던 조재윤이 이미 서울로 가기로 결정된 상태였다. 김박사는 병원장인 자기가 서울로 가는 것도 부담스러운데 나까지 자기가 끌고 가는 것 같아서 난처하다고 했다. 하지만 선배인 김희달 교수가 워낙 강력하게 밀어붙이니 더는 말을 하지 못하는 것 같았다. 김박사는 광주의과대학을 나와 생화학 교실에서 3년을 공부하고

군대에 다녀온 뒤 산부인과에 들어갔다. 그런 연유로 산부인과 의사 중에 는 그만큼 생화학 분야에 실력 있는 사람이 드물었다.

나는 조금 혼란스러웠고 마음의 갈피를 잡기가 어려웠다. 서울은 의학에 있어서도 전국 상황을 두루 살펴볼 수 있는 중심지이고, 부친의 고향이라 는 점에서 가도 좋겠다는 생각이 들었다. 하지만 내가 전남대 의대 소아 과를 맡을 거라고 믿고 있는 스승과 선후배들의 당혹스런 얼굴이 떠올랐 다. 그들에게는 어떻게 말을 해야 할까?

아내는 서울 생활이 어떨지 몰라 막연히 불안한 마음이 있었을 테지만, 월급이 현재 받는 것보다는 세 배 정도 많아진다는 사실에 무조건 찬성 이었다. 나는 서울에 잠깐 올라가 한강성심병원장을 만나는 자리에서 한 가지를 분명히 해뒀다. 손철 교수가 못 가게 하면 자신은 그대로 따를 생 각이라는 것이었다.

시간은 흘러가고 더 이상 미뤄둘 수가 없게 되어 나는 스승을 찾아뵈었 다. 이런저런 말을 나누다가 어렵게 그간의 경위에 대해 털어놓았다. 서 울로 올라가 병원장을 만났고 월급을 더 준다고 하는데 서울이 고향이기도 해서 올라가서 해보고 싶다고 말씀드렸다. 그러자 손철 교수는 2, 3분 동안 말이 없었다. 나에게는 그 시간이 2, 30분으로 느껴질 정도로 초조하고 답답했다.

손철 교수가 뒷날 내 회갑에 즈음한 1992년 1월에 자신의 문집 3권에 '이산(怡山), 인자 평의(平誼)하세...정우갑 교수 갑(甲)에 부쳐'라는 제목으로 쓴 글을 보면 나에 대한 선생의 사랑과 그때의 안타까움이 잘 나타나 있다.

......하물며 여적 서울 복판에서 어엿하게 살고 있는 그와는 아랑곳없이 광주 한모서리에서 내내 애타게 기다리고만 있는 내가 아닌가 하는 착각이랴!(중략)......요즘 같으면 그는 디지털이라기보다는 아날로그형이라고 하는 것이 옳을지 모르겠다. 일테면 시험관 실습을 통해 얻어지는 얼른 보기에 그럴싸한 숫자놀음보다는 현미경을 손수 들여다보는 육안 관찰로 사실을 올바르게 밝혀내는 데 더 장기가 있는 인품이란 뜻이다. 그러기에 그가 교실로 되돌아온 다음부터는 모오폴로지를 전담해 주기를 바랬고 얼마 안가 교실을 떠맡길 요량으로 다리를 뻗고 지내던 어느 날이었다. 불쑥 나타난 그가 느닷없는 정색으로

"과장님이 허락하시면 가고 그렇지 않으면 작파하겠습니다."
밑도 끝도 없는 시작으로 서울로 가겠노라니 청천벽력이었다. 나는 핑 눈물부터 돌았다. 대한민국 기십년에 늘어난 건 눈치뿐이었는데 새삼스레 가타부타 티격태격 횡설수설이 무삼 소용이랴.

"언제든 교실로 돌아와 준다면 내 자리를 비워주겠네……."
이렇게 헤어진 지 어언 스무 해가 더 되어버렸다. (후략)

아주 잠깐이었지만 난감하고도 배반당했다고 생각하셨을 스승의 마음을 생각하면 죄송스럽고 염치가 없어 가슴이 녹아내리는 듯했다. 그토록 부족하고 미련한 제자의 옹졸한 결정에 역시 스승은 대인다운 넓은 아량으로 선뜻 응해주셨다. 더 붙일 말도, 더 나눌 말도 한없이 어색하기만 해서 황망히 나오던 기억이 아주 오래 오래 잊히지 않았다. 손철 선생은 그 후 내가 서울로 온 뒤로 일 년에 한두 번 소아과학회가 있을 때마다 서울로 올라와 나와 즐겁게 만났고, 단 한 번도 서운한 마음을 비치지 않았다.

1971년, 한강성심병원 소아과

1971년 11월 30일은 김두상, 조재윤, 나 그리고 마취과 최병조, 이렇게 네 사람이 같이 기차를 타고 서울로 올라가는 날이었다. 김두상이 전남대 1회 졸업생이고 전남대 병원장을 하던 분이라, 광주 시내 웬만한 의사들이 거의 다 나왔는지 100명가량이 기차역에서 전송을 했다. 광주역이 와글와글 굉장한 환송회 분위기가 되었다.

나는 기차에 올라타면서 드디어 가는구나 싶은 안도감과 불안감이 교차했다. 전라도 사투리를 서울 환자들이 어떻게 생각할까, 진료 스타일이 서울과 지방이 다를 텐데 차이가 많이 나면 환자들이 이상하게 생각하지 않을까, 물론 책에 있는 대로만 하면 되겠지 등등 사소한 걱정이 꼬리를 물었다.

결혼과 함께 친정에서 떨어져 서울살이를 하느라 힘들었던 누이동생은, 오빠네 식구들이 서울로 올라오게 되자 뛸 듯이 기뻐했다. 나는 누이동생에게 뒤따라 올 식구들과 내가 살 집을 알아보라고 부탁을 해뒀다. 동생 덕분에 익숙하지 않은 서울 생활에 대한 걱정을 조금은 더는 느낌이었다.

당시 한강성심병원은 개원을 보름쯤 앞두고 있었다. 평남 용강 출신으로 경성의전(京城醫專)을 나온 외과 전공인 윤덕선 이사장은 1968년 서울 중구 필동에 국내 최초의 민간 종합병원인 '성심병원'을 개원했다. 한강성심병원 개원과 함께 중앙대부속병원으로 개편시켜 병원그룹인 일송재단을 키워나가기 시작했다. 이후 동산성심병원(77년), 강남성심병원(80년), 한림대학교 및 한림전문대학(82년), 춘천성심병원(84년), 강동성심병원(86년), 한림과학원(90년), 한국노인보건의료센터(91년) 등을 설립했다.

서울에 올라온 다음 날 나는 한강성심병원을 찾아갔다. 내가 일할 곳이 어떻게 생겼는지, 얼마나 지어졌는지, 뭐 준비할 것은 없는지 궁금한 것이 많았다. 정확한 위치를 몰라 영등포시장 안을 통과해 물어 물어 가는데 갑자기 큰 병원이 딱 버티고 서 있었다. 내가 공부하고 일했던 전남의대 건물은 그렇게 높은 것이 없어 한눈에도 대단하다는 생각이 들 정도였다. 하지만 건물은 다 지어져 있었으나 청소와 집기 등 마무리가 안 된 상태였다.

병원에는 방창덕(方昌德)원장과 정운모(鄭雲謨) 총무과장이 나와 있어서 반갑게 인사를 나누고 소아과가 있다는 2층으로 올라갔다. 건물 전체가 그렇듯이 소아과 역시 대팻밥, 톱밥 등 공사하고 남은 쓰레기들이 가득 쌓여있었다. 나는 당장 밖으로 나가 빗자루와 쓰레받기를 사들고 들어와 소매를 걷어붙였다.

며칠 뒤부터는 청소하는 사람들이 와서 청소를 시작했지만, 이렇게 개원을 앞두고 나는 매일 병원에 나가 집기 등을 들여놓고 정리하는 것을 도왔다. 새로운 공간, 새롭고 발전된 기기들, 새로운 사람들과의 만남을 준비하며 나는 하루하루가 즐겁고 행복했다. 아직 개원을 하지 않았는데도 소식을 듣고 오는 환자들도 있었다. 왠지 좋은 징조로 받아들여져 나는 기꺼이 진료 상담을 했다.

저녁이 되면 동생네로 돌아가 술 못하는 매제 대신 동생과 술도 한잔 하고, 그렇지 않으면 서울에 살고 있던 중학교 동창들을 만나 막걸리를 맛나게 마시기도 했다. 돌아가신 아버지 대신 친척들에게 인사하러 다니며 고향에 돌아왔음을 신고하는 일도 마음 넉넉해지는 즐거움이었다. 서울 오면 꼭 들르는 6촌 형님네는 늘 술이 많아 형수님이 맛있는 안주와 함께 술을 내오셨다. 형수님과 마주 앉아 묵은 얘기를 하며 친척들 근황을 듣는 것은 행복한 일이었다.

몰려오는 환자들

드디어 1971년 12월 18일 중대부속한강성심병원이 개원 기념식을 치렀다. 한강 이남에 8층 이상 되는 병원이 없던 시절이라 250병상이나 되는 한강성심병원의 개원은 큰 사회적 관심을 불러일으켰다. 개원식 축사를 민관식 문교부장관과 중앙대학교 임영신 이사장이 했고, 의료계 인사 등 장안의 저명인사들이 참석했다. 설레는 마음으로 출근한 나는 개원식에 잠깐 참석한 후 소아과가 있는 2층에서 개원식 장소를 내려다보며, 뿌듯한 마음이 드는 한편 책임감으로 다소 긴장되는 느낌이었다.

당시 소아과에는 부교수인 내가 과장이었고, 몇 달 뒤 필동 성심병원에서 윤혜선(尹惠善)이 스탭으로 들어와 든든한 마음이었다. 윤혜선은 윤덕선 이사장의 누이동생으로 나보다 10년쯤 후배였다. 동생이 소아과로 들어오게 되어 있으니 신생아 인큐베이트 등 기술적인 부분에 좀 더 신경쓰지 않았을까 생각되었다. 서울간호대학을 나온 경력 있는 유능한 간호사들이 개원 며칠 전부터 나와 소아과는 일찌감치 활기를 띠기 시작했다.

개원과 함께 환자들이 몰려왔다. 한강 이남에 처음으로 종합병원이 생겼기 때문에 강 건너 멀리까지 가기 전에 한강성심병원을 거쳤다. 서울에서뿐만 아니라 지방에서까지 소문을 듣고 올 정도가 되어 병원은 늘 북적거렸다. 며칠 안 가 소아과는 입원환자가 25명이나 되었고, 두 달도 되기 전에 하루 평균 200명의 환자들이 찾아왔다. 힘들었지만 신바람이 났다.
하지만 불편한 점이 전혀 없는 것은 아니었다. 전남대와 성심병원이 다른 건 전남대의 경우 웬만한 일은 수련의와 간호사들이 다 하는데, 성심병원에서는 예를 들어 보통 뇌막염인지 결핵성 뇌막염인지를 가리기 위해 뇌척수액을 뽑는 것과 같은 예민한 부분은 과장인 내가 해야 했다. 나는 이전에는 자질구레한 오더를 내거나, 검사 명령 같은 것을 직접 써보지 않아 더 혼란스러웠다.

한강성심병원에는 인턴 밖에 없었다. 그래서 필동 성심병원에서 유기양, 김연기 등 레지던트가 교대로 파견 나와 진료를 도왔다. 환자도 전남대 병원은 하루에 많아야 몇 십 명 정도였다. 대체로 개인병원이나 중소병원에서 해결이 되고 중환자나 죽음을 앞둔 환자들만 대학병원에 오는 편이었기 때문이다. 그래서 일주일에 세 나절 정도만 진료를 보고 오후에는 레지던트가 초진(初診)을 봤는데 한강성심에서는 내가 거의 다 하다시피 했다. 어느새 서울 시내 병원에서 정말 환자를 많이 보는 의사가 되어 있었다.

일곱 딸과 아내, 바람부는 여의도에 서다

1971년 그해 12월, 광주에서 식구들이 올라왔다. 여의도 시범아파트가 지어져 막 입주가 시작되던 때였는데 그 무렵 대연각 호텔 화재사건이 있었다. 아파트가 7층이라 어린 딸들은 화재가 나면 어쩌나 걱정이 많았다. 그 당시 여의도는 국회의사당 공사가 한창 진행 중이었는데 아파트 앞 풀밭이 의사당 앞까지 이어져 허허벌판이나 다름없었다. 71년 2월까지 공군기지로 사용되던 비행장 활주로는 풀이 덮여 보이지 않았고 여기저기 아파트 공사가 진행 중이라 바람이 불면 모래가 창턱까지 수북이 쌓였다. 털어내도 금방 다시 쌓이기 때문에 아예 그냥 두고 볼 수밖에 없었다. 문을 열어놓는 건 더더욱 할 수 없었다.

그래도 병원에서 집까지 가까운 것이 무엇보다 장점이었다. 늦은 밤에 위급한 환자가 발생해 병원에 호출되어 갈 때는 걸어서 2, 30분 정도 밖에 안 되니 다행이었다. 서울로 올라올 당시 아내는 임신 중이었고, 두 달 후 막내 진선이가 태어났다. 광주 집에서 태어난 언니들과 달리 막내는 한강 성심 산부인과에서 탄생했다. 아무래도 서울이라는 공간은 문명의 이기와 좀 더 쉽게 접속되는 곳이다. 그런데도 막내는 유난히 병치레가 잦고 허약해 우리 부부의 걱정을 샀다.

위로 세 아이는 서울로 올라와 모두 이제 막 지은 여의도초등학교에 전학했다. 공부를 제법 잘하던 아이들이니 크게 걱정할 일은 없었지만, 낯선 타지에서의 학교생활이 호락호락하지는 않았을 것이다. 아무래도 잘 사는 사람들이 모이는 곳이라 주변사람들의 생활수준과도 차이가 있고, 문화적 공감대를 만들어가는 것도 쉽지 않은 일이었다.

그렇게 힘든 몇 개월을 보낸 뒤 망원동으로 이사를 했다. 전세로 살던 여의도 시범아파트를 떠나면서 우리는 광주 집을 처분했다. 이제 내 아버지의 고향인 서울로 온 이상 자리를 잡고 살아야 한다는 생각에서였다. 아이들도 무럭무럭 자라고 있고 빨리 적응하려면 이리저리 이사를 다니는 것은 바람직하지 않다는 생각을 했지만, 돈은 충분하지 않았다. 나는 셈이 빠른 사람은 못되었다. 그런 남편과 사는 아내는 고단함이 적지 않았을 것이다.

이사를 두 번 더 하는 와중에도 나는 집을 사고파는 데 한 번도 관여하지 않았다. 그저 이사하는 날 아내가 적어 준 주소를 보고 물어물어 찾아가, 아내의 선택에 감동하고 노고에 감사하는 것으로 남편 역할을 다 했다. 정해진 월급에 빠듯한 살림 탓에 아이들이 견뎌내야 할 일이 많았으리라 짐작되지만, 아이들은 모범생으로 공부 잘하고 예쁜 아이들로 자라고 있었다. 특히 큰 딸은 전교에서 1등을 하곤 해서, 공부보다 건강하고 바르게 자라는 걸 늘 강조하는 나였지만 가슴 뿌듯한 일이었다.

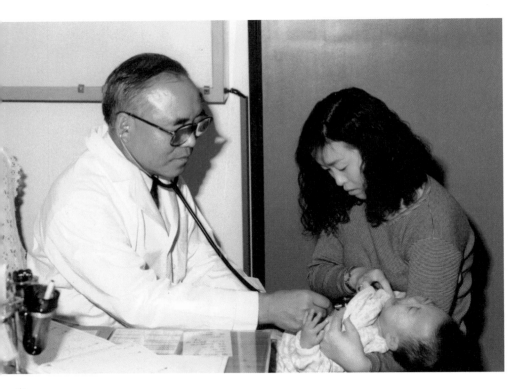

좋은 의사의 조건

1974년 3월 나는 중앙대 의대 소아과학교실 주임교수가 되었다. 학생들에게 강의도 해야 했지만, 밀려드는 환자들로 눈코 뜰 새 없이 바빴다. 나를 포함해 스탭이 네 명이었고 소아과는 80~100명의 입원환자로 늘 북적였다. 병원 진료뿐만 아니라 영등포지구 의사회에도 잘 알려져 있어서 강의를 30여 차례 해주기도 했는데, 회원 의사들은 자신들이 진료하기에 좀 불편한 환자들은 모두 우리에게 보냈다. 아이들을 좋아하다보니 어린이 환자들에게는 좋은 의사선생님으로 느껴진 것같고, 부모들에게도 친절하게 아이의 병에 대해 꼼꼼히 설명을 해주는 것으로 알려졌다. 병에 대한 빠른 판단력과 제대로 된 치료도 도움이 되었다. 그대신 나는 엄마가 아이에게 해야 할 어떤 처치를 게을리 하는 경우 크게 호통을 치는 것으로도 유명했다. 내가 상대하는 환자는 아이들이었고 스스로는 할 수 없는 주의사항이 많았기 때문이었다.

나는 손 쓸 수 없는 환자들만 강을 건너 서울대 병원 등으로 보냈다. 그러나 나를 믿는 환자들은 죽어도 좋으니 내게 치료를 해달라고 매달리기도 했다. 물론 죽을 것처럼 들어왔다가 살아서 나간 환자들도 많았다. 부모에게는 목숨처럼 소중한 아이가 숨이 겨우 붙어 들어오면 너무 안타까워 하루 종일 마음이 쓰였다. 그런 아이가 다시 생기를 얻어 팔짝팔짝 뛰어다니기도 하고 활짝 웃으며 퇴원을 할 때는, 사람을 살릴 수 있는 의사라는 직업을 가진 것이 한없이 자랑스럽고 큰 보람이 느껴졌다.

소아과 학회 이야기

1. 소아과 학회, '영·유아 이유식 표'를 제정하다

소아과 교수 생활은 소아과학회와 떼어놓고 생각할 수가 없다. 어린이 건강에 관한 한 학문적인 발전은 소아과학회를 중심으로 진행된다. 그래서 1년에 두 번 열리는 춘계·추계학술대회는 소아과 전문의를 만드는 데 결정적인 역할을 하기도 한다. 소아과 수련의들은 이 학술대회에 의무 참가를 몇 번 해야 하고, 전문의 시험을 통과할 때 학술지에 일정 조건의 논문을 발표해야 의사면허를 받을 수 있다. 특히 추계대회는 서울에서 열려 지방에 있는 의대 소아과 교수들은 대학에 한 사람만 남겨두고 모두 상경한다.

나도 소아과학회 활동에 적극 참여했다. 전문의가 되면서부터 간행위원, 교육위원, 1973년에는 대한소아과학회 영양위원회 상임이사로 선출되어 3년간 활동하면서 내가 제안하여 '영·유아 이유식 표'가 제정되었다. 나는 소아과 의사들이 환자의 부모에게 아이를 위해 무엇을 먹여야 하는지 말해줄 기준이 될 만한 자료가 없다는 것을 깨달았다. 그래서 실질적인 조사를 위해 설문을 만들고, 지방의 몇 개 대학에 보내 전국적인 통계를 내도록 했다. 이 사업에는 각 대학의 소아과에 몇 사람씩 있는 영양위원이 풀가동되었다. 이 작업으로 한국의 실정에 맞는 이유식 표가 처음으로 만들어져 좋은 평가를 얻었다.

학회는 이사회에 상임이사회를 두고 의결사항을 집행하기 위해 상임이사를 선임한다. 그 당시는 총무이사(학회의 사무 관리), 학술이사(학술대회 및 학술관계 사무 관리), 간행이사(회지발행업무), 교육이사(전공의, 학생의 소아과학 교육계획 심의 및 연수, 보수 교육에 관한 업무), 고시이사(전문의 고시에 관한 업무), 보건통계이사(소아청소년보건, 통계에 관한 업무), 법제이사(의료사고 및 회원지위 향상에 관한 업무), 보험이사(의료보험에 관한 업무), 감염이사(감염병의 진료 및 예방에 관한 업무) 등이 있었다. 지금은 더 확대되어 의료정보 및 홍보이사, 사회협력이사, 국제이사, 청소년이사, 재무이사, 의무이사 등이 있다. 이런 모든 활동들은 1년에 두 번 있는 학술대회로 집중되었고, 나는 학술대회 때마다 적극적으로 의견을 개진하며 토론에 활기를 더했다.

2. 학회는 왜 중요한가

1978년은 내 학회 활동에 새로운 도약이 있었던 해였다. 내가 늘 새로운 학문에 대한 탐구심이 강하고 학회 활동에 열정적인 점을 잘 알고 있던 서울대 의대 홍창의 교수의 추천으로 1월부터 3개월 동안 일본대학(日本大學) 의학부의 신생아학(新生兒學) 연수에 참여하게 된 것이다. 한국에서는 아직 신생아학에 대한 자료와 연구가 거의 없었으나, 의료부분에서 좀 더 앞서가던 일본에서는 이 분야에 대한 연구가 활발히 진행되고 있었다.

일본 측에서는 좀 더 젊은 사람이 올 것으로 생각했는지 직급이 너무 높은 사람이 왔다며 놀랐다고 했다. 이때부터 나는 본격적으로 일본 소아과학회와 교류하며 정보를 교환했다. 특히 일본대에서 신생아학을 이끌고 있는 바바 가즈오(馬場總一) 교수와 오오꾸니(大國) 교수와는 긴 인연을 이어갔다. 보통 일본에서는 과별로 교수가 한 명씩인데 당시 일본대 소아과는 교수가 3명이었고 일본 신생아학에서는 발언이 셌다.

내게는 휴식과도 같았던 일본 연수는 한국의 소아과 의술이 어느 지점에

와 있는지를 점검하는 기회가 되었고 신생아학에 대해 눈을 뜨게 했다. 그동안 한국의 경우 미국 소아과학회의 정보를 지속적으로 접하고 있었기 때문에, 일본의 연구들이 획기적으로 특별한 정보는 아니었다. 하지만 신생아학을 어떤 방식으로 접근해야 하고, 어떤 연구 체계가 필요한지에 대해 충분한 자극제가 되어주었다.

서울로 돌아온 나는 소아과 교실 내에서 바꿀 수 있는 것들은 조금씩 바꿔나갔지만, 사실 중요한 것은 실험과 그에 필요한 기구 등을 마련하기 위한 재원 조달이었다. 그것은 쉽게 결정될 사안이 아니어서 나는 보고 온 것들에 대한 확신으로 꾸준히 주변을 설득하고 가르치며 신생아학에 대한 기틀을 마련해갔다.

1967년부터 시작해서 지금까지 이어져 오고 있는 한일소아과학회 교류는 춘계대회 때 우리 쪽에서 두 명의 교수가 일본으로 가고, 추계대회 때는 일본 쪽에서 두 명의 교수가 우리나라에 와서 강연을 했다. 나는 연수를 계기로 1981년 일본소아과학회 정회원이 됐다. 또 그해 10월 일본알레르기 학회에 참석하고 역시 정회원으로 가입했다. 내가 학생일 때만 해도 알레르기라는 단어는 전혀 사용되지 않았고 대중적인 관심이 많지 않던 때였지만, 뭔가 새롭게 확장이 되고 있는 개념이라는 확신이 들어 관심을 갖고 있던 터였다. 이렇게 우리에게는 낱말조차 생소할 때 일본에서는 본격적으로 알레르기 학회가 활동을 하고 있었고 많은 정보를 가지고 있었다. 나는 일본과의 경험을 바탕으로 1987년 소아과 의사 26명과 함께 소아알레르기 연구회 창립을 서둘렀다.

나는 일찍 소아 알레르기에 대해 관심을 가지고 연구해 왔다. 나와 함께 진료하는 스탭들 역시 그 방면의 전문가가 되게 한 나는 소아과학회에서도 몇몇 회원들과 함께 정보를 교환하는 일을 게을리 하지 않았다. 그들의 다양한 노력으로 알레르기 질환에 대한 사회적 관심도가 높아지고, 소아의 알레르기 질환이 성인과 차이가 있다는 것이 정설이 돼가고 있었다. 그런데도 불구하고 알레르기에 대한 전반적인 인식이 부족해서, 겨우 천

식이나 두드러기가 알레르기성 질환으로 치료되고 있는 정도였다. 드디어 소아 알레르기 질환을 체계적으로 연구하기 위한 모임의 필요성이 제기되면서, 1987년 4월 소아과 의사 26명이 '소아알레르기 연구회'를 창립했다. 회장 손근찬, 부회장 이기영, 감사 정우갑, 운영위원 윤혜선, 김종수, 이상일(학술부장), 이준성, 고영률, 이명익(총무부장)이 선출되었고 고문에는 신종우, 김종진이 추대됐다. 그해 6월 20일 '소아알레르기' 및 '소아천식의 최신 치료'를 주제로 창립 심포지움을 가졌고, 12월 12일에는 '면역과 천식'을 주제로 하여 추계 학술대회를 개최했다.

처음에는 알레르기 학문에 관한 정보를 교환하고 친목 도모 정도로 시작했던 이 조직은, 1993년 총회에서 학회 명칭을 '대한소아알레르기학회'에서 '대한 소아알레르기 및 호흡기학회'로 바꿔 소아 질환에 관해 더욱 폭넓은 연구를 계속하고 있다. 나는 1991년 1년 임기의 회장이 되고, 다음 해에는 연임되었다. 그해에 나는 대한소아과학회의 부이사장으로 선출되기도 해서, 몸이 두 개라도 부족할 정도로 바쁘게 지냈다.

1987년 4월 춘계학술대회 때는 고대 의대교수인 독고영창(獨孤英昌)

과 함께 한일 소아과학회 교류 프로그램으로 일본 학회에 가서 강연을 했다. '한국아동의 라이증후군에 관한 임상적 관찰(Clinical Observation of Reye Syndrome in Korean children)' 이라는 제목의 강연이었다. 매년 있는 초대강연이지만 대표로 강연을 할 수 있었던 것은 임상의사로서 이름있고 학회 활동을 활발히 했기에 가능한 일이었다.

라이증후군은 감기나 수두 등의 바이러스에 감염된 어린이나 사춘기 청소년들에게 많이 나타났다. 치료 말기에 뇌압 상승과 간 기능 장애를 일으키며 갑자기 심한 구토와 혼수상태에 빠져서 생명이 위험한 상태에까지 이르는 질환이다. 원래는 단순히 경기 질환으로 판단했는데, 라이라는 사람이 연구해보니 일반 경기와는 다르다는 사실을 발견하게 됐다. 그는 뇌 조직까지 다 검사해 연구 결과를 발표했다. 한국에서는 라이증후군에 대한 자료와 보고가 부족했지만, 어느 정도 연구가 진행돼 학회지에도 발표가 된 일본에 가서 우리 사례를 발표해보고 싶어 결정한 주제였다.

그러나 한국에서는 사후 해부를 유족들이 받아들이지 않기 때문에 뇌조직 검사가 쉽지 않아, 검사를 하는 데 어려움이 있었다. 그래도 어떤 유족 중에는 자기만 알고 있을 테니 모르게 하라고 해 감동을 주기도 했다. 나는 그것이 전염병이나 유전병일지도 모른다는 생각이 들었지만, 단지 몇 케이스로는 논문을 쓸 수가 없어서 그동안의 결과를 발표하는 것으로 대신했다.

이듬해인 1988년에는 3년 임기의 법제위원으로 소아과 학회 활동을 계속했다. 그리고 미국에서 열린 국제소아과 학회, 싱가폴에서 열리는 동남아 소아과학회, 한일소아과 교류 학회 등 국제 학회에도 참여하여 정보 교류와 소통에서 크게 노력했다. 이같은 활동으로 학회 안에서 역할이 커져, 나는 1989년 1년 임기의 소아과학회 회장에 선출되었다. 실질적인 업무는 이사장이 하고 회장은 거의 명예직으로, 회의를 주재하는 것이 전부인 직책이었다. 대체로 돌아가면서 50대쯤에 회장직을 맡아 했기 때문에 나도 머지않아 맡게 되리라는 짐작은 하고 있었다. 그렇더라도 모두가 다

어린이 건강을 품은 소아과 의사 정우건 **애들아, 안녕?**

거쳐 갈 수 있는 자리는 아니었으니, 그 시기에 회장을 맡은 건 어떤 소명이 내게 주어진 것일까 하는 생각이 내내 들었다.

북녘 태생으로 북한의 의학 실태에 대해 관심이 많았던 윤덕선 박사는 75년 1월 1일 발족된 인간과학연구소(초대 연구소장 장익열 박사) 산하에 공산권 의학연구실을 두고 본격적인 연구에 들어갔다. 이후 1983년 3월 1일부로 한림대학에 공식적으로 업무를 이관했다. 한림대의 북한에 대한 관심은 북한 어린이 돕기 의약품 지원 등으로 이어졌고, 나는 이 사업에 적극 참여했다. 북한 문제는 더러 예민할 수도 있는 문제였으나 나는 스스로 옳다고 생각하는 일이어서 아무런 갈등이 없었다.

북한이 기근으로 중대한 상황에 빠져있을 때인 1997년에 나는 더욱 적극적으로 사업을 추진했다. 큰 딸의 소개로 우리민족서로돕기운동본부를 알게 되어 의약품 지원을 약속하고, 학술대회 때 입구에 의약품 지원을 위한 후원가입서를 놓고 쓰게 했다. 후원은 남북어린이어깨동무라는 단체를 통해 이뤄지기도 했다. 남북의 어린이들이 친구가 돼 통일된 땅에서 더불어 살아가기를 바라는 마음으로 1996년 설립된 이 단체는, 지금까지 북한 어린이들의 성장과 발달에 필수적인 영양증진, 보건의료, 교육사업 등 다양한 활동을 해 왔고, 2004년 6월에는 평양어깨동무어린이병원을 준공시켰다. 2000년대 초반 나는 이 소아병동에 건축자금을 낸 한강성심에서 지원단을 구성해 북한 방문을 추진하자 함께 평양을 방문하기도 했다. 나는 북한어린이들의 질병보다도 영양부족 상태가 걱정이 됐고, 항생제 등 의약품이 절대적으로 부족한 것을 보고 안타까웠다.

교수가 아니었던 5년의 세월

내 조상들이 그랬듯이 나도 청빈한 삶을 살면서도 놓치고 싶지 않았던 것은, 대학에서 훌륭한 제자들을 키워내는 것이었다. 그런데 나에게서 교수라는 직함을 떼어야 했던 몇 년 간의 공백이 있었다. 1976년 10월 한강성심병원이 중앙대에서 분리되어 독자적인 민간종합병원으로 독립했기 때문이었다.

사실 전남대 의대에서 보장된 자리를 뒤로 하고 서울로 올라왔던 나로서는 다소 낙담하지 않을 수 없는 일이었다. 그렇다고 다른 대학병원으로 옮길 수 있는 상황도 아니었고, 개업은 더구나 조건이 안 되었기 때문에 나는 그냥 그 자리를 지키기로 했다. 사실 교수라는 직함만 없어졌을 뿐 의사로서의 일상은 달라진 것이 없었다. 환자들 역시 중대부속이라는 타이틀이 떨어져 나간 것을 알지 못했고, 그건 중요한 것이 아니었다.

물론 학회에서 내 위치는 내려놓아야 했지만 나는 학회에 빠짐없이 참석했다. 개업의들은 보통 참석하지 않았고, 더는 대학교수가 아닌 나 역시 안 가도 그만이었지만, 학회의 중요성을 너무도 잘 알고 있는 사람으로서 외면하는 것은 용납이 안됐다.

실제로 1979년에 외래환자 65,722명, 입원환자 13,359명으로 소아과는 그야말로 눈 코 뜰 새 없이 바빴다. 하지만 내 밑에서 스탭으로 있던 김상우(金相友)는 학교에 남아 교수직을 이어가길 바라던 후배였다. 나는 고심 끝에 중대부속병원의 상태를 유지하고 있던 필동성심병원으로 그를 보냈다. 환자는 밀려오고 한명의 손이라도 빌려야 할 상황이었지만 나는 후배의 미래를 챙기고 배려해주고 싶었다. '내가 힘들더라도 이웃이 좋으면 그게 더 좋다'라는 것이 내 철학이기도 했지만, 후배를 사랑하고 아끼는 마음에서 후배에게 길을 열어주는 것이 내 도리라는 생각을 했다. 그런 측면에서 본다면 나는 타고난 소아과 의사이다. 나는 아이들을 바라만 봐도 저절로 미소가 떠오를 정도로 아이들을 좋아했고, 우는 아이일수록 안타까워 한 번 더 쓰다듬고 보듬어 주었다. 아이한테 함부로 하는 엄마들을 보면 마음이 짠해졌다.

한강성심병원 개원 초기, 레지던트가 없던 시절에 병원에서 멀지 않은 곳에 살던 나는 응급환자가 많아 한밤중에도 불려나가는 일이 많았다. 하지만 그것에 대해 불평을 한 적은 단 한 번도 없었다. 한밤중에 전화벨이 울려 아내가 전화를 받는 사이 나는 벌써 신발 끈을 매며 나갈 준비를 하곤 했다.

병원에서 어린이 환자를 하루에 200명이나 보고도 집에 가면 또 보게 되는 아이들은 내 피곤함을 풀어주는 청량제 같은 존재였다. 다행히 누구 하나 모나지 않고 착하게 자라주어 무척이나 자랑스러운 딸들이다. 일곱이나 되는 아이들이지만 나는 누가 없는지를 금방 알아냈다. 내가 귀가할 때면 아이들은 몽땅 뛰어나와 내 팔다리를 붙잡고 매달리며 반겼기 때문이다.

생활비도 넉넉히 주지 못하고 바깥일에 바쁜 나를 대신해, 집안을 따뜻하고 행복한 가정으로 잘 가꾸어 가는 아내에게 나는 늘 고마운 마음뿐이었다. 가뜩이나 여린 몸에 서울생활 1년 즈음에는 자궁암 초기 판정을 받고 수술까지 받은 아내였다. 언제나 느긋하고 긍정적이기만 하던 나도 그때는 눈앞이 캄캄해지는 느낌이었다. 막내 진선이를 생각해봐도 앞으로 가야할 길이 멀기만 한데, 그 길의 끝이 어디쯤일지 모르지만 서로의 온기를 확인하며 그 힘으로 가 닿아야 할 일이었다.

다행히 초기에 발견되어 회복은 빨랐다. 늘 가족을 위해 자신의 에너지를 몽땅 쏟아 붓는 아내는 언제 그랬냐는 듯이 자리를 털고 일어났다. 아내가 가족의 행복을 위해 얼마나 최선을 다하고 있는지를 잘 알고 있는 나는 시간이 될 때마다 장을 보고, 애들 숙제를 봐주고, 대화를 나누는 데 주력했다.

그러나 나는 아이들이 아플 때 약을 주는 데에는 아주 인색했다. 나는 인간에게는 일정 정도 자연치유능력이 있다고 믿기 때문에 웬만큼 아픈 건 약을 주지 않았다. 그래서인지 애들은 아프다고 칭얼대거나 동정심을 유발할 생각은 아예 못하고 자랐다. 열이 펄펄 끓어서야 아버지가 아프다는 걸 인정했다는 사실은 딸들 모두가 공유하는 어린 시절의 추억거리다.

망원동 집은 장마철만 되면 지하실에 물이 찼다. 어느 해인가 물난리가 났을 때는 집 뒤쪽으로 배를 띄워 사람들을 날랐을 정도로 지대가 낮은 곳이었다. 그럴 때마다 아이들은 물을 퍼내느라 밤잠을 설쳤지만 누구하나 그걸 불평하는 아이는 없었다.

그래도 여름은 좀 나았다. 겨울이 아이들에게 더 혹독했던 건 연료비를 아껴야 했던 아내의 절약정신에서 비롯되었다. 외풍이 심한 양옥집은 방에 놓아둔 물 컵을 얼게 만들 정도였고, 책상 앞에 앉아 공부할 때는 시베리아 벌판에 온 것처럼 옷을 겹겹이 껴입고 중무장을 해야 했다. 드디어 1977년 당산동에 있는 강남맨션으로 이사 오자, 내복차림으로 집안을 돌아다녀도 춥지 않고 동상에도 걸리지 않는다며 아이들은 행복해했다.

한림대학, 다시 제자를 얻다

일송재단은 1976년 동산성심병원(1999년 평촌의 한림대성심병원 개원과 함께 폐원)의 개원에 이어, 1980년 1월 11일 서울시 영등포구에 서울 서남부 지역주민들을 포괄하는 강남성심병원을 개원한다. 착공 14개월 만에 지하 1층, 지상 10층, 연건평 1,788평에 400병상의 병원이 완공되었고 원장에 장익열(張益說) 박사, 부원장에 박동림(朴東林) 박사가 취임한다.

한강성심병원이 중앙대로부터 분리되어 교수 신분을 잃어버렸던 나는 묵묵히 자리를 지키며, 학회 회원으로서 최선을 다해 활동을 해나가고 있었다. 그러던 1982년 나는 드디어 다시 교수 신분을 회복했다. 일송재단의 윤덕선 이사장은 재단을 모체로 의과대학 설립을 꾸준히 구상해오고 있었다. 그러다 마침내 춘천에 학교법인 일송학원을 설립하고, 5개 학과 200명 졸업정원의 한림대학 설립인가를 받는다. 그리고 1982년 3월 1일

'한림대학'이라는 이름의 현판식을 가졌다. 초대 학장에 김택일(金澤一) 박사, 부학장에 이종주(李鍾注) 박사가 취임하고, 3월 8일에는 4개 학과 228명의 신입생 입학식이 거행되었다.

한강성심병원은 학교법인 일송학원 한림대학 한강성심병원으로 변경되었고, 나는 한림대 의대 교수가 되어 다시 제자들을 지도하게 되었다. 한림대는 1988년에 종합대학으로 승격되었다. 주임교수인 나는 예과 2학년을 대상으로 학기 초에 소아과 총론을 강의했다. 내 강의는 요점정리를 재밌고 알기 쉽게 진행한다고 알려졌다. 3, 4학년들은 실습을 하는 시기였기 때문에 학생들이 병원으로 와서 강의를 듣는 방식으로 진행했다. 보통 3, 4학년 때 임상실습을 하는데 한림대는 2학년 후학기가 되면 임상실습을 시작했다. 학교는 해가 갈수록 기반을 튼튼하게 다지며 학교 건립 초기에는 타학교에서 인턴 레지던트를 모집하다가, 나중에는 한림대 자체 내에서 충분히 수급이 되어 명실상부한 의과대학의 면모를 갖춰나갔다.

내 학회 활동은 1982년에 3년 임기의 감사를 맡는 것으로 제자리를 잡아 갔다. 업무와 회계 부분의 감사를 1년 단위로 실시하여 총회 때마다 보고 하는 위치였다. 학회의 예산 자체가 몇 억 안 됐기 때문에 학술대회에 들어가는 비용과 직원 월급을 빼고 나면 얼마 남지 않는 재정 상태였다. 그래서 대체로 회계는 별로 할 게 없었고, 업무 면에서 뭐가 더 필요한지에 대한 제안을 하는 일이 대부분이었다.

내가 능력을 인정받고 활동이 활발해질수록 아내의 노고는 더욱 커질 수밖에 없었다. 경제적으로는 어려웠지만 아이들은 아버지가 의사이고, 훌륭한 선조의 자손으로서 딸이지만 훌륭한 인재로 커야한다는 것이 아내의 확고한 신념이었다. 과외와 학원을 보낼 형편이 안 되었기 때문에 과거 교사였던 경력을 되살려, 아이들의 숙제와 공부를 꼼꼼히 체크해 나갔다. 덕분에 아이들은 성적이 대체로 상위권에 속했고, 체력이 약한 막내만은 우등상이 아닌 개근상을 타는 걸 목표로 할 정도의 여유가 생기기도 했다. 1979년에는 큰딸 진화가 서울대에 입학하여 큰 언니로서 멋지게 테이프를 끊었다. 나는 주변에서 비슷한 또래들이 같이 입시를 치렀기에 혹시라도 상처가 될까 싶어 먼저 꺼내놓지도 못하고 저절로 나오는 웃음을 감추느라 힘이 들었다.

사실 진화는 의대에 갈 수도 있었지만 나는 반대 의견을 냈다. 의사로 살아보니 사람의 생명을 담보로 하는 일이라는 게 여자들에게는 너무 힘들고 거칠기 짝이 없다는 결론을 내렸기 때문이다. 무엇보다 죽어가는 사람을 보아야 하고, 잘못하면 환자나 가족에게 멱살잡이도 당할 수 있는 일이었다. 공부를 잘 하니 어떤 것을 해도 잘 할 딸인데 꼭 의사가 되어 고생스럽게 살 필요는 없다는 것이 내 생각이었다. 흔히 돈과 사회적 명성을 좇는 부모들과는 다른 입장이었지만, 진화는 늘 바른 선택과 정도(正道)에서 벗어나지 않아야 한다는 철학을 가진 아비의 의견을 받아들여 사범대로 진학했다.

지역의사회와 소통한 춘천성심병원 시절

일송재단은 1984년 12월 한림대학교부속 춘천성심병원을 개원하고, 병원장에 권순욱(權純彧) 박사(산부인과), 부원장에 최창식(崔昌植) 교수(일반외과)가 취임한다. 지하 2층, 지상 10층, 540병상 규모에 MRI, CT, 감마 카메라 등 첨단 시설을 갖춘 춘천성심병원이 의료 자원이 상대적으로 부족한 강원지역에서 중추적인 의료센터로 자리잡도록 최고의 의료진이 파견되었다.

나도 춘천으로 발령을 받았다. 전남대 의대 선배로 한강성심병원에 같이 왔던 최병조 마취과 과장도 같이 가게 된 것이 무엇보다 반가운 일이었다. 우리 둘은 평생 마신 술의 2/3를 함께 마셨다고 해도 과언이 아닐 정도로 술이 센 술친구였다. 그리고 주말이면 같이 산에 오르고, 정상에 서서 아름다운 산세를 감상하는 것을 즐기는 좋은 등산 친구다. 우리는 병원에서 마련한 숙소에서 자고 병원 식당에서 식사를 해결하며, 토요일에 서울 갔다가 일요일에 돌아오는 생활을 2년 정도 계속했다.

당시 레지던트 2년차였던 구자웅은 내가 춘천성심으로 가기 전에 미리 춘천으로 가서 내가 일하는 데 필요한 모든 것들을 점검했다. 그는 내가 전방에서 군의관으로 복무할 당시 대대장이던 유철근 소령의 사위가 된 사람이다. 구자웅이 결혼을 앞두고 그 장인 될 사람이 병원을 방문하게 되면서 반가운 해후가 있었기에 그 인연이 왠지 남달랐다. 구자웅은 장인으로부터 내가 어떤 사람인지 여러 차례 들었다고 한다. 사병들을 아끼고 군부대 내에서 일어나는 모든 일에 성실하게 대처하며 고생을 마다하지 않았던 훌륭한 분이라고 했다는 것이다.

춘천성심에는 한강성심병원 초창기 시절에 간호과장을 하던 이경자(李京子)가 스탭으로 들어왔다. 다시 공부를 해서 중앙대 의대를 졸업한 뒤 소아과 스탭으로 같이 일하게 되어 아주 반갑고 고마웠다. 나는 같이 일하고 있는 병원 가족 한 사람 한 사람이 모두 소중하고 고마워, 그들의 건강도 내 일 마냥 챙겼다. 매일 새벽에 사람들을 깨워 가까이에 있는 봉의

산 (鳳儀山)등산을 하는 등 즐거운 병원생활을 이어갔다.

춘천성심병원은 40세가 넘는 능력 있는 주임 교수급들이 병원을 채우자 소문이 자자하게 나면서 환자들이 몰려들었다. 게다가 강원도 영서지역에서 유일한 3차 의료기관이었기 때문에 자리를 잡는 데는 많은 시간이 필요치 않았다.

소아과는 아이들이 스스로 자각증상을 말할 수 있는 것이 아니기 때문에 함께 온 부모를 상대하는 게 첫 번째였다. 또 부모를 통해서 듣는 아이의 병이 100%라고 생각하지 않고 환자의 상태를 경험으로 잘 보고 판단해야 한다. 춘천은 서울 엄마들과는 달리 질문이 많지 않고 순박해서 의사가 시키는 대로 잘 하는 편이었다.

나는 소아과와 내과는 큰 기술이 필요한 분야가 아니라고 생각한다. 피를 뽑거나 X레이 투시를 하든가, 골수에서 피를 빼든가, MRI를 찍는 정도로 정해진 병이 대부분이었다. 그런데 춘천에는 서울에서 보지 못한 병들이 간혹 있었다. 아프기 시작해서 일주일쯤 지나야 병원을 찾는데 일종의 풍토병(風土病) 같은 것이었다. 그것이 유행병처럼 돌기도 해서 안타까운 환자들이 많았다. 지방은 아무래도 서울에 비해 병원을 이용하는 비율이 떨어졌고, 대체로 경제적인 측면에서 감당할 수 없는 경우가 많기 때문이었다.

서울과 달리 춘천에서는 내게 재량이 좀 있어서 가난한 환자한테는 돈을 안 받고 치료를 해주는 등 탈나지 않을 만큼 베풀기도 했다. 필요할 때는 나 자신 헌혈도 많이 했다. 소아과 의사는 아이를 키워 본 사람이 더 진심으로 환자를 대할 수 있는 게 아닐까 하는 생각이 들기도 했다.

춘천성심병원으로 오면서 내가 관심을 갖고 시도한 일은 지역의 개업의들이 종합병원에 바라는 바를 적극 반영하는 것이었다. 이를 위해 두 차례 간담회를 가졌고 지역 의사회에서 의뢰한 특강을 진행하는 등 개업의들과 관계를 잘 유지해나갔다. 개인병원을 거쳐 춘천성심병원으로 오는 환자를 진료하면서, 그 병의 치료가 개인병원 차원에서도 충분히 가능한 경우, 진료기록과 함께 다시 그 병원으로 보내 치료 받도록 조치하였다. 큰 병원의 프리미엄으로 환자를 늘려가려는 이기적인 행태가 일반적인 상황에서 이런 조치는 개업의들의 신뢰를 얻으면서 크게 환영받았다.

사회생활은 이렇듯 의미가 있었지만 춘천에서 오가며 주말에만 만날 수 있었던 가족들은 서로의 빈 자리가 컸을 것이다. 아내 역시 남편의 손이 아쉬웠지만 힘들다 불평 한번 안했다. 아이들은 방학 때면 춘천에 와 있다가 가기도 하고, 주말마다 아빠와 함께 하는 시간을 가지며 아쉬움을 달랬다.

다만 대학을 졸업한 큰 딸이 마음에 걸렸다. 졸업과 함께 중학교 교사로 발령이 나고 대학원 공부도 함께 하기로 했던 딸이 대학원 공부를 미루겠다고 선언했기 때문이었다. 아마 대학 때 야학 교사도 하면서 학생 써클 활동을 한 모양이었다.

평생을 부모 속 한번 안 썩히고 공부를 곧잘 하던 큰 딸의 반란(?)은 나와 아내에게는 낯설고 아팠다. 그래도 나는 딸의 그런 곧은 모습을 받아들이고 시간을 주고 싶었으나 아내의 충격은 자못 큰 것 같았다. 그러나 더 큰 문제는 결혼을 하겠다고 데리고 온 사람이 서울대 출신의 운동권 선배였다. 아내는 몸져눕고 집안 분위기는 차갑게 얼어붙었다. 성정이 온화하고 너그럽지만 자신이 옳다고 생각하는 것에는 결기가 곧은 큰 딸은 결국 부모의 축복을 받으며 1984년 7월에 결혼식을 올렸다.

아내와 친 동기간처럼 지내던 내 여동생은 집안이 대대로 청빈하게 살았는데 그 피를 물려받아 그러는 모양이라며, 세상이 많이 달라졌으니 나쁜 일만은 아닐 거라고 아내를 다독였다. 어려서부터 어떤 일에건 실망시켜 본 일이 없던 딸이었기에, 아내는 딸의 소망 역시 스스로 잘 성취해 가리라 믿으며 어렵게 받아들였다.

이듬해 둘째 딸이 결혼한 뒤 캐나다로 사회학 공부를 위해 유학을 떠났고, 그 다음해에는 셋째 딸이 호주로 출국했다. 아내는 조금씩 짐을 덜어내더니 가쁜 숨도 많이 잦아들어갔다.

50대, 하늘의 뜻을 아는 나이

공자(孔子)는 나이 50이면 하늘의 뜻을 안다고 했다. 모든 사람들에게 다 해당되는 말은 아니겠지만 나에게만큼은 딱 들어맞는 것 같다.

1986년 9월 한림대 소아과 주임교수가 된 나는 한 달 뒤 강남성심병원 소아과 과장으로 발령받았다. 그해 강동성심병원이 건립되면서 강남성심의 소아과 과장이 그곳으로 가자 공석이 된 강남성심에 내가 가겠다고 자청했다. 춘천에서는 그만하면 내 역할은 다했다는 생각이 들었고, 숙식이 불편한 것은 물론 가족과 떨어져 있어 아이들을 아내 혼자 다 감당하고 있는 것이 마음에 걸려 다시 서울로 와야겠다는 생각을 굳힌 참이었다. 늘 같은 병원에서 일했던 최병조는 이후 동산성심병원으로 발령을 받아 그와는 이때부터 다른 길을 걷기 시작한다.

이제 나도 50대 중반을 넘긴 나이가 되었다. 강남성심으로 와서는 높은 연령층에 속해 말하고 행동하는 것이 모두 조심스러웠다. 사실 광주에서 서울로 온 뒤 나는 늘 새로 시작하는 곳에서 일을 해왔다. 중앙대, 한림대 모두 초대 소아과 주임교수를 했으며 한강성심, 춘천성심 모두 개원식을 치르고 시작한 곳이었다. 뭐든 새롭게 시작하는 것은 상큼하고 기분 좋을 수 있지만 사실 고생스러운 일이 더 많기 마련이다. 새로운 시스템에 서툴러서 불편하기도 하고 처음 해보는 업무라 당연히 신경이 더 쓰이기 때문이다. 그래도 강남성심은 이미 개원 7년째라 낯설지는 않았지만, 또 한편 그들 나름대로 익숙하게 해오던 것들이 있기 때문에 나는 천성대로 그들의 이야기를 많이 듣는 것으로 융화를 해 나갔다.

어차피 개원부터 소아과 스탭을 선정하는 과정에서 내가 전적으로 개입해 진행했고, 내가 주임교수였기 때문에 완전히 낯선 것은 없었다. 그래도 나는 늘 스탭들에게 배려를 해야 한다고 생각한다. 스탭들에게 분명하게 지적을 해야 할 것이 있을 때면 나는 절대로 많은 사람들이 있는 곳에서 하지 않고 따로 불러내 충분히 알아듣게 충고를 했다.

내 밑에서 레지던트 생활을 했고, 현재 이산회 총무를 맡고 있는 심욱섭(沈旭燮, 현 심욱섭 소아과의원장)은 당시 자신이 좀 뚱뚱해서 내가 자신을 걱정했던 때가 있었다고 한다. 하루는 조용히 다가와서 "조금만 더 빨리 움직이라"는 말을 그에게 슬쩍 했다고 한다. 아무래도 몸이 둔해서 느리게 움직이다가 다른 사람들한테 핀잔을 들으면 어떡하나 걱정이 됐던 것 같다. 그러다가 한번은 엘리베이터를 다 같이 타고 이동을 하는데 인원이 꽉 차서 자신은 타지를 못해 계단으로 뛰어 올라갔는데, 민첩하게 움직인 그를 보고 깜짝 놀란 내가 흐뭇해하며 다시는 그런 말을 안 했다고 한다.

그런 방식은 아이들에게도 그대로 적용이 됐다. 나는 절대로 아이들을 모아놓고 야단치지 않았다. 문제가 있다고 생각되는 아이를 따로, 그것도 반드시 식사를 한 후에 방으로 불러 이야기를 하곤 했다. 그렇게 나무라는 일도 흔하지 않아서 아이들은 아버지가 방으로 호출할 때마다 바짝 긴장을 했다. 하지만 충분히 아이들의 이야기를 듣고, 다른 자매를 증인으로 부르기도 해 억울하게 야단을 맞는다는 생각은 들지 않게 하는 것이 내 방식이었다.

강남성심병원으로 온 이듬해 나는 화곡동에서 신대방동 집으로 이사했다. 그동안 이곳저곳 이사를 다니다가 드디어 오래오래 살만한 집에 둥지를 튼 셈이었다. 물론 살림을 아끼며 허리띠를 졸라매고 어렵사리 돈을 모아온 아내 덕이었다. 막내가 고등학교 2학년이 되었으니 이제 곧 입시 바라지에서도 벗어날 수 있을 것이었다. 하지만 아이들이 많다 보니 셋 정도가 늘 대학생인 상황이라 방심할 수 없기는 했다. 그래도 아이들이 스스로 알아서 잘 하고 이화여대, 고려대, 중앙대 등 좋다는 대학에 잘 다녀주고 있으니 그것으로 행복했다.

강남성심병원에서도 어디서 이야기를 듣고 왔는지 환자들이 몰려들었다. 내가 진료한 환자를 수로 따지면 당시 아산병원의 두 배, 한강성심의 네 배에 이를 정도였다. 나는 어린이 환자에게는 따뜻하고 정겨운 할아버지 의사였고, 부모들에게는 친절하고 분명한 의사로 소문났다는 이야기를 들었다.

어렸을 때는 면역력이 약해서 어떤 병으로부터도 무방비 상태이기 때문에 늘 조심해야 한다. 하지만 아무리 조심해도 부모로서는 속수무책일 경우가 없지 않다. 한번은 급한 환자가 왔다고 해서 새벽 3, 4시쯤에 병원으로 달려갔다. 집이 병원 건너편 아파트여서 예전과는 달리 위급한 환자가 있으면 하루에도 몇 번씩 다녀오곤 했다.

환자는 링거를 맞고 있었는데 병이 위중했다. 하지만 나는 너무 늦게 왔다는 말은 되도록 하지 않았다. 혹시 아이가 죽더라도 부모가 자신을 자책하며 괴로워하는 일이 없도록 하기 위해서다. 환자를 치료해서 건강하게 만드는 것이 의사의 책무이긴 하지만, 그 과정에서 말을 어떻게 하느냐도 굉장히 중요한 문제라고 나는 학생들에게 가르친다. "치료를 하는 동안 아이가 울면 아직 힘이 남아있는 것이고, 희망이 있다는 것이니까 울음소리를 교향악으로 들어라. 아이가 울 힘도 없이 처지면 위험하니 정신 바짝 차려라"는 말을 잊지 않았다. 위중한 병이던 아이가 나아서 밝게 웃으며 퇴원하고, 몇 달 혹은 1년 뒤에 와서는 이 아이가 예전에 그 아이라고 부모가 얘기를 해주면, 너무 반갑고 의사로서 보람을 느끼게 된다.

어느 분야에서나 일정 기간 일을 하면 일에 익숙해지고 이름이 알려지면서 인맥이 형성되고 점점 단체나 동창회 등에서도 책임질 위치에 서게 된다. 나 역시 50대 후반에 들어서자 이런저런 자리가 주어졌다.

1988년 5월 재경 전남의대 동창회가 나에게 회장직을 맡겼다. 워낙 동창회장이라는 자리가 돈도 좀 있어야 하는 일이었지만 내 처지를 잘 알면서도 나를 회장으로 선출했다. 전남대 의대는 전국적으로도 제법 알아주는 의대였지만 전라도가 경제적인 기반이 약해서 병원을 이용하는 인구가 적다보니, 졸업생들이 서울을 비롯해 마산, 부산 등으로 꽤 많이 나가 있었다.

그 당시 서울에서 1년에 한 번씩 동창회를 하면 150명에서 200명 정도의 회원이 모이는 규모 있는 동창회였다. 지금은 서울로 올라오는 회원 수도 증가하고 정기동창회 외에도 다양한 작은 모임을 만들어 동창들의 교류를 이어가고 있다.

이듬해인 1989년에는 최병조가 회장이던 영산회 2대 회장이 되어, 늘 그렇듯이 주말마다 등산을 다녔다. 처음 시작은 한강성심병원 등산반이 었지만, 내가 강남성심병원으로 간 뒤로는 두 병원이 같이 등반을 해 회원이 몇 십 명으로 늘어났다. 주로 관악산을 다녔기 때문에 등반과정에서 영등포에 사는 사람들을 만나게 되었고, 그들과 같이 모임을 하며 더욱 뜻있는 등산이 되었다. 다들 술 마시기를 좋아해서 뒤풀이 술자리가 제법 셌다. 그렇게 좋아하는 산에 오르고 좋아하는 술도 같이 나눌 수 있는 시간들이 나에게는 참으로 소중했다.

소아과 의사로 이름이 알려졌는지 매스컴에 등장할 일이 많아졌다. 환절기에 소아감기나 알레르기 질환에 관해서 인터뷰를 자주 했다. 아이들은 아버지가 나오는 것을 자랑스럽게 여기며 모두 모여 앉아 시청하기도 했다. 그리고 월간 '자연과 어린이'라는 잡지에 정기적으로 기고를 했고, 1988년에는 의학신문사 편집자문위원으로도 위촉받았다.

문득 맞닥뜨린 환갑이라는 나이

세월이 가는지 오는지도 모르게 열심히 살다보니 어느 날 문득 나도 환갑 나이가 되었다. 마음은 아직 열정이 넘쳐 해야 할 일이 지천인데 벌써 60년 세월을 지나온 것이었다. 나는 바쁜 걸음을 멈추고 지나온 세월을 되돌아보았다. 평균수명이 짧았던 옛날에는 회갑이라고 잔치를 크게 벌이기도 하고, 환갑상에 놓은 밤과 대추를 얻어다가 자손들에게 먹이면서 장수를 빌기도 했다. 하지만 요즘 60세는 아직 젊은이 축에 속하며, 환갑 잔치 보다는 칠순 잔치의 의미가 더 커지는 추세다.

나 역시 한창 일이 주어지고 있는 시점이라 나이가 그만큼 됐다는 것이

별로 대수롭지 않았다. 하지만 이산회에서는 나를 위해 화갑 기념 행사를 준비하고 업적집 같은 기념 문집도 준비했다. 비서처럼 언제나 나를 도와 준 최하주는 모든 종합병원의 소아과 과장들이 부러워할 만큼의 행사를 준비했다. 최하주는 내가 언제나 아랫사람의 의견을 묻고 존중한다면서 다른 과장, 주임교수와는 다르다고 말한다. 두주불사형의 호인으로 어떤 경우에도 화를 내는 것을 본적이 없었다고 한다.

 사실 나는 당사자가 없는 데서는 그 사람 흉을 보지 않고, 남이 흉을 보더라도 맞장구를 치지 않는다. 그리고 흔히 레지던트가 되는 과정에서 오가는 밑돈은 안 받는 걸로 소문이 나있었다.

나는 의사로서 청렴하게 살려고 노력했고 선비정신으로 새로운 것에 대한 실력을 쌓으려고 했다. 그렇게 살고자 의지를 세우고 실천을 해나갈 때는 배우자의 지지가 절대적으로 필요한데 아내는 언제나 잘 참으면서 나를 도와주었다.

1992년 4월 신라호텔에서 치른 내 회갑잔치에는 많은 사람들이 참석해 자리를 빛내주었다. 이산회는 물론 고마운 제자들이 마련한 행사에 나도 그동안의 삶이 가지런히 정리되는 느낌이었다. 나를 위한 '화갑기념업적집(한림대학교의과대학소아과학교실 편)'에 소아과 전문의로서의 삶과 연구결과, 봉사 활동 및 흩어져 있던 기고문 등을 모두 정리하여 주었다. 참으로 귀한 선물이고 보물이므로 앞으로도 소중히 간직할 것이다.

대한소아과학회 이사장이 되다

1993년 10월 대한소아과학회는 나를 9대 이사장으로 선출했다. 모두들 당연한 결과라고 반색하며 축하했지만 다소 뜻밖의 일이었다. 그동안 이사장은 서울대와 연세대 출신들이 거의 맡아왔기 때문에, 전남대 의대 출신에 한림대 교수인 내가 이사장으로 선출되는 것은 쉽게 짐작할 수 있는 일이 아니었다. 게다가 나는 1989년 이미 1년 임기의 소아과 학회 회장을 역임했고, 회장을 했던 사람이 이사장을 하는 경우는 드물었다. 회장직은 명예직인 데다 지방대도 고루 돌아가면서 하게 돼 있어서 그러려니 했지만, 이사장은 나로서도 좀 난데없는 일이었다.

이사장 선출은 5,6명의 전임 회장, 이사장으로 구성된 전형위원회에서 회의를 거쳐 복수 혹은 단수로 추천하면, 추계학술대회 하루 전날 평의원 회의에서 거수로 결정된다. 이 해에는 나만 추천되어 만장일치로 이사장이 되었다. 어떤 일에도 무덤덤한 편인 나였지만 생각지 못했던 일에 조

금 흥분했다. 인사말을 해야 하는데 미리 생각해둔 것도 없어서 그저 열심히 하겠다는 말만 하고는 자리로 돌아왔다.

생각해보면, 서울대와 연대 출신만 하던 자리에 지방대 출신으로 처음 선출되는 새로운 역사를 썼다는 것도 보람이었다. 전례가 있으니 앞으로는 누구라도 와서 머물다 갈 수 있는 자리가 될 것이다. 또 나는 그 자리에 앉아 있었을 뿐 분주히 움직여 일을 한 사람들은 제자들이었으니 가슴 복받치게 고마운 일이었다.

내가 이사장으로 뽑혀 총무이사 등 나를 도울 임원을 정해야 했다. 한강 성심병원 소아과에서 스탭으로 일하고 있던 박종영(朴鍾永, 현 박종영 소아과의원장)은 당시 외국에서 열린 학회에 참석하느라 프랑스에 있었다. 그런데 비행기 사정 때문에 평의원회의가 있는 날 늦게 도착해, 다음

날에야 축하한다는 이야기를 들었다. 그가 모시고 있는 교수가 이사장에 선출됐다는 것이었다. 모든 일을 기획하고 실무를 진행해야 하는 총무이 사를 박종영이 맡았다. 그는 뭔지 굉장히 신나는 느낌이었다고 나중에 말 했다. 정식으로 일을 시작하는 것은 그로부터 1년 뒤의 일이었지만, 전 임자들에게 일을 배우는 1년 동안에도 은근히 설레는 마음이 없지 않았 다고 했다.

내 밑에는 스스로 이사장의 '가방모찌'라고 말하곤 하는 최하주(崔夏周, 현 최하주 소아과의원장)가 있었다. 말하자면 총무보와 같은 역할을 한 그는 내 선배인 고 최병조(崔丙條) 박사의 아들이었다. 어려서부터 나를 아저씨라 부르며 따르고 늘 가까이 보아오면서, 언젠가는 내 밑에서 소아 과 의사가 되고 싶은 꿈을 품어왔던 제자다. 그래서 중앙대 의대에 들어 갔고, 인턴부터 한강성심병원에 들어와 내 제자가 되었다. 도대체 저 사 람은 누구냐고 할 정도로 내 가방을 들고 그림자처럼 따라다녔다.

1994년 10월20일 대한소아과학회 이사장으로 정식 직무를 시작한 나 는 그동안 가장 안타깝게 생각하던 일부터 처리했다. 소아과는 대학교수 와 일반 개원의 간의 차별 대우가 극심한 곳이었다. 개원의의 경우 환자 를 진료하다보면 대체로 몇 가지 병이 정해져 있고, 심하거나 특이한 병 은 대학병원으로 보내 치료받게 한다. 게다가 공부할 시간은 충분하지 않 으니 깊이 있는 정보를 놓치기 쉽다.

나는 사람의 생명을 다루는 의사들은 늘 좀 더 많은 사람들을, 좀 더 많은 질병을, 좀 더 잘 치료할 수 있게 공부를 게을리해서는 안 된다고 생각한 다. 더우기 소아과는 어린 생명을 다루는 곳이 아닌가. 물론 개원의들도 대한소아과개원의협의회에서 활동을 해왔지만, 나는 이들을 학회로 수용 하여 함께 연구하고, 연구한 부분을 나누는 작업을 진행하도록 했다. 개 원의를 학술이사와 같은 직위에 임명하여 개원의와 교수를 총 망라해서 한쪽에 치우치지 않게 융합하는 일을 적극 추진했다. 명칭도 개원의에서 전문의로 바꿔 시도한'소아과전문의를 위한 심포지엄'은 내가 이사장 자리에서 물러난 뒤에도 한동안 계속 열렸다.

해방된 해인 1945년 11월 조선소아과학회로 출발한 대한소아과학회는 내가 이사장이 된 다음 해가 창립 50주년이었다. 큰 행사를 준비하는 6개월 동안 회의하고 사람들을 만나고 조직하는 일로, 세 사람은 거의 매일 만나다시피 했다. 오전에는 각자 진료를 보고 오후부터 움직였으니 하루 종일 눈코 뜰 새 없이 바쁜 나날이었다. 총무이사는 그렇다치고 온갖 뒤치다꺼리를 다 하던 최하주는 무슨 영광을 보려고 그러느냐고 핀잔을 들었지만, 자신이 존경하는 이사장의 영광이 곧 자신의 영광이라고 생각한 모양이었다. 총무보라는 직함이 붙은 그의 역할은 업무 자체의 필요성이 인정되어 부총무라는 직책을 신설하게 했다.

1995년 10월 28일 창립50주년 기념식을 치르고, 다음해 6월에는 창립 50주년 기념 토론회를 개최했다. '21세기를 대비한 소아과 활성화를 위한 토론회'라는 제목의 행사는, 학회의 발전과 수련의 교육 향상 방안, 개원전문의 입지 강화 방안을 주제로 분과토론을 진행하고 그 결과를 학회 활동에 반영토록 했다.

정년을 앞둔 3년 동안에는 대한소아과학회 이사장으로 활동하며 눈 코 뜰 새 없이 바쁜 나날을 보냈다.

4부

의사에게 청년은 없다

────────

퇴직해도 바쁘구먼

 1997년은 내 나이 만 65세가 되는 해였다. 그 해의 생일이 속하는 학기 말이 정년이 되는 규정에 따라 8월에 나는 퇴임했다. 학회는 그해 10월에 새 이사장을 맞게 돼있어 2개월을 더 봉사한 셈이었다. 1967년 전문의 시험에 합격하고 전남대 의과대학에서 소아과 전임강사로 후학 지도를 시작한 때로부터 딱 30년의 세월이었다. 무척이나 감회가 깊었다.
 무엇보다 가난한 의대교수를 뒷바라지하며 일곱 딸까지 잘 키워낸 아내가 없었으면 어찌 그 자리를 그렇게 아름답게 마무리할 수 있었겠는가. 고맙고 또 고마운 일이었다. 그리고 늘 호호호 깔깔깔 집안을 생기 넘치고 즐거운 곳으로 만들어준 사랑하는 딸들. 일곱 명 중에 어느 하나가 없다는 건 상상도 할 수 없는 일이다.

 정년퇴임으로 내가 소원했던 제자 키우는 일이 마무리되었다. 제자들이 훌륭한 의사로 성장하는 것을 바라볼 수 있었던 것도 나는 큰 복이었다고 생각한다. 소아과학이라는 공동의 관심사를 두고 토론하고 연구하며 스승과 제자로 긴 세월 인연을 만들어 간다는 것이 그저 원한다고 되는 일은 아닐 것이다. 혼자였으면 외롭고 힘들었을 길에 밀어주고 당겨주는 누군가가 옆에 있었다는 것이 우리 모두를 행복하게 했다. 이제 나는 더 이상 선생이 아니지만 의사이기를 그만두고 싶지는 않았다. 여전히 내 진료를 원하는 환자가 있으니 소아과 의사로서의 삶을 그만둔다는 것은 상상도 못 할 일이었다.
 퇴임하고 한 달 뒤, 나는 후배인 라석찬이 병원장으로 있는 홍익병원으로 출근했다. 정년을 앞둔 어느 날 나는 전남대 의대 후배인 라석찬을 만났다. 내가 서울로 올라오고 한 두 해 지나 서울 목동에서 개업한 후배는 성실하게 병원을 키워 든든한 동창으로 오랜 친분을 쌓아온 터였다. 그는 그동안의 노고에 덕담을 하고 나에게 정년 후에 개업할 것이 아니면, 자기네 병원으로 오는 게 어떻겠냐고 의향을 물었다. 나는 기꺼이 후배의 제안을 받아들여 강남성심에서와 같은 대우로 홍익병원의 의사가 되었다. 그에 앞서 한강성심병원에 같이 있었던 김두상과 조재윤도 홍익병원에 와 있었다. 퇴임 후, 한 달이 지난 즈음에 나는 홍익병원 소아과 과장으로 새로운 출발을 했다.

홍익병원은 당시에는 220병상 정도였지만 지금은 본관, 신관, 별관, 목동관 4개 동에 293개 병상을 가진 명실상부한 종합병원이다. 나는 그곳에서 7년 동안 근무했다. 내가 홍익병원으로 오자 강남성심에 다녔던 환자들이 홍익병원으로 오기도 하고, 목동에 접근성이 좋은 안양 같은 외곽지역에서도 환자들이 왔다. 하지만 워낙 성심병원보다는 규모가 작은 곳이라 환자 수는 훨씬 적었고, 하루가 정신없이 가곤 하던 예전하고는 달라 훨씬 편안했다. 조직이 큰 성심병원보다 후배가 병원장이어서 그런지 마음도 편하고, 대학 후배들이 많아 인사하러 몰려왔다. 후배들 입장에서는 동창회장 출신인 선배가 와서 든든했을 것이다.
정년퇴임을 했지만 나는 학회 활동을 계속했다. 정년퇴임 후 두 달 정도 정리기간이 지나고 추계학술대회를 통해 차기 이사장에게 자리를 넘겼다. 그리고 이후로 2000년까지는 법제위원과 일반이사로 있으면서 학회 활동을 유지해나갔다. 나는 소중하고 중요하다고 생각하는 일에는 어떤 상황변화에도 흔들림 없이 하는 성격이기 때문에 역할이 없어졌다고 소홀히 할 수 없었다.

북한어린이 돕기 행사 역시 힘닿는 한 해야 할 일이라는 생각에 변함이 없었다. 1998년 10월 추계학술대회 때는 소아과학회 정년 퇴임자를 대상으로 학회 공헌자에게 수여하는 학농상(學農賞)을 수상하고, '한국청소년문제소고(小考)'라는 주제로 강연을 하기도 했다.
국제학술대회를 더러 다녀온 편이었으나 이집트 학술대회는 크게 기억에 남는 대회였다. 대체로 국제학회가 있을 경우 여행사에서 학회 이후의 여행 상품을 제안하곤 하는데, 그때 케이프타운까지 가는 프로그램을 추

천했다. 그래서 손철 교수와 우리 내외, 그리고 후배인 김현방(金炫榜, 보니파시오 요양병원원장) 내외가 같이 여행을 갔다. 아내는 중국과 일본에서 열린 국제소아과학회에 함께 가서 여행을 한 적이 있긴 하지만 스승님과 가까운 후배 내외와 함께 여행을 가는 건 흔한 일이 아니어서 아주 행복한 여행이 되었다. 정년퇴임을 하고 홍익병원에 있을 때여서 어쩐지 그동안 살아온 노고에 대한 보상 같은 느낌이 없지 않았고, 아내에게도 마음 편한 여행이 되기를 바라는 마음이었다.

대장암 3기를 거뜬하게 극복해내다

홍익병원으로 옮기고 1년 남짓 되던 어느 날, 나는 배에서 뭔가 잡히는 걸 감지했다. 설마 하는 심정으로 외과과장에게 검진을 받았는데 대장암 3기라고 했다. 정년퇴임 후 6개월 정도 배가 아프고 속이 좀 안 좋았지만, 대수롭지 않게 생각하고 소화제만 먹으며 병을 키운 것이었다.

스스로에게 늘 엄격하고 매사에 무덤덤하게 행동하는 나여서 이번에도 그냥 별거 아니라고 생각했다. 검진을 받은 이틀 후 나는 수술을 받기로 결정했고, 아침에 나가며 아내에게 말했다. "오늘 대장암 수술을 받기로 해서 오늘 못 들어올 것이고, 죽으면 아주 못 들어올 수도 있다"는 내용이었다.

마른 하늘에 날벼락도 유분수지 아내는 내 말에 쓰러질 뻔했다. 내가 나가자 딸들에게 연락을 했고, 딸들은 반신반의하면서도 아버지는 충분히 이겨내실 분이라고 생각했다고 한다.

수술은 강남성심병원 외과팀이 맡았다. 수술이 결정되기 전 외과팀 후배들은 최창식 교수나 다른 병원이라도 기술이 더 좋은 선배들에게 맡기길 권했으나, 나는 후배들을 믿고 맡겼다. 대장을 30cm가량 잘라냈지만 다행히 임파선까지 번지지 않아 수술 뒤 예후가 좋았다. 늘 긍정적이고 낙천적인 탓에 죽음 앞에서도 의연하고 담담하게 말을 했는지 마치 남의 수술에 대해 얘기하는 듯 했다고 한다. 수술 끝에 통증이 있을 텐데도 나는 코를 골며 잠만 잘 잤고, 그런 내 모습에 가족들은 적이 안심했다.

수술은 예상대로 경과가 좋았다. 내 체력이 워낙 좋아 수술을 이겨내는 것이 빨랐던지 일주일 만에 퇴원했다. 딸들도 돌아가며 간호를 했지만 아내의 극진한 간호 덕이 컸다. 평생 말술을 그리도 맛나게 먹었으니 어떻게 동티가 나지 않았겠냐며 본격적으로 아내의 잔소리가 시작됐고, 나 역시 술을 줄여야 한다는 생각이 들었다. 담배는 40세가 되기 전 어느 날 하루 만에 딱 끊고 다시는 입에 안 댔는데, 좋아라 하는 술은 어쩌지 못하고 너무 넘치게 마신 것이 병을 불렀을 것이다.

아무리 술을 마셔도 흐트러짐이 없었고, 취해서 실수한 경우는 더더구나 없었기 때문에 술이 내 건강을 해칠 줄은 몰랐다. 내가 밤새 술을 마신 다음 날 아침, 해장을 한다며 큰 대접에 소주 한 병을 따른 뒤 계란을 풀어 휘휘 저어서는 그걸 단숨에 마시곤 했다는 일화는, 제자들 사이에 유명한 전설로 회자되고 있다.

퇴원 뒤 항암치료를 조금 하다가 말고, 나는 바로 출근을 했다. 큰 수술을 겪었지만 체력이 떨어졌다는 느낌은 없었다. 1, 2주 후에는 슬슬 등산도 다닐 수 있어서, 나는 살아있는 그 순간이 너무도 고맙고 소중했다. 그도 그럴 것이 내 나이가 벌써 70세를 앞두고 있는 시점이어서 자꾸 부고가 날아드니 죽고 사는 것이 그저 남의 일 같지만은 않았다. 2003년에는 오랜 세월 좋아하는 술자리와 등산을 같이 하던 최병조 선배가 돌아가셨다는 소식을 접했다. 늘 친형님처럼 내 식구 같은 분이었기 때문에 가슴의 빈자리가 무척 컸다. 나는 살아있음에 감사하며 열심히 살아가는 수밖에 없었다.

요쳅의원의 행복한 의사

2005년 나는 홍익병원에서 퇴직했다. 70대가 넘어가니 후배들도 불편할 것이고, 그만 했으면 됐지 싶었다. 무엇보다도 아내를 비롯해 가족들의 걱정이 많았다. 내 병원도 아닌데 괜히 처방전이라도 잘못 쓰는 일이 발생하면 안 된다는 것이었다. 새벽에 위급환자 때문에 병원에서 전화라도 오면 레지던트가 없는 병원이어서 내가 다 해야 했다. 그러니 한 치의 실수도 고스란히 내 몫이 되기 때문에 걱정이 클 수밖에 없었다.

나는 홍익병원을 그만두면서 비로소 개업 한번 못해봤구나 하는 아쉬움이 남았다. 개업을 했으면 몇몇 친구들처럼 자신의 건강이 허락하는 한 계속 일할 수 있었을 것이다. 하지만 나는 홀가분하게 병원을 그만두고 아내와 며칠씩 여행을 다니며 그동안 못 다한 남편 노릇을 하는 것으로 행복했다.

나는 일생을 의사로 살며 아이들의 병을 고쳐주는 것으로 행복했고, 제자들이 열심히 맡은 일을 해내고 훌륭한 의사가 돼가는 모습을 보는 것이 보람이었다. 가난한 환자들에게는 가끔 뒷문으로 나가는 방법도 알려주며 가슴을 쓸어내리기도 했지만, 정작 국민을 위해서는 한 일이 없다는 것을 문득 깨달았다. 가족의 충고로 홍익병원을 그만두긴 했지만 스스로는 아직 의사로서 할 일이 있다는 생각에 영등포에 있는 요셉의원을 찾아갔다. 가까운 대학 선배에게 상담했더니 소개한 곳이었다.

요셉의원은 사회복지법인 서울가톨릭사회복지회 부설 의원으로 1987년 8월 29일 개원 당시부터 선우경식(요셉)이 21년간 원장을 맡아 운영해 온 무료 의료시설이다. 그동안 수많은 의료봉사자, 후원자들의 도움과 하느님의 보살핌, 그리고 선우 원장의 가난한 이들을 향한 열정과 사랑이 없었다면 오늘의 요셉의원은 없었을 것이다. "가난한 환자들은 하느님이 내게 주신 선물"이라며 그들을 위해 일생을 바친 선우 원장은 2008년 4월 18일 세상을 달리했고, 정부에서는 그의 공로를 기려 2008년 6월 12일 국민훈장 동백장을 추서했다.

요셉의원은 주로 행려병자를 치료하는 한편 한쪽에 무료급식이 있어서, 식사 때가 되면 50명에서 100명 정도 되는 사람들이 줄을 서 있었다. 소아과 진료는 없었기 때문에 나는 일주일에 두 번 나가 엑스레이를 찍거나, 피검사를 하는 등의 일을 했다.

어느 날 의원 입구에서 만난 연세 드신 분은 알고 보니, 큰 딸 진화와 함께 화곡여중 교사였던 이로 정년퇴직 뒤 자원봉사를 하고 있었다. 한때 자식을 잃고 상심이 컸던 분이었는데 그렇게 사랑을 베푸는 모습이 참으로 아름다워 보였다. 나는 좀 더 힘이 남아있는 젊은 시절에 와서 더 많이 봉사를 하지 못한 것이 적이 안타까운 마음이었다. 누군가에게 내가 가지고 있는 재능을 베풀고, 그 베풂이 다시 자신에게 사랑과 고마움으로 충만된 일상을 살아가게 하는 일이 더없이 행복한 일이었다.

나는 요셉의원 자원봉사자로 3년 가까이 활동했다. 그러다가 혹시 연로한 남편이 누구에겐가 폐가 되지 않을까 염려가 많았던 아내가 강력하게 그만두기를 원했다. 나 자신은 건강하다고 생각했지만 70대 중반을 넘어가니, 뭔가를 기억하는 것도, 발 끝에 힘이 들어가는 것도 하루가 다르게 느껴지긴 했다. 나는 아내의 충고를 받아들여 그만하면 됐다고 생각하기로 했다.

나의 기쁨 이산회

 40년을 아침 일찍 일어나 출근하는 것으로 하루를 시작했던 나는 요셉의원을 그만 둔 다음 날 아침, 이제는 어디로 일하러 가지 않아도 된다는 사실이 좀 이상했다. 인간이면 누구에게든 이런 순간이 올 것이다. 나는 무엇을 하며 남은 생을 살아갈 것인가에 대한 질문에 어떤 답을 하느냐에 따라 삶의 색깔이 달라지지 않을까?

 평생을 낙천적으로 살아온 나는 며칠이 지나자 낯선 느낌은 사라지고 마치 오랫동안 그래왔던 것처럼 편안한 일상을 만들어갔다. 늘 나에게 붙어다니던 왕성한 호기심과 사람에 대한 애정과 부지런함이 하루아침에 어떻게 없어질 수 있겠는가. 나는 그동안 병원에 매어있느라 하지 못했던 것들을 열심히 해보기로 했다. 사진을 찍거나 음악을 듣는 등 하고 싶은 일이 차고 넘쳤다. 아내도 밖에서 일하고 있는 남편에게 신경 쓰느라 못했던 취미생활을 하며 하루하루 즐겁게 지냈다.

 무엇보다 즐거움을 주는 것은 아이들이었다. 이제 제 자식들 키우느라 정신이 없을 텐데도 딸들은 돌아가며 부모를 모시고 여행도 다니고 취미생활도 함께 했다. 캐나다와 호주에 둘째와 셋째가 살고 있어서 여행을 다녀오기도 했지만 늘 멀리 있는 딸들이 마음에 걸렸는데, 이제 모두들 귀국해 서울에서 자리를 잡고 열심히 살아가고 있다.

 이젠 일곱 딸들과 손자손녀들이 자신들에게 주어진 일에 최선을 다하며 아름다운 삶을 꾸려나가는 걸 바라보는 것만으로도 즐겁고 행복하다. 평생을 어린 환자가 내 진찰과 처방으로 건강해지는 것을 보며 즐거웠는데, 이제 하루에 한번 아내의 손을 잡고 산책을 나가는 것도 즐겁고 행복하다. 나는 두 달에 한번, 옷장에서 제일 좋은 옷을 골라 입고 외출한다. 그날은 이산회 모임이 있는 날이다. 내가 의사로, 교수로 살아오는 동안 내 삶의 보람이자 목적으로 여겼던 제자들을 만나러 가는 날이다.

 1983년, 내 밑에서 수련의 생활을 한 제자들이 이산회(怡山會)라는 모임을 만들었다. 그들은 지금까지도 두 달에 한 번씩 정기적인 만남을 지속해, 나와 함께 자리하여 친목을 도모하고 정보도 교환하는 시간을 갖고 있다. 이만큼 오랜 세월 함께 하며 훈훈한 모임으로 남아있는 경우가 드물어서 주변의 부러움을 사기도 한다. 회원은 현재 19명(조중현, 이순종, 한주환, 정동철, 김남성, 윤진렬, 김영수, 김진수, 이경자, 봉만전, 방수학, 심욱섭, 김덕호, 김영하, 정혜성, 윤석녕, 신승식, 구자웅, 최하주)으로 1984년에 레지던트를 시작한 최하주가 막내 회원이고, 그 이후의 제자들은 한강성심병원 내 소아과 모임인 한소회(漢小會)로 조직되었다.

 나는 내 과거이고, 현재이며, 미래인 제자들을 바라보면서 다시 한 번 행복한 내 삶에 감사한다. 1977년에 괜한 오해로 쫓겨날 뻔 했던 제자를 내 자리를 걸고 보호한 일이 생각난다. 수련의들이 작심하고 처우개선을 요구했던 일이 있었던 모양이었다. 그 일에 제자인 한주환(韓株煥)이 개입되어 있었고 일이 수습되는 과정에서 병원은 그에게서 수련의 과정을 박탈하려고 했다. 레지던트 과정 3년차였던 그로서는 치명적인 일이었다. 나는 당시 사직서를 한 장 써가지고 안주머니에 넣고 다녔다. 레지던트로서 최선을 다해 일해 온 제자를 그런 식으로 잃을 수는 없는 노릇이었다. 병원 경영진에 강하게 반대의사를 밝힌 나는 제자가 잘못되면 나도 병원을 그만 둔다는 각오로 개인병원 자리까지 알아보고 다닐 태세였다. 그래서인지 결국 병원 경영진이 손을 들어 한주환은 무사히 레지던트 과정을 마쳤고, 이 일은 두고두고 주변 사람들에게 회자되었던가 보다.

 한번은 중환자실에 라이(Reye)증후군 환자가 왔다. 아직 레지던트 1년차에 불과했던 한 제자는 밤 11시에 야식을 먹은 뒤 소아과 외래에 두고 온 책을 가지러 갔다가 진료실에서 불빛이 새어 나오는 걸 발견했다. 내가 이미 퇴근을 하고도 남을 시간이었기 때문에 그 제자는 의아하여 문을 노크했다. 내가 문을 열어주자 제자는 깜짝 놀랐다. 내가 일 있으면 연락하라고 했던 말이 그냥 의례히 하는 말이라고 생각했던가 보았다. 나는 중환자가 있어 병원에 있어야겠다고 생각하여 늦도록 살피고 있었던 것뿐인데, 그 덕분에 내가 늘 말없이 제자들 뒤에서 버텨주고 있다는 믿음을 심어주는 계기가 되었다는 이야기를 나중에 제자들에게 들었다.

  그렇다고 제자들에게 모든 걸 떠먹여 주는 식의 애정은 금물이었다. 회진을 돌면서도 늘 긴장해있는 제자들을 풀어주기 위해 가벼운 농담으로 하루 일과를 시작했지만, 내가 질문을 하면 제자들로서는 날카롭게 받아들였나 보다. 당황한 제자가 제대로 된 대답을 못하고 얼버무리거나 엉뚱한 대답을 해도 나는 "그래?"하고 넘어갔다. 그 자리에서 제자를 나무라거나 정해진 답을 제시하는 것은 적절하지 않다고 생각했다. 스스로 알아서 찾도록 질문을 던질 뿐이었다. 그래도 제자들은 내 눈빛을 잘 알고 있었던 것같다. 길게 말하거나 다그치거나 화를 내지는 않았지만 제자를 독려하는 잠깐의 눈빛만으로도 그들은 내 모든 의중을 파악하고 가르침을 받아들였다.

  의사는 환자의 생명과 건강을 가장 먼저 생각해야 한다는 히포크라테스의 선서가 아니더라도, 환자를 다루는 의사라면 인간에 대한 측은지심은 반드시 있어야 한다. 특히 소아과 의사에게 아이를 사랑하고 측은히 여기는 마음은 꼭 갖춰야 할 품성이다. 이런 마음은 억지로 만든다고 되는 것도 아니다. 또 그렇게 된다 하더라도 의사로 살아가는 동안 힘이 들게 된다.

나의 스승, 그림자조차 밟기 아까운 손철 교수

  2009년 7월 29일 중앙일간지 한 쪽에는 전남대학교 의과대학 손철(孫徹) 명예교수의 부고가 실렸다. 향년 90세. 몇 달 전 스승의 얼굴을 대할 때만 해도 100세는 넉넉히 채우시겠다고 덕담을 하고 올라온 나는 가슴 한쪽이 무너져 내리는 느낌이었다. 소아과 전문의가 되기로 결심한 이후 평생을 유일한 스승으로 모셨던 분이었다. 생전에 당신이 죽으면 전남대 의대 해부학교실에 시신을 기증하기로 약속하셨던 그 분은 중국 청도의전(靑島醫專)을 졸업한 뒤 광복군 제3지대 군의처장으로 독립운동에 기여한, 결기가 곧은 분이었다.

나는 대학 때 배구선수 생활을 하면서 손철 선생님을 처음 만났다. 가끔 배구시합장에서 심판을 보던 손철 선생님은 한번 내린 판정은 절대로 번복이 없고 그것으로 끝이었던 대쪽 같은 성격이었다. 그 뒤 내가 군대에서 휴가 나와 소아과에 들를 때마다 손철선생님은 나에게 제대하면 꼭 소아과로 돌아오라면서 휴가비를 얼마씩 쥐어주기도 했다. 그런 인연으로 나는 학교와 먼 군부대에 있으면서도 내가 돌아갈 곳에 대한 믿음 때문에 늘 든든한 마음이었다.

나는 제대 후 한걸음에 스승이 있는 소아과로 달려갔다. 그 뒤 소아과 전문의로서 닦은 모든 학습의 기초는 스승 손철 선생님으로부터 비롯된 것이었다. 스승은 소아과 의사는 어린이를 위해서라면 뭐든지 할 수 있어야 한다고 늘 말씀하시곤 했다. 어린 환자에 대한 사랑이 지극했고, 특히 가난한 아이들에게는 신경을 더 많이 쓰시는 것 같았다. 그분의 평소 지론은 인간에게는 자연치유능력이 있으니 약을 처방할 때도 최소로 해야 한다는 것이었다.

다재다능하여 글쓰기가 뛰어나고, 춤추는 것도 즐겼던 스승이 존경스러워, 나는 의사는 어떠어떠해야 한다는 틀에서 스스로 벗어나려고 노력했다. 청빈한 일상으로 스승은 부를 축적하는 데는 전혀 관심이 없고, 불쌍한 사람들을 보면 당신이 입던 옷도 벗어 줄 정도였다. 나 역시 30여년 의사생활을 오직 월급쟁이 대학교수로만 살았으니 스승을 따르는 삶을 살고자 노력했다고 생각한다.

임권택 감독, 거장이 되다

영화감독으로 유명한 임권택은 외가쪽으로 육촌 동생이다. 그러니까 나는 임씨 집안의 첫째아들의 외손자이고, 임감독은 막내아들의 손자이다.
임감독은 어린 시절부터 한국 분단의 역사와 닿아있는 파란 많은 삶을 살았다.

"내 영화를 깊이 뜯어본 어떤 평론가가 임권택에게는 동심이라는 것이 없다고 썼더라고요. 그 말이 참 적절한 말이다 싶어요. 나한테 행복하게 떠올려질 만한 어린 시절이라는 것이 있었던가 싶어요. 아버지는 맨날 형사들한테 쫓겨 다니셨고, 어머니는 아버지 때문에 경찰서에 한번 불려가서 고문을 당하고 유산을 하신 적도 있어요. 내가 초등학교 4학년 때였는가… 그때는 병원에서 밥을 제공하지 않았기 때문에 내가 밥을 지어서 병원에 가지고 갔어요. 2층에 몇 안 되는 입원실이 있었는데, 어머니가 계신 병실 문에 한문으로 '혁명가의 아내'라고 써났더라고. 왜 그런 걸 써났는지 모르겠어. 그 어린 나이에 그걸 읽었어요.
해방 후 경찰들한테 카빈총도 지급하고, 옛날 왜정 때 쓰던 무기도 지급했는데, 형사들한테는 미처 권총 같은 것이 지급이 안 됐나 봐요. 그 사람들이 군인들이 쓰던 일본도를 가지고 다녔어요. 그리고는 우리 아버지를 잡겠다고 그 칼을 빼들고 군화발로 이 방, 저 방 돌아다녔지요. 근데 어느 날 아버지가 집에 잠깐 계셨는데 이웃에서 누가 밀고를 했던 거 같아요. 형사들이 바로 들이닥쳤는데 우리 엄마가 대단하신 분이야. 아랫목에 아버지를 엎드리라고 하고는 당신이 앉고 우리더러 그 위로 앉으라고 해서 이불을 덮었어요. 우리가 올망졸망 7남매에 내가 장남이었어요. 그 앞으로 일본도를 빼들고 형사들이 왔다 갔다 하는데, 정말 어린 나이에 그 경험은 엄청난 것이었어요. 단순히 두려움이라고만 말하기엔 약한, 더 크고 엄청난 감정이었어요. 거기서 걸리면 아버지가 잡혀 들어갈 것이고 무슨 실랑이라도 벌어지면 그 큰 칼로 찌를지도 모르는데… 지금도 그때를 떠올리면 간이 오그라드는 것 같아요."

그 삶의 굴곡을 아는 나로서는 그가 1973년에 대종상 감독상을 받았을 때 내가 받은 것처럼 기쁘고 자랑스러웠다. 임권택 감독이 내 동생이라는 것을 주변에서 알고는 나도 덩달아 유명해졌다.

사실 우리가 어렸을 때는 잘 만날 기회가 없었다. 아주 어렸을 때 내가 어머니를 따라 장성 외가 집에 가면 어린 임감독을 잠깐 볼 수 있었던 정도였다. 내가 대학생일 때 임감독은 중학교에 입학했으니 서로 연배가 달라서 같이 놀 수 있는 터울이 아니었다.

내가 임감독과 다시 만난 것은 의정부에서 군의관을 하던 시절이었다. 하루는 부대에서 영화촬영을 한다고 해서 구경을 갔더니 거기 감독으로 와 있는 사람이 바로 임권택이었다. 혼란스런 와중에 그의 형제들이 뿔뿔이 흩어지고 그도 중학교를 다니다가 부산으로 갔으며 영화판에 있다는 소식이 알고 있는 전부였는데 26살 젊은 나이로 진짜로 감독이 돼서 영화를 찍고 있을 줄은 꿈에도 몰랐다.

"그날을 내가 잊을 수가 없어요. 그때가 61년도였는데, 내가 55년에 서울로 올라와 계속 조감독 생활을 하다가 감독 데뷔를 한다고 준비 중이었어요. 독립군을 빙자한 저질 액션물이었는데 촬영현장을 사전 답사할 때는 지프차를 타고 들어가느라 개천 위에 있는 철로의 존재를 별로 인식하지 못했어요. 개천이 말라 있어서 개천바닥으로 지나갔거든요. 근데 정작 촬영을 하려고 트럭에 장비를 잔뜩 싣고 갔는데, 철로에 걸려서 개천바닥으로는 못 지나가겠는 거예요. 그 옆이 미군부대인데 우리가 감히 그 철로로 통과를 하겠다고 할 수가 없었어요. 그들이 누군데 우리 같은 사람들한테 길을 내주겠어요? 트럭을 통과를 시켜야 해서 그냥 개천 바닥의 땅을 파라고 하고 있는데, 어떤 군인 하나가 와서 아는 척을 하는 거야. 어? 그러고 보니 형님이 딱 서 계시는데 이게 꿈인지 생시인지 싶더라고요. 반갑게 인사를 하고는 형님이 왜 그러고 있냐고 해서 자초지종을 얘길 했더니, 대번에 모든 문제가 해결돼버린 거라. 전쟁을 된통 겪고 난 뒤 군의

파워는 어마어마해서 사람들이 옆에 가기도 무서워하고 싫어하고 그랬던 때였거든요. 형님이 의사가 된 건 알았지만 군에 계실 줄은 몰랐지요. 거기서 형님을 만나 내 첫 번째 영화 '두만강아 잘 있거라'를 찍고 그게 흥행이 잘 돼가지고 그 뒤로 100편의 작품을 찍을 수 있는 밑거름이 된 걸 생각하면, 형님은 나한테 행운을 가져다주는 사람인 것 같아요."

임감독의 말처럼, 후방에 보내주는 것으로 되어있던 나를 의정부에 떨어뜨려놓은 것은 임감독을 만나라고 그랬나 보다하는 생각이 든다.

그 날부터였다. 우리의 술이 시작된 것이. 촬영이 있는 며칠 동안 내 하숙집에 와서 같이 밤마다 술을 마시며 그동안의 이야기를 나눴고 휴가 때면 서울의 임감독 집으로 찾아가 술깨나 마셨다. 그때 임감독은 이대 근처 언덕의 판자촌에 살고 있었는데 우연히 이봉창 의사의 형님 집에 세를 들어 있었다.

말이 육촌이지 우리는 친형제보다 더 친하게 지냈다. 우리는 술친구로 더없이 죽이 잘 맞았다. 그와 나는 40대 전후로 해서 다 마셔버렸다고 해도 과언이 아닐 정도로, 참말로 술을 많이 마셨다. 제일 좋아하는 술은 소주, 늘 익숙한 맛이고, 값도 싸니 허리띠 풀어놓고 맘껏 마실 수 있어서 좋았다.

"젊을 때 내가 폭음을 하게끔 원인 제공한 사람 중에 한 사람이 형님이셨어요. 엄청나게 술을 마시고도 부대에 들어가 맹장염 환자를 수술을 하시기도 했다고 해서, 저렇게 의사를 해도 되나 생각했었다니깐. (웃음) 그런데 워낙 술이 세기도 하시고 술을 마셔도 전혀 티가 안 나세요. 냄새도 안 나고... 우리가 하도 술을 많이 먹고 살아놔서 언젠가 내가 간 검사를 했었는데 괜찮은 걸로 나왔어요. 그러니까 형님이 정작 당신은 검사를 안 하고, 내가 결과가 괜찮으니까 당신도 괜찮을 거라고 확신을 하시더라고요."

　내가 춘천성심병원에 있을 때, 임감독이 병원을 촬영장소로 빌려달라고
찾아왔다. '길소뜸'이라는 영화였다. 임감독 말로는 '큰 병원을 찍어야 하
는데 한국영화에 대한 세간의 시선이 딴따라패에 불과했기 때문에 장소
섭외가 쉽지 않다'는 것이었다. 나는 병원 간판도 필요한 다른 것으로 바
꾸고, 병원담당자들이 소품도 챙겨주고 사람들이 오가게도 하면서 촬영
을 마쳤다.
　촬영이 다 끝나고 뒤풀이 자리에서 출연자였던 최불암씨와 술을 마셨는
데 나보다 술을 더 잘 마시는 사람은 처음 봤던 기억이 남아있다. 임감독
의 새 영화가 나오면 나는 항상 초대권을 받아 보러 갔었다. 나에게는 흐
뭇한 자랑거리가 아닐 수 없었다.

예술을 사랑하는 집안 내력

내가 어렸을 때부터 우리 집에는 오래된 바이올린이 하나 있었다. 나는 아버지가 바이올린을 켜시는 것을 한 번도 본 적이 없지만, 오랫동안 책꽂이에 꽂혀 있던 호만 바이올린 교본 다섯 권에는 아버지의 손때가 묻어 있었다.

집안 분위기도 다분히 예술적이었다. 작은 누나가 노래를 좋아해서 축음기를 틀어놓고 살았는데 누나는 유행가를 모르는 게 없었다. 누나가 어렸을 때는 아버지가 바이올린을 켜면 거기에 맞춰 춤도 추었다고 한다. 여동생은 예능 쪽에 재주가 있었다. 동생은 합창단을 했고 집에서 늘 노래를 흥얼거렸다. 미술선생님께 인정을 받을 정도로 그림을 잘 그렸는데 그 선생님이 나중에 유명해진 천경자 화가이다.

나도 본과 1학년에 올라가면서 바이올린을 해봐야겠다고 생각했다. 같은 반에 지정희라는 친구가 있었는데 정희의 사촌오빠인 지정익은 전남에서는 손 꼽힐 정도의 바이올린 실력을 갖추고 있었다. 정희가 정익으로부터 바이올린을 배우고 있다는 얘기를 듣고 나도 배워봐야겠다는 용기를 냈다. 월사금 같은 것도 없었지만 정익은 예술적 감각이 부족한 나를 정성껏 잘 가르쳐주었다. 중간에 잠깐씩 그만두기도 하면서 3년 정도를 했고, 4학년 때는 교내예술제에 이들과 함께 나가 바이올린 4중주를 연주했던 기억이 아름답게 남아있다. 정희는 병리해부학을 전공해 종합병원 의사가 되었고, 정익은 최근까지도 여수 오케스트라에서 활동했다고 들었다. 나와 다섯 살 차이인 남동생 용갑이는 전남공대 화공과를 다니고 있었다. 운동도 잘 하고 예술에 대한 감수성도 뛰어나 바이올린도 나보다 잘하는 동생이었다. 워낙 나이 차이도 있지만 그는 나와 싸워본 적이 없을 정도로 착하고 형의 말을 잘 따라주었다. 그런데 어느 날 보니 사람들한테 사교댄스를 가르쳐 주는 아르바이트를 한다고 했다. 처음에는 그런 재주도 있나 싶어서 신기하고 놀랍기도 했지만 스스로 용돈을 번다는 것이 기특했다. 나도 제대 말년에 서울에 있을 때는 잠시 춤을 배웠다. 중령 계급인 원장과 몇 번 같이 가면서 알게 된 곳이 official's club 이라고 장교클럽이었다. 그곳의 흥미로운 일 중 하나가 노무자 병원에서 토요일마다 오전 11시 반에서 12시 넘어서까지 사교댄스를 추는 시간이 있었던 것이다. 미군들과 한국군 장교들 그리고 간호사들이 모여 춤을 추고는 점심 먹고 헤어지는 식이었다. 크리스마스 같은 행사가 있을 때마다 댄스파티를 했다. 나도 흥미가 당겨 춤을 배웠다. 겨우 발을 떼는 정도 밖에 안 되었지만 내게는 흥이 유전자로 들어 있었다.

나의 일곱 딸들도 명절 때마다 보자기, 포대기를 의상으로 동원하고 세 시간정도 준비해서 연극, 노래와 춤을 하곤 했다. 결혼을 하고 자식을 낳아 키운 다음에도 악기를 배우는 딸들도 있다. 얼마 전 손녀 딸의 결혼식에 딸들과 사위가 연주를 하는 광경을 보니 참 흐뭇했다. 나의 느긋하고 여유있는 성격에는 이런 예술을 사랑하는 '흥'유전자가 영향을 미쳤을 지도 모른다.

또 하나는 자연을 사랑하는 마음이다. 1948년 한국정부가 수립 될 무렵 아버지는 군정청을 그만두셨고, 우리는 관사에서 나와 서석동으로 이사를 했다. 광주의과대학에서 가까운 곳이었는데 7~10년 동안 돈을 조금씩 내면 내 것이 되는 적산가옥이었다. 마당과 뒤뜰이 넓어 7, 80평 정도 되는 그 집은 담을 빙 둘러 장미꽃을 심어놓아, 때가 되면 장미꽃이 만발하여 아름다운 집이었다. 그런데 어느 해부터인가 장미꽃이 필 무렵이면 알레르기 비염이 시작됐다. 어머니가 장미꽃을 좋아하셨기 때문에 뽑고 싶지 않아서, 꽃이 피기 시작하면 그 전에 내가 미리 약을 먹는 것으로 해결하곤 했다. 지금껏 장미꽃 알레르기에서 벗어나지 못하고 있지만 자연을 사랑하신 어머니를 기억하는 기회가 되기도 한다.

나를 잘 아는 사람들은 내가 호기심이 많고 취미가 다양하다고 말한다. 나는 기계에 대한 관심도 많아서 카메라를 매만지고 사진 찍는 걸 좋아했다. 그래서 주변의 몇 사람과 의기투합해 사진반을 만들고, 한강성심병원의 사진반 초대 회장이 되기도 했다. 아이들과 어디로 놀러갈 때면 나는 늘 카메라를 목에 걸고 앞장섰다.

40대 이후에 내가 새로 빠진 취미는 등산이었다. 선배인 최병조가 한강 성심병원 직원들로 조직한 영산회(永山會)라는 산악회에 들어가, 특별한 일이 없으면 매주 토요일과 일요일에는 산을 찾았다. 토요일은 행주산성을 가고, 일요일은 관악산을 가는 식으로 주말에는 온통 등산에 시간을 바칠 정도였다.

가족애의 힘

아버님은 서울에 출장가실 때마다 큰아버지 댁에 가서 며칠 계시다 오셨다. 삼형제 중 둘째였던 우리 할아버지를 포함해 형제분이 모두 돌아가셔서, 나보다 한 살 많은 큰 할아버지의 손자가 그 집을 대표하고 있었다. 몇 십 년이 지나서는 이제 내가 그 집을 들르게 되었다. 당시 형님은 상업은행 상무를 하였고, 갈 때마다 형수님은 술과 굴비 등 안주를 한 상 차려주시곤 했다. 친가쪽 6촌 이상은 모두 서울에 살고 있어서 나는 친척 집에도 자주 들렀다.

아버지가 친척과 교류를 중요하게 여기신 것은 그만큼 가족에 대한 사랑이 크셨다는 뜻일거 같다. 나는 어려서부터 어머니에 대한 연민이 강했다. 어려서부터 방과 후에는 늘 어머니 일을 많이 도와드렸다. 오랫동안 우리 집에 있었던 식모가 시집을 가서, 어머니 일을 도와줄 내 손이 더 필요했다. 무엇이든 힘이 들어가는 일은 내가 했다. 떡방아로 떡을 치는 것이나, 절구통에 보리를 찧는 일, 다림질 등등은 내 일이었다. 의대에 합격하고 나서는 마음껏 소설책을 읽거나 어머니를 도우며 지냈다.

남동생 용갑은 막내라 자유롭게 자랐지만, 내가 부모님 말씀에 잘 따라서 집안일도 조금씩 거들었다. 여동생은 그때 몸이 허약해서 아주 어렸을 때부터 꿀에 잰 인삼을 장복할 정도였다.

아버지가 보여주셨던 끈끈한 가족애는 우리 형제 대에도 이어졌다. 동생은 학교를 졸업하고 나서 큰 매형의 소개로 금호타이어에 입사했다. 원래 금호타이어 창업자인 박인천(朴仁天) 회장과 아버지는 친한 사이였고 그 인연으로 큰 매형도 잘 알고 지냈을 것이다. 그렇게 회사에 들어가고 얼마 안 돼 다시 큰 매형의 중매로 결혼까지 하고 분가했다. 큰 매형은 자기 집안에서는 둘째였지만 아내가 큰 딸이고, 장남인 내가 아직 어렸기 때문에 처갓집을 안 돌볼 수가 없었을 것이다. 물론 다들 걱정 끼칠 인물들은 아니어서 별 문제는 없었지만 우리 가족에겐 무척 고마운 분이다. 남동생은 내가 서울로 올라간 2, 3년 뒤에 금호타이어를 그만두고 서울로 따라 올라와 작은 공장을 차렸다.

동생 성혜와는 내가 서울로 올라온 다음부터 아주 가깝게 지냈다. 아내는 성혜와 거의 매일 전화를 하고 만나면서 사이좋은 시누올케로 살았다. 아마 여자로서 겪는 어려움과 애환을 같이 나누었을 것이다.

아버지는 나와 남동생의 진로에 결정적인 영향을 미치셨다. 내가 의사가 된 것도 아버지의 권유에서 시작되었다. 남동생 용갑도 문과가 아닌 공업계통으로 진학하여 광주공업중학교(현 광주공업고등학교)를 마치고 전남대학교 공대 화공과에 들어갔다.

아버지는 아들들의 학업과 사회적 진로에 대해서는 관심을 가지고 적극 조언을 하신 반면 딸에 대해서는 보수적이셨다. 동생 성혜가 800명이 응시한 교사 자격시험을 봐 21등으로 발령까지 났지만 아버지의 반대로 하지 못했다. 동생은 선생님이 너무 하고 싶어서 양재를 배우러 다닌다고 하고 교사를 하려 했으나 아버지 뜻대로 집에서 살림을 배워 시집가고 말았다. 억울하게도 동생은, 여자는 길게 배울 필요도 없고 더구나 직장을 다니는 것은 있을 수가 없던 시대에 살았다.

어느 결엔가 나는 7공주의 아빠가 돼있었다. 직장까지 다녀야 하는 아내를 돕기 위해 작은 외할머니(임권택 감독의 할머니)가 오셔서 갓난아이를 돌봐주셨다. 바쁜 와중에도 나는 딸들의 모든 고민과 즐거움을 함께 하려고 애썼다. 나는 산에 갈 때마다 아이들을 데리고 가는 경우가 많았다. 아내를 위해 아이들 몇 명이라도 데리고 나가 돌봐주면 아내에게 그보다 나은 선물이 없었다. 아이들은 아빠를 따라가 산에서 맛난 아빠표 김치찌개도 먹을 수 있고, 산행 후 늘 뒤풀이 자리가 이어지기 때문에 그때마다 다른 자매들과 경쟁 없이 맛있는 음식을 먹을 수 있어서 좋아했다.

1989년에 큰 딸 진화는 전교조 활동을 시작했다. 나 역시 중학시절에 유치장을 경험해서 걱정이 되었으나 딸의 그런 용기와 정의감이 자랑스럽고 대견했다. 그래서 전교조와 관련한 기사들을 스크랩하여 딸에게 주기도 하면서 많은 대화를 나누었다. 딸의 안위를 걱정하는 마음에 비교적 보수적인 의견을 피력하기도 했지만, 나는 진화의 의견을 충분히 들어주고 싶었다.

결국 그 해에 진화는 해직이 되었고, 다음 해에는 노동운동을 하던 사위가 국가보안법 위반으로 구속되었다. 나와 아내는 충분히 예측하고 있던 일이었다. 사위가 기결수로 안동교도소로 이감되자 먼 길 마다않고 찾아가, 갇혀있지만 씩씩한 사위를 만나 오히려 위로를 받는 심정으로 돌아올 수 있었다.

그렇게 가족이 모두 시련에 단련되며 더 강해지고, 더 서로를 따뜻하게 감싸 안았던 시간들이 지나고, 1994년 진화가 학교로 복직되던 날, 나와 아내는 몹시 기뻤다. 이후로도 전교조 활동을 열심히 한 진화는 2006년 12월, 2년 임기의 전교조 위원장으로 선출되었다.

둘째딸 진주도 자력으로 캐나다 유학을 다녀오더니 여성과 보건, 노동과 관련한 연구와 실천을 계속 하고 있다. 사회건강연구소를 세워 우리 사회에서 일하는 사람들 건강을 위한 여건 마련을 위해 노력하고 있다. 최근에는 서울직업병판정위원회에서 위원장을 맡아 일터에서 다치고 아픈 사람들의 직업병 판정을 하고 있으니 내가 해온 일과 유사한 점이 있다고 하겠다.

돌이켜 보면 이것도 집안 내력이다. 아버지는 돈을 좇는 분도 아니셨고, 조상 대대로 청빈을 덕목으로 살았기 때문에 우리 집안의 자랑할 만한 전통이라고 생각하며 살아오신 것 같다. 나 역시 개업을 하지 않고 평생 교수로 살면서 돈을 못 벌었으니 그건 다 집안 내력이라는 변명이 통했다. 그러나 내가 개업도 안하고 월급쟁이 대학병원 교수를 하는 동안 남편과 아이 뒷바라지 다하고 열심히 살아온 아내에게는 대단히 고맙다.

일곱 딸들의
추억 속 아버지

평범한 사람의 위대함을 가르쳐주신 아버지

첫째 딸 진 화

어린 시절 기억을 떠올리면, 동생들과 더불어 늦은 밤 집에 돌아오시는 아버지를 기다리며 노란 백열전등 아래 동화책이랑 만화책을 보던 장면이 생각난다. 아버지는 피곤하실텐데도 우리의 기대를 저버리지 않고 튀김이나 찐빵을 사가지고 오시곤 했다. 이불 속에서 서로 발을 모은 채 책을 읽거나 뒹굴며 놀던 우리는 용수철처럼 튀어올라 현관에 나가 인사를 드리고 봉지 안에 든 야식을 맛나게 먹으며 신이 나서 떠들거나 책읽기를 계속 했다. 아버지는 흐뭇한 눈으로 우리를 둘러보시며 하나하나 불러서 뽀뽀를 하거나 머리를 쓰다듬곤 했는데, 그럴 때면 까칠한 턱수염이 뺨에 닿아 움찔하던 기억이 난다. 술 한 잔 하시고 기분 좋게 '허허' 웃으며 말씀하시던 아버지는 내 어린 시절 정겨운 가족의 풍경으로 자리 잡고 계신다. 그 때문인지 튀김과 찐빵은 아직도 즐겨 찾는 추억의 간식이 되었다. 오랜 군대생활과 대학병원 강사 시절 아버지는 돈은 없으셨지만 우리들에게 무엇이든 열심히 하도록 격려하셨다. 그래서 전국에 하나밖에 없는 어린이 오케스트라를 자랑하던 광주 서석국민학교에서 바이올린을 배우고, 없는 살림에 개인 교습까지 받게 된 것도 부모님의 교육에 대한 열정 때문이었다. 할아버지가 젊은 시절 켜셨던 바이올린을 아버지와 작은 아버지도 배우시고 이제 그 오래된 바이올린을 나와 동생까지 배우게 된 것이다. 지금 그 7, 80년은 족히 넘었을 바이올린을 물려받아 다시 이 나이에 내가 연습을 시작한 것도 악기 하나쯤은 연주할 수 있어야 한다는 평소 아버지 말씀을 생각해서였다.

아버지는 의사로서 의학 분야에서 왕성하게 활동하셨지만, 사물에 대한 빛나는 호기심 때문에 타이프라이터, 카메라, 텔레비전이나 오디오, 로봇, 나중에는 컴퓨터에 이르기까지 비록 사지는 않더라도 다양한 정보와 지식을 익히고 신제품은 스크랩을 해두는 등 기계와 발명에 대한 관심이 유독 많으셨다. 눈에 잘 보이지 않는 세계를 보여주는 현미경이나 망원경이 어린 시절 갖고 싶은 물건 품목 1위에 오른 것도 그런 아버지의 영향을 받은 탓이었다. 또 집에는 세계지도나 지구본이 언제나 있었다. 둥그런 지구본을 돌리시며 아버지는 이 나라 저 나라 이 대륙 저 대륙을 우리가 상상 속에서 자유로이 오갈 수 있도록 재밌는 설명을 해주시곤 했다. 우리는 지구본을 보며 수도 이름 알아맞히기를 비롯하여 오대양 육대주의 수많은 나라들에 대한 퀴즈를 내면서 놀았다. 덕분에 내가 가르치는 우리 반 교실 뒤에는 언제나 세계지도가 붙어 있었다.

아버지는 다른 사람은 부럽지 않지만 발명가들은 참 대단하다는 말씀을 이따금 하시면서 무에서 유를 창조하는 발명에 대한 존경을 표하시곤 했다. 덕분에 나는 에디슨처럼 학교공부는 못하더라도 한 가지에 몰두하여 기어이 만들어내고야 마는 집중력과 탐구의 열정을 부러워하면서 초등학교 시절 한동안 내가 발명할 게 뭐가 있을까, 혹시 이미 다른 사람들이 다 만들어버린 건 아닐까, 걱정하며 목록을 만들어 보기도 했다.

또한 '발상의 전환'을 강조하시며 어떤 현상이나 사물을 다른 각도에서 볼 수 있다는 것을 중요하게 여기셨다. 그래서 내가 학교도서관을 만들어 개관식을 할 때 아버지는 아이들이 발상의 전환을 해 보라고'거꾸로 가는 시계'를 기증하셨다. 도서관에서 책 보는 아이들이 시계가 거꾸로여서 책에 흠뻑 빠져들어 읽다가 수업시간을 헷갈려 당황해도 나는 모르는 척, 아버지의 딸답게 '거꾸로' 볼 수 있는 여유와 접근의 중요성을 역설하곤 했다.

아버지의 인생철학 가운데 하나는 '최고보다 최선을' 중요하게 여기시는 것이었다. 아버지는 딸들에게 1등을 하는 게 중요한 게 아니라 최선을 다하면 된다고 말씀하셨는데, 그것은 못해도 열심히 했으면 됐다라는 뜻이

었겠지만 곰곰 생각해보면 1등을 하는 것보다 훨씬 더 어려운 일이었다. 공부의 요령을 알고 적당히 복습을 하면 1등을 할 수 있겠지만 그것이 과연 최선을 다했다고 할 수 있는가에 이르면 부족할 수밖에 없기에, 결과보다 과정을 더 중요시하는 말씀으로 알아듣긴 했어도 도달하기 어려운 주문이었다.

아버지 역시 최고가 되려하거나 남들이 알아주는 무언가가 되기를 바라시기보다는 당신의 일을 열심히 하시고 거기서 만족을 느끼셨다고 생각한다. 누구누구의 자식들과 비교하거나 남보다 앞서라고 말씀하시지 않고 늘 어떻게 하고 있느냐고 물으시는 아버지의 말씀은 남과 비교하는 게 아니라 내 스스로 전보다 더 나아지기 위해 얼마나 노력하고 있느냐는 격려로 더욱 무게 있게 다가왔다.

더 나아가 아버지는 열심히 하는 것 이상으로 하고자 하는 일을 즐겁게 하라고 말씀하셨다. 당신 역시 스스로 선택하신 길을 열심히만이 아니라 기꺼이 즐겁게 걸어가셨다. 딸들이 우리 집의 사회적 지위와 경제적 지위의 격차에 대해 곤란해 하고, 어머니가 다른 사람의 생각과 달리 어려운 가정형편을 허리 띠 졸라매고 표 안내며 꾸려 가신 것을 내내 미안해하시면서도 그랬다.

초등학교 때 가정환경조사서에 부모가 바라는 자식의 장래 희망란에 아버지는 매번 똑같은 희망을 밝히셨다. 남들처럼 그럴 듯한 직업을 쓰는 대신 '서민' 또는 '평범한 서민'이라고 쓰시면서 그 뜻은 '위대한 평민'이라는 해설을 곁들이셨다. 특출난 사람이 아니라 자기 일에 최선을 다하고 사회에 이바지 하면 된다는 위대한 평민의 정신은 민주주의에 대한 믿음이기도 하고, 평범한 보통 사람들의 삶을 존중하는 데서 비롯된 것이었다. 그렇지만 어린 나로서는 왜 아버지가 자식한테 기대하는 게 이렇게 평범한가, 누구나 될 수 있는 서민이 장래희망이라는 게 뭐람, 하는 의문이 들지 않은 건 아니었지만 오히려 다른 애들 부모님과 다른 뭔가가 있을 거라는 느낌에 거꾸로 으쓱한 기분이 들었다. 이는 살아가면서 그 의미가 더욱 각별하게 다가와 아버지께 고개가 수그러지는 대목이기도 하다.

아버지는 예나 지금이나 '심부름을 잘 해야 똑똑한 아이가 된다'며 우리들에게 심부름을 일부러 시키시곤 했다. 아버지 당신께서 어릴 적에 할아버지 편지를 들고 친척네 먼 집까지 다녀오신 적도 있고, 지게 지고 나무하러 다니거나, 할머니가 이불 빨래하시면 발로 밟으며 반반하게 펴고 할머니와 마주잡고 양쪽으로 잡아당기며 주름을 펴고, 절구에 쌀도 빻고, 물도 긷고, 똥도 퍼 날랐던 집안일 경험담을 즐겨 말씀하셨다.

그래서 우리에게도 동사무소나 공공기관에 다녀오는 심부름이나 가게에 가서 물건을 사오는 훈련을 시키셨다. 어릴 때 유난히 수줍음이 많고 낯선 사람을 어려워하여 친구네 집에 잘 놀러 가지 못하고 주로 집으로 불러들이던 나는 심부름 가기 전에 심부름 가서 어떻게 할 것인지, 할 말을 미리 말해보도록 아버지한테 예행연습을 해보이고서야 다녀오곤 했다. 어색하긴 했지만 심부름 가서 할 일을 똑바로 하고 오기 위해서 아버지는 가서 어떻게 하는 게 좋은지를 그런 식으로 일깨워 주신 것이다.

아버지는 평소에 우리들에게 이래라 저래라 하는 대신, 뭘 어떻게 할 것인지 계획과 구상을 말해보라고 하셨다. 별 생각 없이 "되겠지" 하고 일을 시작하려 했다가는 허점이 여기저기 있는 엉터리 계획을 아버지는 여지없이 짚으시며 이럴 경우엔 어쩔 거냐? 저러면 어쩔 거냐?고 물으셨다. 차라리 이리저리 하라고 말씀하시면 듣기만 하면 되겠지만 생각과 의지를 구상에 담아 경로까지 말씀드리려니 그게 더 어렵고 무서웠다. 아버지는 또 초저녁 잠이 많으셔서 저녁 드시고 조금 있다 주무시며는 새벽 두 세 시에 일어나 책이나 자료를 읽으시면서 관심 있는 분야를 탐색하시고 그날 있을 일에 대한 준비와 구상도 하시며 신문을 읽고 스크랩까지 해두시곤 했다.

이른 새벽부터 마루에는 불이 켜 있어서 늦잠을 즐기고 싶어하던 어머니와 동생들에게는 평생 아쉬움이 있었을 것이다. 평소 성공 자체보다는 열심히 하려는 자세를 높이 평가하는 아버지는 가히 '아침형 인간'의 원조라 하실 만했다. 아버지는 늦잠자고 게으름 부리는 것을 싫어하셔서 일단은 일어나서 식구들끼리 한 밥상에서 밥을 먹어야 했다. 밥을 다 같이 먹을 때도 밥상머리 교육은 이어졌다. 반찬은 골고루 먹어야 하고 맛있는 반찬에 거듭 젓가락이 가면 '낚시질 하지 마라'고 말씀하시며, 파래나 미역, 굴 같은 아연과 요드가 많이 든 식품들을 가르쳐주시며 영양학 연구의 내용을 간단히 설명해주기도 하셨다.

아버지께서는 늘 규칙적인 식사를 하셨고 일체 반찬 타박이 없으셨을 뿐 아니라, 1식 3찬이면 됐다 하시며 검소한 식사를 강조하셨다. 라면을 너무 삶아 불어터지든, 물밥을 드시든 개의치 않고, 예전에 못 먹고 못 살던 시절의 어려움을 돌이키며 '먹을 수 있을 때 먹어두어야 한다'고 하시면서 정말 무슨 반찬이든 맛나게 드시고는 배를 두드리며 웃으셨다.

이렇듯 아버지는 가난해도 항상 낙천적이고 당당하며, 일에는 철저하시고 청렴하셨다. 개업을 하라는 주변의 권유가 끊이질 않고, 일곱 딸을 키우시면서 어려움이야 이루 말할 수 없었지만, 대학병원에서 연구와 교수를 병행하시며 당신이 하고 싶은 일을 하셨다. 연구도, 가르치는 일도 즐겁게 하시는 아버지에게는 제자들이 많아서 설이나 스승의 날 무렵이면 지금까지도 제자들 모임 자리가 정기적으로 만들어진다.

참으로 고맙게 생각하는 것은 맏딸인 내가 아직 젊은 서른 갓 넘은 즈음에 아버지 회갑연을 제자분들이 주최하여 성대하게 신라호텔에서 연 것이다. 당시 나는 전교조 결성 때 가입했다는 이유로 해직이 되어 생활이 많이 어려울 때였다. 새벽이나 밤늦게까지 번역을 하면서 낮에는 전교조 상근 활동을 하느라고 근근히 지내고 있었으니 회갑을 어찌할지 엄두를 못내고 있었다. 그때 제자분들이 회갑연을 처음부터 끝까지 기획하여 많은 분들을 초대하고 비용까지 다 마련하신 것이다. 게다가 개업하여 성공한 제자들이 아버지께 새로 나온 소나타 골드 자동차를 선물하여 아버지는 일흔이 넘으시도록 그 차를 아껴 타셨다.

한편 아버지 호를 딴 이산회를 비롯하여 제자분들 모임이 화기애애하게 죽 이어지는 것을 보면서 교직에서 어린 중학생들을 가르치고 있는 나는 어떻게 아이들과 관계를 맺어나갈까 하는 생각을 깊이 하게 된다. 잠깐 스치고 지나가는 인연이 아니라 살아가면서 두고두고 중요한 사람들로 남는다는 것은 어떻게 가능할까, 저절로 많은 생각이 들지 않을 수 없다. 이 자리를 빌어 아버지와 오랜 인연을 맺어 오신 제자 분들께 깊은 감사를 드리고 싶다.

아버지는 우리에게 딸이다, 아들이다 구별하지 않으시고, 오히려 딸들이 독립적으로 씩씩하게 스스로 제 앞길을 개척해가도록 독려하셨다. 아버지 당신이 그렇게 살아오셨던 것처럼 목표를 세우고 주저앉지 말고 꾸준히 나아가도록 끊임없이 격려하셨다. 집에서도 그렇고 내내 중 고등학교를 여학교만 다닌 나는 남녀공학인 대학에 들어가서야 비로소 남녀 간의 차이와 차별을 실감할 수 있었다.

지금도 부모님 댁 안방에는 누군가가 써주신 '칠봉'이라는 글씨가 벽을 장식하고 있다. 아버지는 우리 딸래미, 칠공주가 바로 우리집 보물이고 봉황이 아니겠느냐며 환하게 웃으셨다. 아버지의 격려와 응원을 받고 자란 딸들이 자긍심을 가지고 나중에 사회 활동이 활발하다는데, 우리 일곱 딸들은 그래서인지 뭔가 안주하지 않고 끊임없이 새로운 일을 꿈꾸며 개척해나가려는 공통점을 가졌다.

아버지는 각종 운동을 즐기셨는데 마흔이 다 되어서 태권도를 시작하셨다. 뛰어오르고 걷어차는 운동이기에 걱정이 되어 "아버지, 왜 태권도를 하려고 하세요?"라고 여쭈었더니 아버지는 "나중에 너희들이 결혼하여 못되게 구는 사위라도 있으면 아빠가 혼내줄라고 그런다"며 껄껄 웃으셨다. 운동신경이 좋으신 아버지는 금방 검은 띠까지 따시고 한동안 열심히 하셨는데, 오빠도 남동생도 없는 우리들을 위해 아버지는 그런 방패막이 역할까지 생각하셨는가 싶어 가슴이 뭉클했다.

하루에 120, 130명의 소아과 환자들을 보시고, 어쩔 때는 200명에 이르는 어린 환자들을 웃음으로 맞이하며 종일 보호자와 함께 아픈 데를 매만지고 달래며 치료하는 아버지는 늘 격무에 시달리고 계셨을 텐데도 틈만 나면 쉬는 날에 우리들을 들로 산으로 데려가셨다. 나이 따라 두엇씩 데리고 다니셨는데 덕분에 땀 흘리며 산에 오르고 점심도 얻어먹고 어른들의 세계를 엿볼 수 있었다. 그래서 어린 시절 우리 집 가족사진은 입학식, 졸업식 그리고 아버지와 함께 산이나 물놀이를 하러 갔던 사진만 주로 남아 있다.

언제부터인가 살아오면서 나는 어떤 일을 할 때 속으로 아버지를 떠올리는 버릇이 생겼다. 이 일을 하면 아버지는 어떻게 생각하실까, 그러면 나는 어떻게 해야 하나. 이렇게 내 마음 속 준거가 되는 분으로 아버지는 내 안에 크게 자리잡고 계셨다.

우리가 어쩌다 한 번씩 들르곤 하는 아버지의 진료실에는 꼬마 환자들이 크레용이나 크레파스로 그린 의사선생님의 모습이 몇 개씩 걸려 있었다. 꼬마 손님들한테 할아버지 의사 선생님은 어떤 분으로 비쳤을까 따뜻한 느낌이 들면서 미소가 절로 떠오르곤 했다. 내가 교사가 되고 난 다

음에 아버지 연세가 꽤 드신 후에도 아이들 그림이 여전히 걸려 있는 소아과 진료실을 보며 은근히 부러워 질투까지 했던 걸 아버지는 아실런지 모르겠다.

아버지는 소아과를 선택하신 덕에 어린 아이들을 평생 만나는 게 얼마나 좋은지 모르겠다고 이따금 말씀하셨다. 내 친구네 아이들이 아버지께 진료받으러 가면 아이의 배를 어루만지시며 '어디가 아프니?'라고 웃음 띤 얼굴로 물으시면 아이들 아픔의 절반은 스르르 가시는 듯 효과가 대단했다. 몸이 안 좋아 병원에 찾아오시는 친지들, 친척들이 있으면 아버지는 일일이 소개하고 안내하시고는 입원이라도 할라치면 자주 들러 어떠신가 자상하게 살피고 챙기시곤 했다.

아버지는 오랜 군사독재 시절 선거 때마다 야당을 지지하셨지만 자식들이 나서서 행동하는 것에 대해서는 걱정을 하셨다. '내가 찍은 사람이 항상 안 되더라'고 하시면서도 투표권의 행사가 가장 중요한 국민의 권리임을 강조하시고 가족끼리도 비밀투표 정신에서 누굴 찍어라, 또는 찍었는지 묻지 않으셨다. 딸들이 대학에서 사회문제에 눈을 뜨고 고민할 때 아버지는 생각이 앞서 현실의 냉엄함을 보지 못할까 염려하시며 신중한 판단을 하도록 조언하셨다. 내가 이후 교직에 나와 전교조에 가입을 했다가 해직이 되고 전교조 활동에 열심일 때 아버지는 혹시라도 우리 생각이 외곬으로 흘러 국민 정서와 유리되지 않을까 염려하셔서 진보와 보수 신문을 여러 개 보시며 신문 스크랩을 해두었다가 주시면서 궁금한 것을 질문하기도 하셨다. 전교조에 대한 탄압과 왜곡이 언론에 가득 해도 아버지는 딸이 하는 일을 믿어주시고 국민들과 학부모를 설득해서 같이 갈 수 있도록 해야 하는 것 아니냐고 말씀하셨다.

아버지께서 대한소아과학회 이사장을 하셨을 때이던가, 1990년대 후반 한창 북한 어린이들이 홍수와 기근에 경제적 어려움까지 겹쳐 영양실조 상태라는 소식이 들려오면서 사회 일각에서 북녘 동포돕기 운동이 벌어지기 시작했다. 소아과 의사 분들을 만나실 기회가 많으시겠기에 아버지께 우리민족서로돕기운동본부의 이용선 사무총장을 소개해드리며 도움을 주실 수 있는지 여쭈어 보았다. 아버지는 "이대로 두면 지금 북한의 어린이 모두가 영양실조로 난장이가 될 것이다, 한 세대 전체가 발육을 못하여 그렇게 된다면 그건 우리 민족의 비극 아니겠느냐"며 흔쾌히 후원을 하겠다고 하셨다. 이후 소아과 학회가 열릴 때 널리 홍보를 하여 참석한 분들로부터 북녘 어린이 돕기 후원을 받기까지 하셨다. 덕분에 북녘 어린이 의약품 지원본부와도 인연을 맺어 부산에서 의약품을 북으로 실어 보낼 때 참석하여 축사를 하시기도 하고, 2008년에는 민간단체와 함께 평양을 다녀오시기도 했다. 지금도 소년소녀 가장이나 아이티, 칠레의 지진 등 어려움에 처한 사람들 이야기를 들으시면 스크랩을 해놓으시거나 어떻게 후원하면 되느냐, 하시며 얼마라도 기어이 찾아 후원을 하신다.

아버지는 우리 일곱 딸들을 사랑하셨지만 그래도 제일은 어머니셨다. 우리들이 어릴 때 어머니 힘든 줄 모르고 빈둥거리고 있으면 '너희 어머니 좀 도와드려라'고 자주 말씀하셨다. 그러면 그제사 우리들은 청소를 하러 나서거나 부엌에서 어머니 하시는 일을 거들었다.

우리들은 어릴 때 명절이나 제사가 있으면 어른들이 준비할 동안 노래와 춤, 특히 연극을 서 너 시간 준비하여 작은 학예회를 열곤 했다. 언제부터 어떻게 시작하였는지 생각이 안 나지만 한때 영화감독이 꿈이기도 했던 나는 초등학교 때 동생들과 함께 집안의 기저귀, 보자기, 포대기, 어머니 옷가지까지 살짝 꺼내 입고 몇 번 연습하여 즉흥극에 가까운 공연을 어른 들에게 보여드렸다.

이렇게 어울려 놀던 우리 딸들은 어른이 되고 각자 진로를 개척해가고 바빠졌지만, 집안에 중요한 일이 있으면 딸들회의와 모임을 가졌다. 한창 우리 딸들의 아이들이 하나 둘 태어나고 어려서 천방지축 뛰어다닐 때, 아버지는 어느 날 나를 불러 조용히 말씀하셨다. "너희 어머니가 너희들 이 애 데리고 주말에 왔다 가면 녹초가 되어 쓰러지신다, 어찌 했으면 좋 겠느냐?"하시는 것이었다.

당시 어린 아이들을 데리고 딸들이 토요일, 일요일 아무 때나 제 시간 나 는대로 친정을 찾아오고 자고 가다 보니, 주말마다 어머니로서는 두 팀, 세 팀씩 오는 딸네들 뒤치다꺼리를 하느라 무척 힘들어 하신다는 걸 우린 눈치채지 못하고 있었다. 우리로서는 시간 내어 찾아 뵌 것이었지만, 맛 있는 것 얻어먹고 애도 봐주시길 기대하며 은근 슬쩍 쉬다 오려는 경향이 있었던 것이다. 결국 딸들회의를 통해 주말에 찾아뵐 때는 세 시간 이상 머무르지 않고, 어지간하면 밖에서 식사를 하도록 모시고 나가고, 너무 여러 팀이 방문하지 않도록 일정을 미리 확인하기로 했다.

누가 들으면 웃을 이야기지만 몸이 약한 어머니를 걱정하고 배려하는 아 버지의 귀띔이 아니었으면 우리는 친정집 방문을 무슨 대단한 효도라도 하는 것처럼 착각하고 힘들다는 소리를 못하시는 어머니를 계속해서 고 단하게 했을 것이 틀림없다. 나중에는 친정 방문할 때 먹을 것을 완제품으 로 준비해 가기로 딸들회의에서 결정했다. 취나물이나 고사리 말린 것이 나 음식 재료를 들고 오지 말고, 완성해서 먹기만 하면 되는 상태로 가져

어린이 건강을 품은 소아과 의사 정우건 **애들아, 안녕?**

오거나, 재료를 가져와서 만들어 놓고 가거나 외식을 하기로 한 것이다. 또 하나 딸들회의에서는 취향이 서로 다른 아버지 어머니를 위하여 상대가 있는 게임을 즐기시는 아버지께는 당구, 탁구, 장기 등 맞상대를 해드리고 산책과 걷기를 좋아하시는 어머니는 따로 전시회나, 꽃구경 등 바깥나들이를 모시고 가자는 것이다. 이제 내년에 팔순을 바라보는 아버지는 퇴임을 하신 이후 어머니와 많은 시간을 보내시며 어느 때보다 좋은 금슬을 자랑하고 계신다. 두 분이 재미로 화투를 치시면서 즐거워 터뜨리는 웃음소리가 너무나 경쾌하게 집안에 울려 퍼지고 행복이 넘쳐 보이신다. 두 분은 또 어찌나 재미나게 이야기를 주고받는지 어떨 때는 자식들이 낄 틈이 없어 보일 정도이다.

늘 바쁜 아버지를 이제야 노년에 비로소 찾으신 어머니! 두 분은 다정하게 시장에 가시고 공원에도 나가시며, 가끔은 근처 국수집에 가서 맛나게 드시고, 딸들과 사위들과 손주들과 더불어 나들이를 나서면 즐거워 만면에 웃음을 띠신다. 아름다운 노년의 풍경을 보면 우리 역시 마음이 저절로 푸근해지며 웃음이 번진다.

언젠가 2004년 3월에 눈이 아주 많이 내린 적이 있었다. 눈 쌓인 나무들이 너무 아름다워 아버지랑 둘이서 아파트 곳곳을 거닐며 사진을 찍어드린 적이 있다. 이런저런 포즈를 취하는 아버지 모습이 개구쟁이 소년 같기도 하고 이젠 더 이상 거리낄 게 없는 자유로운 편안함이 느껴졌다. 신바람이 나서 사진을 찍다가 추운 날씨에 몸을 녹이려고 한 잔 하시겠냐고 여쭸더니 좋다 하셨다. 술집들을 기웃거려 꼬치와 오뎅을 파는 작은 주점에 들어가 아버지와 단 둘이서 술을 마셨다. 옛날 이야기를 하며 즐거워 하시는 아버지를 뵈니 내 나이 마흔 다섯이 되도록 아버지하고만 둘이서 술 한 잔 해본 적 없다는 사실을 깨닫고 깜짝 놀랐다. 그렇게 술을 사랑하시고 즐거이 마시고 뒤끝 없는 아버지와 그동안 자리 한번 오붓하게 갖지 못했다니 죄송스럽기 짝이 없었다.

이제 우리가 아버지와 함께 할 시간이 얼마나 남았는지 모르겠다. 하지만 그 소중한 날들을 아버지 어머니와 같이 많이많이 보내고 싶다. 그동

안 너무나 수고하셨고 열심히 살아오셨는데, 이제 느긋하게 걸어오신 길을 돌아보며 고개 끄덕이고 웃음 지으실 수 있도록...

 늦기 전에 아버지 곁에 함께 하며 마음껏 응석을 부려보고만 싶어진다. 재롱잔치라도 하고 싶어지는 마음을 어쩔 수 없으니 다시 어린 시절로 돌아가는 것만 같다. 그리고 이제는 예전에 아버지가 우리들에게 그러셨듯이 내가 아버지 뺨도 어루만지고 안아드리고 번쩍 들어 올리게 되었으니 어찌 아니 즐겁겠는가.

 아버지, 우리 아버지, 부디 오래오래 저희와 함께 만수무강하세요. 사랑합니다! 그리고 존경합니다!

호기심과 긍정으로 삶을 풍요롭게

둘째 딸 진 주

 지금도 날 낳아주신 남성을 아버지가 아닌 '아빠'로 부른다. 어렸을 적부터 부르던 습관이 30세가 되기 전 바로 캐나다로 유학을 떠나면서 그대로 고착된 것이다. 어른이 되어 아버지라고 부를 만도 하지만 그 호칭을 전혀 바꿀 마음이 없는 것은 '아빠'라는 호칭이 정답기도 하고, 그리 애교스럽지 않는 내 성격에 그나마 애교가 담긴 말이기 때문이다.

 사람을 떠올릴 때 가장 강하게 남는 것은 자신에게 잘해줬던 기억, 그래서 감동을 받았던 장면일 것이다. 내게 가장 강하게 남아있는 아빠에 대한 기억, 나만이 가지고 있는 추억은 대학 1학년 때의 일이다. 공부에 대한 짓눌림에서 벗어나 이제 막 신입생으로 대학을 왔다 갔다 하며 적응하고 있던 한여름 날. 그 날은 어찌된 일인지 늘 북적대던 식구들이 집안에 한 명도 남아 있지 않았고, 아빠와 난 TV를 보고 있었다. 브라운관에서는 당시 한창 인기가도를 달리고 있던 민혜경이 현란한 춤과 빼어난 솜씨로 노래를 부르고 있었다. 아빠는 나이가 드시면서 젊은이들과 호흡하는 것을 좋아하셔서, 그 가수와 당시 유행하던 노래들에 대해 함께 이야기하고 있었다. 그러던 중 갑자기 아빠가 물으셨다. "너 저런 바지 있니?" 가만히 보니 가수가 입고 있던 바지는 당시 유행하던 디스코 바지였다. "없는데요."라고 말씀 드리니 "그럼 우리 딸 저런 바지 하나 사러가자."고 하시는 게 아닌가? 우리는 그 자리에서 바로 일어나 비싼 옷을 파는 백화점으로 향했다. 그리고는 원하는 바지를 고르라고 하셔서 아빠가 부담스럽지 않을 것 같은 가격대의 바지를 골랐다. 방수처리가 된 연한 보라색의 그 바지는, 엉덩이 부분은 약간 풍성하고 밑자락은 몇 번 접혀 있는, 당시

에 유행하던 바지였다.

 그 날 바지를 사들고 오면서 정말 오래간만에 행복한 마음이 들었던 기
억이 난다. 남들은 뭐 그리 특별한 일이냐고 할 수 있겠지만 나에게는 그
럴만한 이유가 있다. 자매 중 둘째인 나는 늘 첫째 언니의 옷을 물려받고
자랐다. 동생들이 많았던 터라 나는 언니의 옷을 물려 입었고, 새 옷은 세
번째 또는 네 번째 동생부터 다시 사서 그 밑의 동생이 입는 식이었다. 그

러다 보니 '나만을 위한 새 옷'은 특별한 이벤트로서의 의미를 갖는다. 요즘처럼 자식 하나에 온갖 정성을 쏟는 것도 모자라, 목을 매기까지 하는 그런 시절이 아니었다. 자식들이 뒤엉켜 별 탈 없이 자라나는 것만이 유일한 양육방식이었던 시절에, 그 날의 그 바지는 나에게로 향한 아빠의 마음을 확인할 수 있었던 행복한 단서가 돼주었다. 내가 좋아하는 연보라 색깔에 유혹되어, 속옷이 어렴풋이 비친다는 것을 미처 점검하지 못한 탓에 자주 입지는 못했지만, 그 바지는 아직도 내 기억 속에 생생하게 남아 있다.

두려움을 극복하는 데 더 강하게 작용하는 것은 용기보다 호기심이라는 말이 있다. 아빠하면 먼저 떠오르는 것은 다방면에 박학다식하고 호기심이 많으시다는 것이다. 그래서일까. 아빠가 무슨 일에 주저하고 소심하게 대처하는 걸 본 적이 없는 것 같다. 대개의 이과생이 자연계의 지식만 가졌던 것에 반해, 아빠는 다방면에 흥미가 있으셔서 여러 유형의 책을 읽으시고 특히 박람회나 박물관 가시는 것을 좋아하셨다. 요즘 나는 의료계에 있는 연구진과 일을 많이 하는데, 아빠처럼 전공 영역을 넘어서 문학, 역사, 예술분야에 자신을 터놓고 경험하는 의학도를 별로 접해보지 못했다. 특히 한국 역사에 관해 우리가 잘 알지 못하는, 현대 주입식 교육을 받은 세대가 알기는 힘든 여러 가지 역사적 사건과 비화에 대해 말씀해 주실 때면, 여러 번 들어도 신기하기만 하다. 어렸을 적에 바이올린을 하셔서 몇 년 전까지만 해도 그 실력이 녹슬지 않았음을 확인했는데, 클래식부터 뽕짝까지 음악은 다 좋아하신다. 할아버지 때부터 집안의 악기였던 바이올린을 언니와 나도 배우긴 했지만 길게 하지 못해 지금도 안타깝게 생각한다. 이렇게 음악은 좋아하셨지만 연습을 안 하시는 탓인지 노래를 부르는 자리에선 겸손하셔서, 노래방 18번은 "두만강 푸른 물에..."로 고정되어 있다. 나 역시 음악은 장르 구별 없이 두루두루 좋아하고 아빠의 유전자와 엄마의 춤 솜씨를 물려받아 가무를 즐기는 사람이 되었다.

아빠의 호기심을 특히 더 자극하는 분야는 새로운 기술문명에 관한 부분인 듯싶다. 컴퓨터가 나오고 나서는 컴퓨터와 관련 기기에 관한 책을 많이 읽으셔서, 가끔씩 내게 어려운 질문을 하시고는 내가 대답을 못할 때면 뽐내시던 모습이 기억난다. 이럴 때는 영락없이 어린이가 새로 뭘 배워서 조금은 으스대고 싶을 때의 모습과 매우 흡사해, 난 속으로 웃게 된다. 컴퓨터에 관해 많이 알고 계셔서 잘 다루신다고 생각했는데, 어느 날 새벽 자고 있는 나를 깨워 컴퓨터를 봐 달라고 하셨다. 난 잘잘 때 깨우는 것을 무척 싫어하는 성격인데 아빠의 요청이라 할 수 없이 일어나서 보았더니, 아직까지 아빠는 컴퓨터 켜는 방법을 잘 모르셨던 것이다. 허탈한 웃음이 터져 나왔지만 나 역시 컴퓨터 때문에 신세대들에게 경험한 수모(?)가 있었던 터라 아무 말 없이 도와드렸다.

그 이후에도 나는 몇 번씩 새벽에 일어나서 컴퓨터 켜는 것과 저장하는 작업을 도와 드려야 했다. 하지만 어느 때부터인가는 나를 더 이상 깨우지 않으셨고, 알고 보니 이미 한글문서 작성까지 마스터하고 계셨다. 그렇게 새로운 기계 문명에 대한 호기심과 기술 습득에 열성적이셨지만, 주소까지 알아야 하는 인터넷은 아빠에게 조금 무리인지 그 세계까지는 진입하지 않으셨다. 그러나 놀라운 것은 정년퇴임 후 홍익병원 다니실 때는 병원 시스템이 컴퓨터로 바뀌었는데도, 젊은이 못지않은 열정으로 시스템을 익히셔서 아무 문제없이 업무를 수행하셨던 점이다. 역시 우리 아빠였다.

아빠의 왕성한 호기심은 신기한 물건이 발견되면 즉각 가동된다. 다른 자매에 비해 이 방면에서는 내가 아빠의 유전자를 그대로 받은 게 틀림없다. 신문을 읽을 때도 신기한 기계나 물건에 관한 광고는 사지도 않을 거면서 잘라두시곤 했다. 나이가 드시면서는 신기한 물건이 어떤 것인지 설명을 더해 달라고 하신 적도 많았는데, 나도 신기한 것을 좋아하는 편이라 신발부터 주방기구까지 여러 가지 물품에 대해 얘기해 드리곤 했다. 영등포의 어떤 지인으로부터 선물 받으신 '거꾸로 가는 시계'는 대단히 만족해하시며 몇 개를 더 사서 손주들에게 선물하셨다. 왜 시계는 늘 오른쪽으로 똑같이 가야만 하는 것일까? 거꾸로 가는 시계가 주는 고정관념의 전환과 시간을 거슬러 생각해 볼 수 있는 기회, 두 가지 의미를 크게 사신 것 같다.

아빠와 나의 호기심이 만나는 장소는 지하철 안이다. 지하철에서 파는 다양한 물건은 값도 비싸지 않지만 한번 써 보고 싶은 욕구를 극대화시킨다. 아빠가 지하철에서 파는 물건을 사 오실 때마다 난 알 수 있다. 그 때 아빠의 기분이 어떠했으리라는 것을. 내가 지하철에서 산 물건 중에 가장 성공한 작품으로 꼽는 것은, 오이를 얇게 썰어 얼굴 마사지를 할 수 있는 분홍색 오이 깎는 도구였는데 한 개에 3,000원이었다. 어느 날 또 그 호기심이 발동해 내 것을 사고 동생과 언니도 줘야지 하는 마음에 몇 개를 사들고 집에 왔다. 집에 들어서자마자 실험을 해 얇게 썰어지는 것을 보고는 나의 물건 고르는 안목에 쾌재를 부르면서 덩실덩실 춤까지 추었다. 그런데 아뿔사. 이제 보니 똑같은 그 물건이 부엌에 몇 개 더 있는 게 아닌가. 아빠가 자식들 준다고 같은 제품을 구입하셨던 것이다.

운동과 무용에 관심이 많고 꽤나 그 방면에 소질이 있었던 나는, 젊은 시절 배구선수였던 아빠에게 배구를 배우기도 했다. 전국배구대회에 나가서 우승을 하고 우승컵에 술을 가득 담아 마셨다는 이야기는 듣고 또 들어도 질리지가 않았다. 그런 아빠의 운동감각과 취미를 물려받은 탓인지, 나 역시 초등학교 때 육상선수와 배구선수를 했었다. 그 뿐만 아니라 어떤 운동이건 쉽게 익히는 편이어서, 탁구의 기본자세를 작은 아버지에게 배워 아빠와 함께 탁구를 치면서 오랫동안 실력을 유지하기도 했다. 또 아빠는 어렸을 적 어디론가 낚시를 다니시곤 했는데, 자라를 잡아 오셔서 집 안에 있는 조그만 연못에 풀어 놓아 직접 볼 수 있는 기회도 마련해 주셨다. 아마도 손철 선생님을 비롯한 다른 선생님들과 함께 낚시를 다니셨던 것 같다

아빠를 아는 많은 사람들, 그 중에서도 특히 고모는 아빠의 별명을 '걸어다니는 백과사전'이라고 붙여주셨다. 고모가 아빠와 함께 자랄 때 아빠에게 무엇을 물어보든지 늘 대답을 해 주셨기 때문에 붙인 별명인데, 이 자

랑스런 오빠로 인해 어깨가 으쓱해졌다고 말씀하시곤 했다. 고모의 경험은 당연히 자식들에게도 그대로 전달되었다.

초등학교를 다닐 때 일이다. 시험보기 전날 나는 공부를 다 마치지 못해 밤을 새우다가 드디어 한계선에 다다르면 종종 울곤 했었다. 초등학교 때 꽤 성적이 좋았음에도 불구하고 왜 미리미리 공부를 해 놓고 모르는 것을 질문하는 식으로 하지 않았는지 모르겠지만, 시험 시간이 다가오는데 내가 준비가 안 됐다고 느꼈을 때는 울고 있었던 것 같다. 지금 생각하면 모르면 모른 채로 그냥 가도 될 일을, 그 때는 욕심이 많았는지 끝까지 제대로 알고 가야 한다고 생각했던 것 같다. 새벽잠이 없으셨던 아빠는 그럴 때 마다 내 방에 들르셔서 1~3시간가량 모르는 것에 대한 답변을 해주셨고, 덧붙여 여러 가지 문제를 체계적으로 가르쳐주셨다. 지푸라기라도 잡고 싶은 심정이었던 그 때, 아빠는 마치 구세주처럼 나타나 모자란 공부를 짧은 시간에 채워주는 마술사 같았다.

이후로도 아빠는 내가 어려움에 처할 때마다 늘 방패막이가 되어 주시곤 했다. 대학 3학년 때 한번은 형사가 집으로 와 날 찾았다. 내가 대학을 다닐 때는 우리 사회가 상당히 혼란스러운 시절이었다. 대학 1학년은 여느 여대생처럼 예쁜 옷도 입고 파마도 하고 공부도 열심히 하면서 다니다가, 2학년이 되면서부터는 소위 말하는 운동권에 서서히 자리를 잡기 시작했다. 공부를 하면 할수록 우리 사회의 비민주성과 모순이 눈에 보이기 시작했다. 3학년과 4학년 때 사회학과의 과대표를 맡게 되면서 부모님의 걱정이 시작되었다. 난 대중적인 운동에 관심이 많아 당시 '격렬한 운동권'이었던 지하 조직과는 거리를 두고 학회활동에 집중했다.

그러나 당시의 사회학과 대표는 바로 운동권의 선두주자로 지목되었고, 일부 교수들은 의사 딸이 왜 운동권이냐며 이해할 수 없다는 반응이었다. 그러던 어느 날 형사가 집에 찾아오게 된 것이었다. 엄마는 혼비백산 하

어린이 건강을 품은 소아과 의사 정우진 **애들아, 안녕?**

였고 나도 그 형사의 방문이 당황스러웠다. 학교에 나붙은 대자보의 글씨가 내 글씨와 같다며 문책하러 온 것인데, 그 대자보는 명백하게 내가 쓰지 않았지만 내가 보아도 내 글씨처럼 보였다. 그 와중에도 정말 신기하다는 생각이 들 정도였다. 이때 아빠가 집에 들어오셨고 엄마가 대접한 아이스크림을 드시면서 형사와 이런저런 이야기를 나누었다. 그때의 여유롭고 당당하던 아빠의 모습은 내게 감동으로 남아 있다. 형사가 돌아가고 난후에도 아빠는 별 말씀이 없으셨다. 늘 주장하시듯이 한쪽에 치우친 책만 읽지 말고 이것저것 다양하게 읽고 판단하라는 말씀만 하셨다.

대학 졸업과 함께 갔던 캐나다 유학을 마치고 서울로 돌아왔다. 시험공부가 어려워 새벽까지 잠 못 이루며 질질 짜던 꼬맹이가 어느덧 박사가 되어 돌아와, 아빠에게 내가 하고 있는 일에 대한 설명을 하면서 왠지 모를 벅찬 감정을 느끼곤 했다. 그러면서 아빠와 나의 학문적 논쟁도 시작되었다. 박사를 받을 때까지도 노동현장에 관심이 있었지만 이후 캐나다 연구소에서 일하면서 건강한 일터가 아닌 곳에서 일하면 일하는 사람들이 많이 아프고, 따라서 직장의 예방이 매우 중요함을 배우고 연구했다. '경험적 과학'에 근거한 현대의학을 교육받으신 아빠는 '검증'되지 않은 한의학이나 대체의학에 매우 부정적인 견해를 보이셨다. 과학적으로 증명하지 못하는 것은 사실이 아닌 주장일 뿐이라는 현대적 과학관에 입각한 가치관을 갖고 계셨다. 학문적인 측면만이 아니라 실제로 우리 집에서는 몸이 아파 한의원에 다니는 것은 아빠 모르게 해야 할 일이다. 그쪽 분야의 의료전문가가 어떤 말을 했다고 하면, 얼마나 많은 사람을 대상으로 어떻게 검증해서 나온 결과냐고 반론을 펴시기 때문이다. 나는 아빠의 주장을 정면으로 반박하고 싶은 생각은 없다. 다만 다른 학문분야가 존재하고, 그 분야는 나름대로의 틀을 가지고 연구가 진행되고 있다는 사실을 말씀드리고 싶을 뿐이었다. 아빠가 소아과학 분야에 엄청난 열정을 가지고 계시고, 아연의 역할 및 알레르기에 대해 상당한 관심 및 연구를 진행하셨던 것으로 전해들은 바 있기 때문이다.

사회학을 전공하고 보건사회학의 관점에서 건강을 연구하는 나는 현대 의학이 생리학적 관점에서는 공헌한 바가 있으나, 우리가 과학적이라고 칭하는 것은 단지 하나의 패러다임일 뿐이라고 말씀을 드린다. 현대적 과학에 기초해 증명하지 못했다 하더라도, 다른 패러다임의 관점에서 보면 얼마든지 다른 설명이 주어질 수 있다는 것이다. 더 나아가 건강은 생리학적인 요인만이 아니라 사람이 사는 생활환경 및 주변 환경에 영향을 받고 있음을 주장했고, 엄청난 이론과 논의가 이러한 방향에서 진행되고 있음을 말씀드렸다. 어떤 주장에도 타당한 근거가 있어야 한다고 생각하시기 때문에, 보건 분야나 가정 의학 쪽에 내가 쓴 논문이나 다른 사람의 생각들을 예를 들어가며 그 타당성을 주장하기도 했다. 박사학위를 받은 딸이 아빠가 알지 못하는 분야가 있다고 하니 전적으로 동의하시는 것은 아니지만 부분적으로 수긍하시는 분위기다. 더욱이 나이가 들어가시면서 더욱 관용적이 되시어 내가 하는 말에 귀 기울여 들어주시곤 한다.

학문적인 측면만이 아니라 건강에 대한 관점도 조금씩 달라지시는 것 같다. 무척 부지런하시고 잠이 적어서 밤에 자는 것 이외에 늘어져 있는 것을 이해하지 못하시는 아빠에게는, 늘 체력이 달리고 아침잠이 많은 내가 조금은 '게으른' 사람으로 보였을 것이다. 사실 우리 자매 중 아빠를 닮은 사람은 초저녁잠이 많고 체력도 좋지만, 엄마를 닮은 자식은 신체건강이나 생활패턴이 대개는 나와 비슷하다. 허리가 아프다든지, 어디가 쑤신다든지, 기운이 없다든지 등등의 증상은 아빠 자신이 경험해 본 적이 없고, 그런 증상은 '의학책에 쓰여 있는 것이 아니기' 때문에 이해하기 어려운 측면이 많으셨으리라 본다. 그런 면에서 나는 아빠가 중장년층이나 노년층을 대상으로 한 진료과의 의사가 아닌 것이 다행이라는 생각을 했다. 아빠의 열정과 아이들의 생그러움(비록 아파서 오긴 했지만)이 소아과에서 잘 조화를 이루었으리라 본다.

직장생활을 하고 있는 나로서는 아빠가 같은 곳에서 동일 직종으로 30

여년을 근무하셨다는 것이 얼마나 놀라운 사건인지를 잘 알고 있다. 물론 우리 세대는 사람들이 대부분 한 직장에 오래 근무하기가 힘든 시대에 살고 있지만, 그것이 가능한 시대라 하더라도 한 직장에서 오래 일하는 건 누구에게나 쉬운 일은 아니다. 이 점만으로도 나는 아빠를 존경한다. 한강성심병원의 설립과 함께 이어진 성심병원재단의 역사는 곧 아빠의 의사로서의 삶과 일치한다. 그 유유한 세월 속에 우리 가족이 있었다.

춘천성심병원설립과 함께 그곳에 부임하셨던 아빠를 만나기 위해, 가끔씩 가서 며칠을 지내며 밥과 메밀국수를 맛나게 먹었던 기억이 있다. 당시 '길소뜸'이라는 영화를 친척 아저씨인 임권택 감독님이 춘천성심병원에서 찍게 되었는데, 병원대기실에서 기다리는 엑스트라로 출연하는 즐거운 추억이 있는 곳이기도 하다. 한강성심병원이나 강남성심병원에 아빠를 보러 갔을 때 역시, 바쁜 와중에도 진료실 안에 있는 간식을 주시거나 매점에서 맛있는 것을 사주셨던 행복한 기억도 있다. 아빠가 근무하는 병원을 방문한 것은 보통 자식들이 부모의 업무나 직장에 대해 잘 모르는 것과는 달리, 우리는 아빠가 어떤 일을 하고 계신지에 대해 잘 알 수 있는 기회가 되었다.

내가 아빠를 더욱 존경하는 이유는 적어도 내가 아는 한 아빠는 네 편, 내 편을 만들어 갈등을 조장하면서 살아오지는 않으셨다는 점이다. 사회생활에서 일정 정도의 권력을 갖게 되면, 많은 사람들이 자신의 휘하에 사람들을 불러 모아 도당을 형성하게 된다. 그리고는 다른 사람들과 편을 가르며 바람직하지 못한 관계를 형성하기도 한다. 나 역시 직장생활과 사회생활을 하는 동안 이런 현상을 수도 없이 봐 왔다. 하지만 아빠의 인생을 지켜보고 또 말씀을 들으면서, 결국 도당을 형성하지 않고 상대를 배려하며 자신의 소신에 따라 판단하고 행동하면, 결국 승리하는 사람이 된다는 것을 알게 되었다. 이런 저런 연줄로 편 가르기가 지배하는 사회에서 단기간에 떡고물을 얻을 수는 없지만, 결국에는 그 사람의 향기를 알아주기 때문에 나이가 들어갈수록 행복해질 수 있다는 것이다. 결국 인생의 깊이는 죽을 때 얼마나 웃으며 갈 수 있는가로 알게 되는 거 아니겠는가.

엄마는 "내가 아빠를 존경하는 이유는 다른 사람에 대해 나쁘게 이야기하는 것을 들어본 적이 없기 때문이다."라고 하셨는데 나도 전적으로 동감한다. 어렸을 적에는 다른 사람의 이야기를 아빠와 나눌 일이 별로 없었지만, 지난 10년간 함께 살면서 아빠가 누군가를 비난하거나 나쁘게 이야기한 것을 들은 적이 없다. 누군가 다른 사람에 대해 좋지 못한 방향으로 이야기하면 그냥 들으실 뿐이다. 맞장구도 치지 않으시고 그렇다고 반론을 펴지도 않으신다. 다만 귀 기울여 듣고 '그 나쁜 사람으로 인해 발생하는 문제'에 대해 조언을 해 주실 뿐이다. 최근에는 내 편이 돼서 가끔씩 맞장구를 쳐 주시기는 한다. 한창 열 받아 누군가를 욕하고 나서도 내 스스로 머쓱해지면서, 아빠의 이런 태도를 배워야겠다는 생각을 많이 하게 된다. 사람에 대해 부정적으로 말하고 나면 내 입이 더럽혀지고, 말하는 동안 나쁜 기운이 돌아 건강에 나쁜 영향을 미칠 것이다. 그리고 내 입에서 나간 말은 언젠가는 그 사람에게 들어가거나, 그로 인해 내가 화를 입을 수도 있다는 그 진리를 아버지는 선천적으로(!) 알고 계신 게 분명하다. 당신이 살아오신 모습으로 우리에게 모범이 되어주신 아빠에게 감사드린다.

먹을 것에 대한 아빠의 관용 정도는 매우 높아 음식에 대해 타박을 하지 않으시는 것으로 유명하다. 물론 엄마의 음식 솜씨가 뛰어나기 때문이기도 하지만, 이제까지 살면서 음식에 대해 어떤 부정적인 말을 하시는 것을 들어 본 적이 없다. 술을 자주 드시던 아빠는 집에 오시면 라면을 주문하시곤 했다. 사실 맛있는 것을 많이 드시고 오셔서 왜 라면을 끓여달라고 하는지 그 때는 잘 이해가 되지 않았고, 늦은 시간에 라면을 끓이는 것이 별로 내키지 않았다. 그러나 어찌 아빠의 부탁을 거절할 수 있으리오? 라면을 끓이면 면발이 불 때도 있고, 물 조절을 못해 국물이 짤 때도 있어서

라면의 맛이 들쑥날쑥 했는데도, 아빠는 늘 맛있다고 하셨다. 면발이 불어서 먹기 힘든 경우에도 국수가 불어서 맛있다고 하시며, 이상한 나라의 라면을 만들어 온 내가 전혀 미안하지 않도록 하셨다. 이런 환경에서 자란 탓인지, 먹을 때 음식 앞에서 소소한 품평일지라도 이런저런 말을 하는 사람을 나는 별로 좋아하지 않는 편이다. 아빠가 음식에 대해 절대 품평을 하지 않으셨기 때문에, 특히 남자가 음식에 대해 품평을 하는 것에 익숙하지 않아 그 사람의 인격을 재는 나름의 척도가 되었다.

아빠의 이러한 태도와 성격은 내게 사람이 어떻게 살아야 하는지에 대해 일정한 방향을 제시해 준 것 같다. 어렸을 때부터 아빠의 제자들이 집에 찾아오시곤 해 많은 분들의 얼굴을 난 기억한다. 이 분들 중 많은 분이 '이산회'라는 모임을 만들어서, 은퇴하신 아빠와 함께 식사도 하고 말씀도 나누는 시간을 정기적으로 갖고 있다. 대학교수가 은퇴하고 나면 소수를 제외하고는 독방 신세를 면치 못한다. 하지만 은퇴 후에도 사람이 모이는 것은 그 사람이 현직에 있을 때 주변 사람들과 더불어 살았기 때문이라고 본다. 내가 자랑스럽게 생각하는 아빠를 이산회의 제자들이 어떻게 생각하는지 정확히는 모른다. 그러나 교수가 은퇴하여 제자들과 함께 이렇게 오랫동안 만남을 지속할 수 있는 비결이 무엇일까라는 질문은 해 본다. 그에 대한 답은 아빠가 보람 있는 인생을 사셨다는 것이고, 제자들도 여기에 동의하는 것은 아닐까? 어떤 이유에서든지 나를 포함한 우리 모든 식구들은 이 분들에게 말로 표현할 수 없는 감사의 마음을 가지고 있다. 조만간 이분들에게 감사의 마음을 넘어선 무언가를 해 드리고 싶다.

사람들은 세계의 불가사의에 대해 이야기하지만, 나에게 있어서 그것보다 더욱 알 수 없는 일은 엄마가 어떻게 아빠의 월급으로 일곱 자식교육과 결혼을 시킬 수 있었는가이다. 아무리 주판알을 튕겨보아도 계산이 안 되기 때문이다. 나도 가사일과 사회생활을 동시에 하게 되면서, 집안의 가장이 돈에 대해 무관심한 경우 아내가 겪게 될 고초가 무엇일지를 더욱

피부로 느끼게 되면서 그런 의문은 깊어 갔다. 그러나 엄마는 아빠에 대한 끝없는 존경을 늘 말씀하셨고, 아빠가 하시고자 하는 일에 대해 돈을 이유로 훼방을 놓으신 적이 없으니, 이 또한 천생연분이 아닐까 싶다. 이러한 가풍(?)으로 인해 자식들도 자신의 일을 열심히 하면서 개인적 성장과 사회적 기여를 하고 있지만, 돈을 인생의 가장 큰 가치로 여기며 사는 것 같지는 않다.

아빠의 돈에 대한 무관심은 남의 것에 대해 욕심을 내지 않는 것과 일맥상통한다. 일화를 소개하자면 어렸을 적 광주에 살 때 사촌언니가 집에 놀러 온 적이 있다. 우리가 이런저런 놀이를 하면서 놀던 중 누군가가 파서리를 하자고 제안했다. 우리가 살던 곳이 시골은 아니었지만 주변에 파나 다른 작물을 심어 놓은 밭이 있었다. 사촌언니, 언니, 나 그리고 또 누군가가 있었던 것으로 기억나는데, 밭에 가서 파 몇 뿌리를 훔쳐서 자랑스럽게(?) 집으로 돌아왔다. TV에서도 서리 장면이 자주 나왔고, 동네의 파 몇 뿌리 정도는 별 문제가 아닌 재미난 장난으로 생각되었다. 그런데 파뿌리를 훔쳐 가지고 들어 온 우리를 보시고 아빠의 불호령이 떨어졌다. "파 심어서 거둘 때까지 얼마나 많은 농부의 수고가 들어가는지 아느냐?" 시며, 남의 수고를 아무런 대가 없이 도둑질을 한 우리를 눈물이 찔끔 나도록 질타하셨다. 장난삼아 한 일에 대해 그렇게까지 혼을 내시는 아빠가 당시에는 야속했지만, 남의 것에 욕심내지 말라는 교훈을 주셨던 것이다. 또한 타인의 노동과 노동의 대가로 주어지는 결과에 대한 중요성도 일깨워주셨다. 식구들과 둘러 앉아 먹는 밥상에서도 가끔 떨어진 밥알을 먹지 않거나, 그릇에 밥알이 남아 있으면 "보기에는 단순한 밥알 몇 개이지만 모 심어서 쌀이 될 때까지는 한 톨이라도 1년을 기다려야 나오는 것이다."라며 쌀을 귀중히 여길 것을 당부하신 적도 있다.

10년 전 아빠, 엄마와 함께 기차와 시골버스를 갈아타면서, 한가롭게 봉평 메밀밭과 진부의 들판 정원을 다닌 적이 있는데 무척 좋아하셨던 기억이 있다. 연세가 드시면서 더욱 귀엽게(?) 변하신 아빠와 이런 시간을 더 많이 갖고 싶다. 기억력이 많이 나빠지시긴 했지만 우리 인생에서 꼭 기억해야 할 일들이 뭐 그리 많겠는가. 순간순간 충실하며 하루하루를 예전과는 또 다른 색깔로 살고 계신 아빠를 응원하며, 더도 덜도 말고 현재의 아빠만큼만 노년을 보낼 수 있게 되기를 기원해 본다. 아빠를 돌보시는 간병인분들이 기억이 점점 사라져가는 시간 속에서도 아빠가 해학과 유머가 담긴, 지혜롭고 긍정적인 이야기를 하셔서 돌보시는 것이 즐겁다고 하며 그 말씀을 공책 한 가득 적어놓기까지 하셨다. 자서전을 내는 올해 환갑을 맞이하는 둘째 딸은 인생의 방향을 잘 잡고, 아빠의 호기심과 성실함은 그대로 간직하되, 더 너그럽고 지혜롭기를 바래본다.

우리 강아지들 어디 있나?

셋째 딸 진 옥

아빠가 퇴근해서 오실 때면 우리들은 커텐 뒤랑 소파 뒤에 엉덩이를 살짝 내밀고 아빠가 우리를 빨리 찾을 수 있도록 숨어 있곤 했다. "우리 강아지들 어디 있나?"하시면서 한 명 한 명 찾으시며 숨박꼭질 놀이를 하던 어린 시절이 생각난다. 양손엔 항상 맛있는 간식거리를 들고 오셔서 아빠가 퇴근하시는 시간이 늘 기다려졌다. 아침에는 우리들에게 국민건강체조를 시키시고, 반찬 하나하나에 들어있는 영양소와 비타민에 대해서 말씀해주시고, 등푸른 생선과 두부를 많이 먹으라고 강조하셨다. 백만인 걷기대회와 등산을 좋아하셔서 자주 따라가서 코펠에 밥도 해 먹고 고기도 구워 먹고 텐트 치고 바닷가에서 신나게 놀곤 했었다.

병원에 찾아가서 보니 정말 어린이 환자들이 많아서 여기저기 울고 있고 눈코 뜰 새도 없이 시끄럽고 정신없으셨지만 어린 환자가 퇴원할 때는 얼굴에 미소를 가득 담으시고 축하케익도 선물하시는 모습을 보았다. 천상 소아과 의사선생님이셔서 아이들이 아프면 매우 위급하다고 병원 앞 걸어갈 수 있는 곳에 살아야 한다고 강조하셔서 병원 앞 아파트에 살면서 헌신하시는 모습을 보며 너무나 존경하는 마음이 하나 가득 들었다. 바이얼린 곡을 좋아하셔서 파가니니 음악이나 클래식 음악 LP와 CD, 테이프 등을 많이 구매하셔서 함께 음악감상도 하였고 중학교 때는 아빠가 니콘 카메라를 사셔서 나들이 갈 때마다 꼭 카메라를 가지고 가셔서 우리들 사진을 찍어주셨다. 사진을 찍고 나시면 항상 "명작이 탄생했다"고 하셨다. 어린 시절이나 지금이나 똑같이 유머스러우시고 항상 행복하신 우리 아빠.

`93 12 19`

강남성심병원에서 정년퇴임 하시고 홍익병원에서 10년을 근무하신 뒤 영등포에 위치한 요셉의원에서 자원봉사로 환자 진료를 하실 때 요셉의원을 방문했었는데 노숙인 자선병원이라서 들어서는데 냄새가 심하게 나서 아빠께 어떻게 이렇게 냄새가 나는 곳에서 환자 진료를 하실 수 있으세요? 하고 여쭤보니 "난 냄새를 못 맡아, 아무렇지도 않아"하시면서 환자들을 극진히 돌보고 계셨다. 아~ 우리 아빠…

엄마가 만들어 주시는 음식이든 식당 음식이든 어떤 음식도 항상 맛있다, 맛있다 하시면서 드시고 불편하고 힘든 자리도 항상 편하게 앉아 계시곤 하셨다.

연세가 드셔서 데이케어 센터에 매일 가시게 되었는데 노래교실에서도 매일 열창을 하시고 그림 그리기도 재미나게 하시고 기억은 없어지셨지만, 성품자리가 워낙 타인을 배려하는 마음이 크셔서 짝꿍을 잘 챙겨주시고 여성 어르신들께도 예의 바르게 자리도 양보하시고 친절을 베푸셔서, 데이케어 센터에서 '최우수 어르신'으로 직원분들이 다 행복해 하시고 인

기가 최고셨다, 지금도 우리들이 집으로 찾아가면 "누추한 집에 찾아 주
셔서 감사합니다"라고 이야기 하시면서 자주 자주 찾아주세요 라고 말씀
하시며 "혹시 길 가다가 만났을 때 내가 못 알아보면 여러분들이 꼭 나를
보고 먼저 인사해 주기를 바래요"라고 말씀하실 정도로 누구나와 화목하

시고 항상 좋은 이야기, 장점만을 찾아서 칭찬해주시고 위트가 있는 한 마디를 하셔서 사람들에게 웃음을 선사하시는 그런 분이시다.

 엄마를 극진히 사랑하시고 존대해주시는 아빠, 제자들을 끔찍하게 사랑하시고 자랑스러워하시는 아빠, 세상 모든 사람들과 한 가족처럼 다정히 대해 주시는 아빠, 그런 아빠가 나의 아빠, 우리들의 아빠여서 너무나 행복합니다.

아버지의 딸이어서 자랑스러워요

넷째 딸 진 경

"아빠 오셨다."누군가의 외침이 들리면 우리 자매들은 벌떡 일어나 경쟁적으로 현관을 향해 뛰어나간다. 언제나 환하게 웃으며 들어오시는 아버지가 반가웠고 푸근하고 든든했다. 물론 약간의 기대가 있었던 것도 사실이다. 늘 입이 궁금했던 우리들에겐 아빠가 가끔 들고 들어오시는 생과자, 군만두, 군고구마들이 아빠의 사랑만큼이나 달콤했었다. 큰 키에 두툼한 아빠의 손, 시원스런 이목구비에 푸짐한 몸집은 내겐 언제나 알 수 없는 마음속 그리움의 원천이 되었다.

이유는 알 수 없지만 아버지에 대한 느낌은 동년배 다른 친구들보다도 훨씬 각별했던 것 같다. 나도 의식하지 못하는 사이에 아버지의 많은 모습을 닮아보려고 애를 썼다. 당시에는 고가였던 니콘카메라로 사진을 많이 찍던 아버지의 모습이 정말 멋있어서 사진 자체에 대한 흥미보다는 따라해 보겠다는 생각으로 고등학교 때 사진부에 들어가, 신촌일대를 누비며 촬영을 다녔던 기억이 난다. 아버지는 카메라를 빌려주시면서 아주 상세하게 사용법을 설명해주셨고, 어떤 작품을 찍어오든지 나름대로 날카롭게 비평을 해주셨다. 또한 하얀 테니스 복을 입고 각종 상을 받아오시는 아버지 모습에 반해, 대학 때는 테니스를 치고 그 뒤로 등산에 수영, 골프까지 운동을 열심히 하게 되었다.

특히 알레르기에 대해서 연구하고 북한 어린이 돕기에 열심이신 모습이 보기 좋았다. 한번은 아버지가 학회활동에 필요해 만들어놓으신 자료를 본 적이 있다. 아마 발표용으로 모든 자료를 슬라이드로 만들어 놓으신

것 같은데, 우연히 그 슬라이드 필름을 보게 되었다. 나는 아버지가 의사였더라도 감기 걸린 환자를 치료하거나 대체로 가벼운 증상을 진료하는 것으로 알고 있었는데, 슬라이드 속에는 인큐베이터에서 신음하는 기형아들의 모습이 담겨있었다. 그 아픈 어린이들을 치료하고자 연구하시는 그 인큐베이터에는 정상이 아닌 신생아가 있어서 충격을 받았다. 그 사진 속의 기형 신생아를 보고 있자니 아버지 일이 이해도 되고 매우 자랑스럽게 여겨졌다.

 소아과 의사로 타고난 적성을 가지신 모습 외에도, 어떤 사람에게든 한결같이 대하시는 아버지를 보고 있으면 저절로 존경스러운 마음이 일어난다. 아버진 남에게 상처가 되거나 남을 비방하는 말을 절대로 해서는 안 된다는 것을 강조하셨고 이를 실천으로 보여주셨다. 내가 삶 속에서 경박해지고 오기스러워질 때마다 이런 가르침들이 나의 마음가짐을 바로잡아 주기도 한다. 또 다르게 강조하셨던 점은 편견 없이 사람을 대하라는 것이다. 학벌이나 경제력, 기타 외적인 요인으로 사람에 대한 선입견을 가지면 안 된다고 하시면서, 우리나라의 뿌리 깊은 학벌주의를 많이 비판하셨다. 아버지는 근대교육을 처음 받으신 세대이고 교육만이 우리 민족이 잘 살 수 있는 길인 것처럼 여겨지던 시대에 사셨던 분이다. 그러나 그 교육이 또 다른 불평등을 야기시킨다는 사실을 고려하실 정도로 예리하게 시대의 모순을 읽어내고 계셨다. 아버지의 영향으로 나 역시 사람을 대할 때면 무엇보다도 그 사람이 지닌 향기를 가장 소중하게 생각하는 좋은 습관을 갖게 되었다고 할 수 있다.

아빠를 알고 있는 사람들은 모두 아빠의 단점이 무엇인지 모르겠다고 한다. 광주에서 비뇨기과 의사를 하셨던 외삼촌은 아빠가 능력 있고, 술도 남한테 안지고, 운동도 잘하고, 대인관계 좋고, 누구한테나 인정을 받으며 게다가 남성적인 매력까지 있어서 당신 인생의 모델이었다고 말씀하신다. 그리고 지금껏 엄마한테도 화를 냈다는 얘길 들어본 적이 없다며 매형에 대한 존경심을 보이곤 하셨다. 삼촌이 본 아빠는 자기한테는 엄격하고 다른 사람한테는 도량이 넓으시며, 살림살이도 굉장히 아끼시는데 동창 모임에서는 절대로 궁색을 안 떠시는 것도 매력이라고 말하신다. 우리가 몰랐던 사실인데, 아빠가 한번은 3년간 적금을 부어서 엄마한테 멋진 안경을 사주셨다고 했다. 어떨 땐 애들은 커서 많이 먹고 살 거라며, 맛난 걸 감춰놓고 엄마에게 주셨다는 얘기도 전해 들었다. 삼촌은 아빠의 그런 자상함이 부럽다고 하신다.

학창시절 내내 내가 어린 시절의 추억담을 풀어내주면, 친구들은 모두 흥미진진하게 경청을 하곤 했다. 일곱 자매가 풀어내는 다양한 이야기들은 항상 호기심을 불러일으켰고, 나와의 친분 정도는 우리 자매들 중 몇 명의 이름을 외우느냐로 판가름이 나기도 했다. 이제 나이가 들면서 내

가 가진 재산 중 가장 소중한 것은 우리 가족에 대한 추억이 아닐까 하는 생각이 든다.

 온 가족이, 사실 정확히 말하자면 가족 대부분이 함께 외출을 한 기억은 성묘가 전부였을 것이다. 해마다 명절이면 엄마는 큰맘 먹고 우리 모두에게 아주 예쁜 옷과 구두를 사주셨다. 그 옷을 입고 신이 나서 가는 성묫길엔 하늘하늘한 코스모스 꽃들과 가을 햇살과 웃음이 넘쳐났다. 가톨릭 신자이셨던 할머니, 할아버지의 묘비엔 붉은색 십자가가 가운데를 차지하고 있고, 그 앞에서 아버지는 직장생활에도 종교생활에도 질곡이 많았던 그 시절에 대한 얘기를 들려주셨고, 초등학생인 난 어렴풋이나마 삶의 무게가 느껴지곤 했다. 아마도 아버진 할아버지를 매우 존경하고 순종했으며, 장남이지만 할머니의 가사 일을 많이 도왔던 자식이었던 것 같다. 그렇게 음식을 나눠먹으며 할아버지, 할머니에 대한 회상의 시간이 끝나고, 우리는 주변 풀밭에서 노래와 율동 게임으로 어른들을 즐겁게 한 뒤에 자리 파하곤 했다. 성묘는 우리에겐 행복한 소풍이었다.

초등학교 4학년 때 처음 바다를 보았다. 어릴 적부터 아버지를 따라 산에는 많이 가보았지만 바다는 이때가 처음이었다. 부모님과 나, 그리고 동생 셋과 고모네가 함께 떠난 피서길. 고속버스를 타고 설악산을 굽이굽이 돌아가다 언뜻 비친 첫 바다에 대한 강렬한 인상은 평생을 두고 잊혀지지 않는다. 짙푸른 바다색은 너무나 아름다웠고 가슴을 두근두근 설레게 했다. 아마도 강릉 쪽 해수욕장으로 갔던 것 같다. 동해안은 모래사장과 멋진 소나무가 어울려서 아주 운치가 있었다. 모래구덩이를 파서 한 명씩 덮어주고 넉넉한 배 사이즈인 아버지를 위해서 큰 구덩이를 파야했던 일, 엄청 찰진 옥수수를 모두 둘러앉아 먹었던 일 등은 행복한 기억으로 남아있다.

우리 일곱 자매 중에 셋째언니와 나와 동생 둘은 걸스카우트 활동을 했다. 자식이 많아서 힘드셨을 텐데도 부모님께서는 걸스카우트 활동을 적극 지원해주셨다. 텐트 치고 하는 뒤뜰야영과 여러 가지 응급상황에 대처하는 법 등 조직생활을 배우게 해주는 스카우트 활동은, 평소에 아버지가 강조하시던 대로 삶에 대한 기본대처능력을 잘 가르쳐주는 활동이었다. 초등학교 때 학생회장을 비롯해서 교내활동을 활발하게 했던 셋째언니의 영향으로 스카우트 활동은 한층 재미있었다. 한번은 걸스카우트 단복을 입고 언니와 동생들, 그리고 아버지와 함께 백만인 걷기대회에 참석했던 적이 있다. 그런데 그때 우리 가족의 모습이 인상적이었던지 기자가 사진을 찍어 신문기사에 냈고, 그 일은 우리 모두에게 특별한 추억이 되었다.

초등학교 때 한번은 아버지를 따라 민속촌에 갔었다. 일본에서 오신 의사선생님들께 아버지가 한국관광을 시켜드리기 위해 마련한 자리였다. 아버지가 일제시대 때 교육을 받으셨다는 말은 들었지만 실제로 일본사람과 유창하게 대화를 하시고, 해박한 역사지식으로 우리문화를 일본문화와 비교하면서 얘기하는 모습을 보며 은근히 자랑스러웠다. 실제로 아버지는 외국어에 대한 관심이 많으셨는데, 특히 영어 공부를 열심히 하라

183

고 우리를 늘 독려하셨다. 내가 중학교 1년 때는 매일 영어교과서 한과씩
을 외우라고 하셔서, 한동안 아버지가 퇴근하실 때면 스트레스를 받으면
서도 영어를 외웠고, 아버지한테 검사를 받아야했다. 그때 외웠던 영어가
정말로 도움이 많이 됐다.

 어느 때부턴가 난 어떤 경우에도 문제가 될 만한 행동은 하지 말아야겠
다고 생각하게 됐다. 집에서 뿐만 아니라 나가서 무엇을 하든 그것이 집
에서 이슈가 될 만한 일은 아무것도 안하기로 스스로 결론을 내린 것이었
다. 그러니 뭘 해도 집에는 별로 얘길 안하고 밖에서 알아서 해결하곤 했
다. 대학 가서도 마찬가지였다.
 어느날 아버지가 내 걱정을 많이 한다는 얘기를 듣게 되었다. 집에서는
비교적 착한 딸의 이미지로 살아왔기 때문에 내가 어떤 걱정을 끼쳐드렸
을까 생각을 했으나 별로 생각나는 게 없었다. 언니의 얘기인즉슨 자식들
중에서 내가 제일 걱정이 된다고 하셨다는 것이다. 자기 의견이나 주장을
별로 표현하지 않으니 세상살이에서 상처를 많이 받을 수 있다는 게 이유
였단다. 그 얘기를 들을 때는 코끝이 시큰해왔다. 일이나 인간관계로 늘
바쁘시고 여러 자식들의 다양한 고민거리를 해결해 가시는 아버지가, 내
게도 깊은 관심의 눈길을 보내고 계셨고 나를 잘 이해하고 계시다는 생각
이 들었기 때문이었다. 그 일을 계기로 함께 많은 시간을 보내지는 못했
지만, 아버지는 자식들을 꼼꼼히 파악하고 그에 맞는 교육을 시키시려고
꾸준히 노력을 기울이셨다는 생각을 하게 되었다.

 딸들에 대한 그런 자상함은 늘 집안 일로 힘든 엄마에 대한 배려와도 긴
밀히 연결이 돼있다. 한강성심병원에서 근무하시던 젊은 시절부터 아버
지는, 퇴근 하시고 별 약속이 없으시면 영등포 시장을 기웃거리며 장보는
걸 좋아하셨다. 시장 사람들에게 이것저것 묻기도 하고 값도 물어가면서
봉지 봉지 사들고는 뿌듯한 얼굴로 돌아오시곤 했다. 시장에는 병원 단골
손님들도 많아 여기저기서 인사를 하는데, 아버지는 미소 띤 얼굴로 "안

녕하세요?"라고 마주 인사하며 아무렇지 않게 장보기를 즐기셨다. 어머니가 "시장에 아는 사람도 많고 병원 사람들도 왔다 갔다 하는데 체면 사납게 웬 반찬거리를 사들고 다니느냐?"고 질책하셨지만, 내내 싱글벙글 내용물을 꺼내면서 흐뭇한 표정이셨다.

딸들이 많아서인지 여자들에게 필요한 것들도 신경을 많이 쓰셨다. 우리가 대학생이 되면서 아무래도 외모에 관심이 많아지자 아버지는 우리에게 화장대를 사주셨다. 왕골로 만든 화장대가 예쁘기도 하고 신기해서 우리 모두 좋아라 했던 기억이 난다. 그리고 내가 대학교 4학년 때는 딸들두, 세 명에게 반지를 사주시기도 했다. 익산의 보석단지까지 딸들을 데리고 가서 고르라고 하셨다. 내 것은 초록색 에메랄드 반지였다. 졸업을 앞두고 한창 이런저런 치장에 관심이 많았던 그때, 내 손가락 위에서 반짝이던 그 아름다운 색깔이 기억에 남는다.

 아버지가 소아과 의사로 유명하시다보니 모두들 우리가 아이를 낳아도 걱정이 없겠다는 말을 하곤 했다. 아이 둘을 연달아 출산했지만 난 걱정이 별로 되지 않았고, 아이들에게 문제가 있을 때마다 부모님 집에서 머물면서 계속 진찰을 받는 혜택을 누리기도 했다. 어렸을 때 동생을 돌봤던 경험과 아버지가 숱하게 어린 환자를 달래는 모습을 봐왔던 터라, 나도 아이들의 칭얼거리는 모습이 낯설거나 힘들지 않고 담담하게 받아들일 수 있었다.

 그러나 아이들이 자라면서 부모의 역할에 대해 많은 고민이 생겨났다. 자식과는 항상 세대차이가 존재한다고는 하지만, 내가 생각하는 부모로서의 권위가 내 자식에게는 적용되지 않는 것 같아 속상할 때가 많다. 내가 부모님과 가졌던 관계가 나와 내 남편이 만들어낸 가정에서 통용되지 않을 때, 나는 엄마로서의 내 모습을 수없이 들여다보며 부모님께 배운 대로 잘 하고 있는지를 묻는다. 가족 간의 소통과 신뢰와 믿음은 단시간에 이루어지는 것이 아닌 것 같다. 그건 부모의 끊임없는 헌신과 솔선수범을 통해서만이 가능하다는 것을 다시 한 번 되뇌어본다. 그 위대한 과정을 지금껏 계속 해 오신 아버지와 어머니께 진심으로 감사함을 전하고 싶다. 어머니, 아버지 사랑해요.

자상한 미소의 아버지

다섯째 딸 진 남

 아버지를 떠올리면 자상하게 미소를 지으며 바라보시던 모습이 가장 많이 떠오른다. 나는 다른 자매들과 달리 공부에 취미가 없었다. 학교 다닐 때 성적이 나쁜 편은 아니었는데 공부하는 것을 힘들어하고 재미를 느끼지 못한 것 같다. 하지만 언니들과 동생들이 성적이 좋았기 때문에 무언의 부담감이 항상 존재하였다.

 그래서일까. 공부를 열심히 하지 않으면서도 시험 전날이 되면 마음의 부담이 너무 커서 나도 모르게 눈물을 흘리고 있고 잠을 제대로 이루지 못했던 날들이 있었다. 하루는 다음날이 물상 과목 시험이었는데 물상(물리)은 아무리 공부를 해도 이해가 가지 않았다. 그래서 밤늦도록 울고 있었는데 아빠가 내 울음소리를 들으시고 주무시다 말고 내 방에 들어오셔서 왜 울고 있냐고 물어보셨다. 그래서 내일이 물상 시험인데 정말 이해가 안 간다고 대답했다.

 그랬더니 아빠가 거의 새벽이 될 때까지 물상 시험 범위를 처음부터 끝까지 모두 설명해주셨다. 그런데 아무리 공부해도 모르겠던 내용들이 귀에 쏙쏙 들어왔다. 그래서 다음날 나는 물상 시험을 한 문제만 틀리고 다 맞을 수 있었다. 나는 아빠가 정말 쉽게 설명해주시는 게 너무 신기했고 하룻밤 공부하고 하나밖에 틀리지 않을 수 있다는 게 너무 놀라웠다. 아빠는 잠도 못 주무시고 밤새 공부를 가르쳐 주셨는데 내내 자상한 미소를 띠며 친절하게 설명을 해 주셨다.

 아빠는 내가 어렸을 때 바이올린 연주를 종종 하시곤 했는데 어린 마음

에도 바이올린을 연주하시는 아빠의 모습은 참 멋졌던 기억이 난다. 그리
고 전축으로 클래식 음악도 많이 틀어놓으셨던 기억이 난다. 지금도 아
빠의 집에는 클래식 LP판이 많이 있다. 어렸을 때는 내가 클래식 음악에
관심이 별로 없어서 유심히 본 적이 없었는데 나이를 먹고 클래식을 좋아
하게 되면서 살펴보니 파바로티, 플라시도 도밍고 등의 성악 LP부터 많
은 바이올리니스트의 연주 LP, 다양한 클래식 음악가들의 모음집, 그리
고 아버지가 좋아하시던 가수인 패티김의 LP까지 기타 등등 참 많은 음
반들이 있다.

내가 최근 들어 여러 클래식 공연장도 가고 클래식 음악들을 찾아 들으면서 느낀 점은 내가 전에는 클래식 음악들을 좋아하지 않아서 스스로 찾아 들은 적이 없었는데 어디선가 들었던 음악들이 참 많다는 것이다. 물론 학교 다닐 때 음악 시간에 배운 음악들도 많겠지만 어렸을 때 아빠가 틀어놓으셔서 은연중에 들었던 음악들이 상당히 많다는 것을 안다. 아빠는 음악적 감성을 자식들에게 많이 불어 넣어주시고 물려주신 것 같다. 자식들이 모두 음악뿐만 아니라 다양한 예술을 사랑하는 감성을 갖게 된 데에는 아빠의 영향이 매우 크다고 생각한다.

아빠는 산을 참 좋아하셨다. 그래서 어렸을 때부터 관악산부터 많은 산을 따라다녔는데 중학교 때 지금도 잊을 수 없는 일이 있었다. 아빠와 언니들과 설악산을 가게 되었는데 설악산 등산을 하는 도중에 눈이 많이 오기 시작했다. 그날 우리는 흔들바위, 울산바위, 금강굴 등을 모두 가기로 계획되어 있었다. 그런데 눈이 오기 시작하니 길이 미끄러워졌고 겁이 많은 편인 나는 걱정이 되기 시작했다.

그런데 금강굴을 올라가는 길이 철계단으로 되어있었다. 어렸을 때라 그런지 그 철계단이 엄청 길고 높게만 느껴졌다. 눈은 펑펑 오고 철계단은 미끄럽고 나는 너무 무서운 생각이 들었다. 그래서 계단 중간에서 아빠에게 "저는 무서워서 더 이상은 못 올라가겠다"라고 말했다. 그랬더니 아빠가 조금도 주저하지 않고 "그럼 너는 여기서 기다려라. 우리는 다녀오마"라고 하셨다. 나는 내심 아빠가 이제 그만 올라가고 다 같이 내려가자고 하시기를 기대했는데 평소 단호함이 있으셨던 아빠는 정말 나를 그 계단 중간에 두고 올라가시는 것이었다. 그래서 난 너무 무서웠지만 덜덜 떨면서 아빠를 따라 올라갔다. 그래서 금강굴에 도착을 했는데 아빠가 나에게 그 철계단 중간에 서 있는 게 더 위험했다며 조금만 더 힘내라고 일부러 나에게 냉정하게 대했다고 하셨다. 그리고 다 올라왔다며 칭찬해주셨다. 나는 처음에는 좀 서운했지만 그 일이 있고 나서 나 스스로 끈기와 인내심이 좀 더 생긴 걸 느낄 수 있었다

아빠가 의사선생님이라서 좋은 점은 아파도 병원에 안 가고 바로 아빠에
게 말할 수 있다는 점이었다. 그래서 아파도 걱정을 해본 적이 없는 것 같
다. 그리고 또 한 가지 좋았던 기억은 아빠가 계시는 병원에 예방주사를
맞으러 가거나 아파서 가면 진료를 받고 나서 아빠가 병원 매점에 우리를
데리고 가셨다. 그래서 아빠가 일을 보고 올 때까지 그 매점에 있는 간식
을 마음껏 먹으라고 해주셨다. 지금처럼 간식이 풍부하던 시절이 아니어
서 주사맞고 아팠던 것보다 끝나고 매점에 갈 수 있다는 걸 더 좋아했던
기억이 난다. 아빠가 의사여서 안 좋았던 점은 다른 애들처럼 꾀병을 부
려보지 못한 것이 아닐까.

아빠는 사진 찍는 것도 좋아하셨는데 한 번은 사진대회에 나를 데리고

가신 적이 있다. 그곳에 가서 아빠가 카메라로 사진 찍는 방법을 나에게 아빠의 그 자상한 미소로 열심히 설명을 해주셨는데 그 모습을 누군가 사진을 찍어서 대회에 출품했다. 그리고 그 사진이 그날 상을 받았다. 내 얼굴은 카메라로 가려서 보이지 않았고 아빠의 그 자상한 표정만 보이는 사진이었는데 그 표정이 얼마나 자상한 모습이셨는지 상을 받을 정도였던 것이다.

때로는 아주 엄격하고 화를 내시지는 않아도 무섭기도 했던 아빠였지만 나는 아빠를 떠올리면 그 사진대회의 사진처럼 자상한 미소의 아빠가 가장 많이 떠오른다.

내 인생의 역할 모델인 아빠

여섯째 딸 진 영

 아빠는 내 인생의 모델이었다. 상당 부분은 아빠의 지칠 줄 모르는 정열과 넘치는 에너지 그리고 불타는 학구열 때문이다. 그것도 해당 분야에 대한 전문 지식 뿐이었다면 아빠를 그다지 존경하지는 않았을 것 같다. 그러나 무엇에나 호기심을 가지고 이것저것 손을 대보시고 시도하고, 지적인 유희를 탐닉하는 자유로운 영혼의 소유자로서의 아빠는 나의 동경을 불러일으켰다. 아빠의 거침없고 당당한 삶의 태도는 자식으로서만이 아니라 인간적으로도 정말 부러웠다. 늘 새로운 것에 도전하고 두려움 없이 접근하는 용기를 가진 아빠는 내 인생의 롤 모델 그 자체였으며 어렸을 때 병원에서 본 제자들과 회진에서 돌아오시는 모습과 겹쳐져 진정 멋있는 아이돌로 내 기억 속에 각인 돼 있다.

 아마도 내가 초등학교도 들어가기 전인 것 같은데, 당시 아빠는 담배를 피우고 계셨다. 건강을 중시해야 하는 의사임에도 불구하고 아빠는 집안에서 당당하게 담배를 피우곤 하셨다. 냄새에 유난히 예민한 나는 다른 언니들과 마찬가지로 필사적으로 아빠의 금연을 주장했다. 더구나 나는 아빠의 팔베개를 좋아해서 아빠 곁에 누워 있다 보면 담배 냄새가 코를 찌르는 게 너무 싫었다. 그래서 나도 언니들의 금연 데모에 적극 동참했다. 아빠가 담배를 피우실 때마다 듣기 싫은 소리를 했고, 아빠가 나에게 뽀뽀를 하려고 하시면 하면 가뜩이나 까칠한 턱수염에 묻은 담배 냄새가 싫어서 가까이 오지 말라며 아빠를 밀어내곤 했다. 우리들의 기나긴 데모 덕분인지 아빠는 어느 순간부터 과감히 담배를 끊으신 뒤 다시는 손도 대지 않으셨다. 지금도 술 좋아하는 당신이 담배까지 피웠다면 어쩔 뻔했냐

며 그때의 선택을 자랑스러워하시는 말씀을 종종하곤 한다.

평생 월급쟁이 의사이셨던 아버지의 가난한 지갑 덕분에 우리는 용돈이
라는 것이 거의 없었다. 엄마가 그나마 주머니를 조금씩 푸셨던 건 내가
고등학교 때부터였다. 초등학교 때는 학용품을 사는 것도 엄마에게 부담
을 드리는 것 같아 뭐든 아껴서 써야 했다. 그러니 친구들하고 떡볶이를
먹으러 가는 건 뜻밖의 용돈이나 받아야 가능한 일이었다. 어쩌다 우리가
횡재하는 날은 아빠가 유난히 기분이 좋게 귀가하시는 날이었다. 그런 날
은 우리들을 번호대로 불러 쭉 세워놓고는 용돈을 주시곤 했다. 우리한테
그 용돈이 얼마나 귀하고, 얼마나 좋아라 할지를 잘 알고 계셨기에, 주는
아빠나 받는 우리나 모두에게 기쁜 순간이었다. 종종 퇴근길 아빠의 손에
들려있던 간식 꾸러미에도 아빠의 마음이 잔뜩 담겨있었다.

아빠가 의사였기 때문에 얻을 수 있는 혜택도 많이 있었다. 아주 소수의

사람들을 제외하고는 모두가 힘들던 시절, 우리는 영양식품 관련한 회사가 제공하는 음식들을 시제품 상태로 먹어 볼 수가 있었다. 그 중에도 기억에 남는 것이 치즈, 푸딩 등이었는데, 특히 치즈는 처음 입에 대는 순간 코를 쥐게 하였고, 혹시 이게 썩은 게 아닐까 라는 생각이 절로 들었다. 그때만 생각하면 지금도 웃음이 나오지만 푸딩은 달달한 게 먹을 만했던 기억이 난다. 지금도 조그만 아이들이 이유식용으로 먹는 거버 이유식도 영양이 풍부하다는 이유로 간식 비슷하게 먹곤 했다. 맛은 밍밍하고 별 것 아니었지만, 눈이 커다란 서양 아이가 그려진 신기한 깡통 속에 들어 있는 음식을 호기심 삼아 먹곤 했다. 그 외 식품들은 잘 기억이 안 나지만 가끔 아빠가 퇴근하실 때 눈에 생경한 먹을 것들을 가지고 오실 때는 호기심이 절로 동하곤 했다.

잘 알려지지 않은 약품을 나를 상대로 쓰시다가 둘이 함께 화들짝 놀란 기억이 난다. 나는 어릴 때 유난히 손등에 사마귀가 많았는데 그저 몇 개 난 정도가 아니라 너무나 널리 퍼져 손등 거의 전체에 사마귀가 퍼져버렸다. 당시 국내 약 중에 쓸 만한 약이 없었는지 아빠가 잘 낫는 약이라고 들었다며 설명서에 독일어가 쓰인 바르는 사마귀 제거제를 사가지고 집에 오셨고, 왕성한 실험의욕을 내게 퍼부으셨다. 강력한 약품이라 바르면 빠른 시간 내에 사마귀가 녹아서 없어진다며 손등 전체에 그 약을 발라주셨는데, 원래는 사마귀 난 곳에만 바르고 멀쩡한 피부에는 바르면 안 되었던 것이다. 점점 살이 타들어가는 느낌이 들어 아파 죽겠다며 아픔을 호소하자, 아빠가 얼른 약을 제거하셨다. 그리고는 다시 사마귀 위에만 면봉으로 섬세하게 약을 발라주셨고 그 이후로 사마귀에서 해방된 기억이 있다.

아빠가 의사라서 겪는 해프닝은 이외에도 많이 있었다. 감기에 걸려도 약은 사망 직전에나 사용하는 최후 수단에 불과했고, 그저 이겨낼 수 있다며 우리들에게는 그 흔한 약을 처방해 주시지 않았다. 한 번은 아빠가 한강성심병원에 근무하고 계실 때 치과 치료를 받으러 갔던 적이 있다. 우리 집에서 버스로 세 정거장 정도 되는 거리를 걸어서 갔는데, 진료를 담당하셨던 의사 선생님이 내 이마를 짚어 보더니 열이 있다고 하시며 아빠에게 말씀드리라고 했다. 정말로 집으로 돌아오는 길은 너무나 멀었고, 다리까지 후들거려 집에 도착하자마자 기진맥진 하여 소파에 늘어져버렸다. 어린 마음에도 이 정도면 약을 주시겠지 하는 생각이 들어 말씀드렸더니 그제서야 약을 주셨던 기억이 난다.

아빠의 직업에 대한 정보도 얻고 부모의 수고로움을 이해할 수 있다는 아빠의 강력한 교육방침 덕에 우리는 종종 병원에 놀러가곤 했다. 아빠의 진료실 뒤에는 소파가 놓인 연구실 겸 접대용 방이 있어서 우리는 거기서 몇 시간씩 시간을 보내다 왔다. 진료실을 향해 조금 열려진 문을 통해서 환자들을 맞이하는 아빠의 음성과 진료상황을 들으며 의사의 세계를 엿보는 것도 신기한 경험이었다. 아파서 울어대는 아이들과 걱정스러운 얼굴의 부모를 대면하며, 때로는 부드럽게, 때로는 강력하게 권면을 해야 하는 상황을 수도 없이 반복해야 하는 아빠는 강도 높은 노동자였다. 어떤 직업보다도 강철 같은 체력과 엄청난 자제력이 요구되는 일로 보여 새삼 아빠의 건강한 정신력과 신체가 존경스러웠다.

지금도 잊혀지지 않는 건 아빠의 진료실에 걸려있던 아이들의 그림이다. 입원해 있던 어린이 환자가 의사선생님인 아빠의 얼굴을 크레용으로 그려놓은 그림이었는데 한결 같이 웃고 있는 아빠의 얼굴은 행복해 보였다. 소아과 의사라는 직업이 많은 어려움이 있지만 아빠가 왜 보람을 느끼는지 알 것 같았다. 종종 어렸던 환자가 커서까지 집에 찾아와 고맙다는 인사를 할 때는 아빠라는 이름의 소아과 의사에 대해 가슴이 뭉클해지곤 했다.

자유로운 분위기의 이화여고로 입학한 후 특히 아빠, 엄마께 감사드리는 것은 내가 '초로'라는 문학 클럽에서 활동하는 것을 적극 격려해 주셨다는 점이다. 이화여고 내에는 왕성하게 활동하는 20~30여개의 다양한 클럽들이 있었고, 초로도 그 중의 하나였다. 일부 부모님들은 학업만을 강조하며 클럽활동에 반대하는 경우도 많았다. 하지만 우리 부모님은 이에 대해서만큼은 자유롭게 활동할 수 있도록 해주셨고, 덕분에 토요일마다 이 클럽이 속해있는 명동의 YWCA에 다녀올 수 있었다. 1년에 한 번씩 문학의 밤도 하고 연극도 하곤 했던 클럽활동은 나의 정서에 지대한 영향을 미쳤다. 아빠는 중고등학교 때 밤 새워서 셜록 홈즈와 같은 탐정소설과 각종 문학 서적들을 무수히 많이 읽으셨다며, 글 읽는 재미에 관하여 종종 말씀하여 주셨고, 그것도 일본어로 된 책을 많이 읽으셨다며 은근히 나의 경쟁심을 유도하곤 하셨다.

문과 성향이 강했던 나는 법학을 공부하고 싶었다. 그런데 고등학교 3학년 때 담임선생님이 법학과랑 비슷한 과라며 행정학과를 추천하셔서 멋모르고 입학을 하게 됐다. 그러나 행정학이 경영학과 비슷하며 다만 그 학문의 영역이 공적인 영역을 다룬다는 사실을 곧바로 알게 되었다. 내가 원하던 학과가 아니어서인지 그 당시 많은 학생들이 그랬던 것처럼 나도 대학교 1, 2학년 때 무력감에 빠져있었다. 그러다 3학년 때 캐나다에 유학 가 있는 둘째 언니가 조카를 낳게 되어서, 아빠가 한 학기를 휴학하고 아이도 봐주면서 영어공부를 하고 오면 어떻겠냐는 제안을 하셨다. 외국여행의 물꼬가 막 트이기 시작하고 언어연수가 거의 일반화되기 전의 일이라 나로서는 큰 기회였다. 나의 캐나다 행은 딸들에게 영어에 대한 강한 기대를 갖고 계셨던 아빠의 강력한 추진력이 없었다면 불가능한 일이었을 것이다.

아빠는 필요한 대화는 거의 하실 수 있는 영어회화 실력을 갖추셨지만, 본인의 노력에 비해 유일하게 잘 늘지 않은 게 영어라고 생각하셨던 것 같다. 아빠는 원어민과 같은 수준으로 일본어를 구사하셨고 일본 연수 등 요모조모 쓸모가 많았다. 하지만 아빠는 영어가 활용도가 훨씬 더 높고 세계

인이 쓰는 언어라며 늘 영어공부의 필요성을 애끓을 정도로 강조하시곤 하셨다. 영어 회화 공부가 가능한 대학교에 들어가게 되면, 늘 아빠의 '영어회화의 중요성에 관한 강론'을 들어야 함은 물론 방학 특강을 들으라는 아빠의 끈질긴 설득작전이 시작됐다. 내가 어릴 때 큰언니 방에는 그 당시 드물게 별도의 TV가 있었고, 그건 바로 AFKN시청을 통해 영어를 배우라는 아빠의 크나큰 뜻이 있으셨던 것이다. 사실 그 TV는 주말의 명화를 보는데 더 활용이 된 듯싶지만, 그 역시 영미권 문화의 이해라는 측면에서 본다면 아빠의 의도에서 아주 벗어난 것은 아니었다. 그렇게 방학까지 포함 약 7개월간 캐나다 토론토에서 영어 연수를 마치고 돌아온 나는, 영어가 재미있어 미친 듯이 영어 공부를 했고, 그게 결국 향후 나의 밥벌이를 결정하게 되었으니 아빠께 톡톡히 빚을 진 셈이다.

졸업 후 물리학 연구원인 신랑의 고향인 충남 예산의 한 교회에서 결혼식을 올렸다. 나는 바짝 얼어 덜덜 떨었지만 아빠는 매우 여유 있는 미소

197

를 띄며 웨딩 마치의 박자에 맞춰 자연스럽게 걸으셨다. 순간 나는 이번이 아빠의 여섯 번째 결혼 행진이고, 다른 아빠들은 쉽게 경험할 수 없는 능숙함이 배어있음을 깨달았다. 그리고는 언니들의 결혼식이 파노라마처럼 스쳐 지나갔다. 결혼이라는 게 무엇인지 잘 알지도 못했던 큰언니의 결혼식은 그저 바쁘게만 돌아갔다. 그런데 둘째 언니 때는 언니를 데리고 입장하는 아빠가 갑자기 늙어 보이고, 머리도 더욱 희어진 듯 해 갑자기 복받쳐 오르며 흐르는 눈물을 주체할 수가 없었다. 자식들이 곁을 떠나는 부모님의 심정이 애틋하게 다가왔다.

결혼 후 대전으로 내려가 살다 아이를 낳고 산후조리를 하느라 친정에 있었다. 그러다가 그대로 눌러 앉아 대학원에 진학하게 된 건 늘 삶을 열심히 개척해 나가길 바라는 부모님의 격려 덕분이었다. 아빠는 퇴근 후 늘 큰 아이인 규식이를 안아보시고, 나중에 할아버지가 자신을 봐주었다는 증거를 남겨야 한다며 사진도 찍으라 하셨다. 소파에서 할아버지의 팔베개를 하고 있는 사진과 그 외 몇 장의 사진은 지금도 규식이의 앨범 속에서 빛나고 있다. 규식이도 소아과 의사인 할아버지 덕택에 다양한 분유 회사의 샘플 분유를 공급받아 먹게 되었는데, 먹성 좋은 이 녀석은 많은 종류의 분유를 바꿔 먹으면서도 한 번도 설사와 같은 이상반응을 보인 적이 없었다.

이 당시 아빠는 새벽마다 나를 깨우셨다. 밤새 돌도 지나지 않은 녀석과 씨름하느라고 지쳐 겨우 잠에 들라치면 갑자기 문을 열고 들어오셔서 나지막한 음성으로 "진영아, 자냐?" 하시고는 "컴퓨터 파일 어떻게 복사하는 거지? 병원에 가져가야 하는데 디스켓에 저장하는 방법 좀 가르쳐 다오."하시는 거였다. 이때는 이미 아빠가 정년퇴직을 하시고 홍익병원에 다니시던 때였다. 연세가 연세인지라 파일 복사 등의 방법을 익히는데 시간이 걸렸지만 지치지 않고 도전하신 아빠의 열정에 경의를 표하고 싶다. 컴퓨터는 오래 전부터 우리 집에 시대순으로 존재하여 왔던 문서작성 도구의 결정판이라고 할 수 있다. 내가 중학교 때 수동식 타이프라이터가 집에 있었고, 나는 여름방학 때면 영어교과서를 펼쳐놓고 타이프라이터 치는 재미에 손가락 마디가 아픈 줄도 몰랐다. 서로 해보려고 순서 다툼을 했지만 제일 열심히 한 게 나였지 싶다. 처음에는 힘들었지만 마치 피아노를 치듯이 재미있어서 무아지경이 되어 타이프 치는 연습을 했다. 얼마 안 돼 전동식 타이프라이터가 우리 집에 들어왔고, 그 다음엔 화면이 매우 작은 초기 버전의 워드프로세서가, 그리곤 결국 컴퓨터가 입성하게 되었다. 이 모든 것은 아빠의 왕성한 호기심에서 비롯된 것이라 할 수 있다.

대학원 졸업 후 무척 운이 좋게도 남편과 같은 직장에 취직을 하게 되었고, 그 후 계속해서 대전에 살게 되었다. 그리고 여섯 살 터울이 지는 딸을 임신 중일 때, 서울 친정으로 엄마, 아빠를 뵈러 간 적이 있었다. 저녁식사가 끝나고 어른들은 마루에서 이야기를 나누고 있는데 조카가 와서 갑자기 큰소리로 규식이가 바깥으로 떨어졌다는 것이다. 힘이 넘치는 남자아이들 둘이 놀다보니 규식이가 코너로 밀려 모기장과 함께 아파트 3층 높이에서 바깥 쪽 흙바닥으로 그대로 떨어진 것이었다. 위에서 내려다보니 부슬부슬 비가 오고 있었고 흙바닥으로 떨어진 것이라 아이가 쓰러져있지도 않고 서서 울고 있었다. 우리 모두 너무도 당황한 상태에서 아빠가 급하게 운전을 하여 바로 집 앞에 있었던 강남성심병원 응급실로 달려갔다. 지금도 그때 아빠가 급하게 코너를 돌며 밟던 브레이크 소리가 귀에 들리는 듯 생생하다.

응급실에서 허리 뼈 x-ray 사진 판독에 이견을 보이는 의사들의 소견들이 오갔으나, 고맙게도 결국 아무 것도 부러지지 않아 가슴을 쓸어내렸다. 다만 떨어진 충격으로 내장들의 위치가 잡히도록 며칠 입원만 하면 되었다. 아빠가 정년퇴임 전 부원장을 지냈으나, 이미 많은 의사들이 병원을 떠났거나, 새로 온 직원들이 많아 아빠를 모르는 사람들이 대부분이었다. 그런데 한 여의사선생님이 규식이의 내장을 철저하게 초음파로 검사를 하면서, 이제야 아빠의 도움주심에 조금이라도 빚을 갚게 되었다며

세심하게 규식이를 살펴주셨다. 성함은 기억나지 않으나 아빠가 이 분의 아이들 주치의셨고, 여의사로서 병원 업무를 수행할 때 어려운 점이나 아이들이 아플 때 아빠가 언제든 상담역이 되어 주셔서 너무나 고맙다고 눈동자를 빛내며 말씀하신 것을 잊을 수 없다.

사실 어렸을 때 아빠가 개인병원을 개업하시면 우리 집 살림살이가 훨씬 더 나아질 것이라는 기대를 가졌던 적이 있다. 당시 가장 많은 시간을 보내던 막내 동생과 자주 하던 놀이가 요술놀이였는데 그 놀이는 우리가 꿈꾸고 가지고 싶은 집과 방을 상상하면서 그림을 그리고 노는 것이었다. 그

방에는 화장대나 라디오, 옷장, 그리고 옷장 가득 예쁜 드레스들이 있었다. 이 모든 꿈이 아빠의 개업과 함께 이루어질 것이라 생각하며 은근히 아빠가 어디에 병원을 차리실까 관심을 가졌지만 우리의 꿈은 결국 이루어지지 않았다. 우리의 방이 넓어지고 예뻐지는 꿈은 많은 환자들이 오가는 큰 병원에서 근무하시며 가끔씩 TV에도 나오는 그런 아빠를 갖는 것으로 대체되었다. 당시 우리나라에서는 초기 단계의 연구만이 이뤄지고 있던 알레르기학회에도 깊이 관여하셨기에, 그 분야의 권위자로서 TV에 나오실 때면 어린 마음에도 매우 자랑스러워했던 기억이 있다. 아빠 스스로가 장미 알레르기가 있고, 셋째 딸이 복숭아 알레르기 체질을 이어받았으니, 알레르기의 어려움을 누구보다 더 잘 알고 계셨으리라 생각한다.

아빠가 대한소아과학회의 학회장이 되신 후 마침내 이사장이 되셨을 때 엄마의 자랑스러운 음성을 들을 수 있었다. 그 긴 세월 어린 딸들의 무언의 압력을 무시하고, 힘들게 허리띠를 조이며 아빠를 내조하셨던 엄마에게는 가장 감격스러운 순간이었을 것이다. 나 역시 그랬다. 이사장으로 선출 될 당시 의학 관련 간행지에 서울 지역의 후보와 전남대 출신의 아빠가 경쟁하였으나, 지지자들의 압도적인 지원에 힘입어 이사장에 선출되었다는 기사를 읽은 적이 있다. 의학에 대해 아는 것은 없지만 아이들을 사랑하시는 그 마음과 연구업적, 그리고 인간성을 무기로 그보다 더 나은 후보가 없었을 것이라는 생각이 든다.

어느새 대학생이 된 큰 아이 규식이의 꿈 중 하나는 의사였는데 현재 치과의사가 되기 위한 학업을 하고 있고 소아치과에 관심이 많다. 규식이도 운동을 잘하셨던 할아버지처럼 농구, 테니스 등 구기 종목을 좋아한다. 둘째 규은이는 일본 문학에 심취하셨던 할아버지처럼 언어를 사랑하여 종종 할아버지와 일본어로 대화를 한다. 국문학도인 규은이는 늘 "우리 이쁘!"하고 부르셨던 할머니를 기억하며, 노년에 늘 한결같이 행복해 보이시는 할아버지를 위한 시를 선물하곤 한다.

할아버지 침대

김 규 은

할아버지 침대에서는 할아버지 냄새가 난다
할아버지 냄새는 아이 냄새

아기보다 아기였을 적 엄마 뱃속 아빠 뱃속 너른 냄새
빵꾸 난 까만 교복 꼬질꼬질한 소년 냄새

어린 환자의 여린 숨을 지킨 긴긴 땀 냄새
풋내가 좋아 풋내기로 돌아가는
오늘 냄새

켜켜이 쌓인 순간들
할아버지 침대에 등을 대고 눕지만
침대는 나를 등진 적 없다

하얀 할아버지

김 규 은

할아버지 흰머리를 보며
하양을 생각한다
까망을 씻어 보낸 흰머리를 보며
하양을 생각한다

법정스님에 관한 보고서를 쓰며
하양을 생각한다
관짝 없이 땅에 스민 흰 몸가루를 뿌리며
하양을 생각한다

하양을 생각하고 할아버지를 생각하고 법정스님을 생각하고
나는 그들을 사랑하게 된다

할아버지랑 나랑 손 잡고
법정스님께 하양을 묻는다
하양은 무엇인가요

법정스님이 답한다
하양은 버리는 것이죠
버리면 버릴수록 쌓이는 것이죠

할아버지가 말한다
스님은 안경을 안 썼네요
나도 안 썼어요

우리는 안경도 버린 것이죠
법정스님이 하하하 웃는다
할아버지도 하하하 웃는다
참 하얗다

긍정의 왕, 나의 아버지

일곱째 딸 진 선

나는 아버지를 아부지라 부른다. 아빠라 부르기엔 민망하고 아버지는 왠지 거리감이 느껴져서, 서울에서 나고 자랐지만 적당히 구수한 아부지로 부른다. 그래도 대대손손 남겨질 이 글은 왠지 표준말을 사용해야 할 것 같아 아버지라 써야겠다.

늘 내 곁에 계시는 아버지에 대해 글을 쓰려하니 왠지 쑥스러움부터 느껴진다. 원래 고마움도 미안함도 잘 표시하지 않는 뚝뚝한 내 성격 탓도 있겠지만, 그만큼 아버지가 가깝기 때문이기도 하다. 흠흠~ 쑥스러움을 무릅쓰고 아버지와의 일상을 되새겨 보면, 일단 시각적 이미지로는 키가 크고 미남이며 유난히 양복이 잘 어울렸던 듬직한 모습이 떠오른다. 또 청각적 이미지로는 영화에 나오는 장군처럼 '그래, 허허허! 하하하!'하며 호탕하게 웃으시는 웃음소리가 떠오른다. 한마디로 카리스마, 남자다움의 결정체이시다.

그렇다고 겉모습처럼 마냥 호탕하기만 한 분은 아니었다. 정확, 꼼꼼, 예리, 논리, 너그러움, 자상, 인내, 기발함, 욕심 없음, 만족, 걱정 없음, 낙천성 등 이 모든 것이 내가 느낀 아버지의 모습이기도 하다.

나 또한 아버지를 닮아 기발하거나 엉뚱한 면이 있어서 그런지, 다른 집에는 일어나지 않을 것 같은 일들이 주로 떠오른다. 예를 들면 80년대 초쯤의 어느 날, 아버지는 사장님들이 비서들과 연락할 때 쓰는 스피커폰 같은 물건을 사가지고 오셨다. 그걸 각방마다 하나씩 설치하고 1번을 누르면 1번 방에서 '삑'소리가 난 다음 음성이 들렸다. "7번, 7번은 지금 자는가."라며 취침 점호도 하시고, "막둥이, 막둥이는 언니들이 다 먹기 전에 과자 먹으러 즉각 안방으로 달려와라."하시며 안방호출도 하셨다. 난

204

그 기계가 하도 신기해서 쓸데없이 계속 이 방 저 방 호출과 통화를 해대서 가족들의 항의를 받기도 했다.

 또 이런 일도 있었다. 큰 회사 경리들이나 쓰는 전문가용 금전출납부를 사가지고 오셔서 우리들의 용돈내역을 쓰라고 하시는 거다. 잘 쓰면 요샛말로 인센티브도 주셨다. 왠지 언니들은 열심히 하지 않았지만 난 인센티브가 탐이 나서 정말 열심히 썼다. 그것이 계기가 되어 난 저축의 세계에 눈을 떴고 스스로 은행에 가 적금도 들었다. 영업비밀이라 자세히 밝힐 수 없지만 지금까지도 꼼꼼하고 안전한 경제생활을 하는 데 큰 힘이 되고 있다.

아버지는 등산을 좋아하신다. 그래서 우리 자매들은 아버지와 함께 산에 오른 추억을 많이 가지고 있다. 집에서는 요리를 하시지 않았지만, 산이나 바다에 가면 매운탕과 밥은 꼭 아버지가 하셨다. 고기 굽기와 밥은 만들기 쉬워서 그렇다고 하지만, 매운탕을 얼마나 맛있게 끓이셨는지 모른다. 파도소리를 들으며 동해 해수욕장 텐트에서 부시시 일어나, 아버지가 끓여주신 명품 매운탕을 꿀떡 먹고는(나는 아직까지 이보다 맛있는 매운탕을 먹어 본 적이 없다.), 튜브대신 아버지 등에 업혀 룰루랄라 바다를 가로지른 것은 내 어릴 적 가장 행복했던 경험이다. 지금도 그 생각을 하면 온갖 시름이 걷히고 가슴이 따뜻해진다. 부모님을 기쁘게 해드리고 그 보람으로 행복해진 기억은 전혀 나지 않고, 부모님이 나한테 무엇인가 해주며 돌봐줘서 행복했던 기억만 나니 나도 어지간히 불효녀인가 보다. 좀 더 자주 아버지께 밥을 해드리고 다리도 주물러 드려야겠다. 몸무게 때문에 아버지를 업고 다니지는 못하지만 말이다.

아버지와 함께 여러 산을 다녔지만 산이 좋은지는 그땐 몰랐고, 자연농원(에버랜드), 창경궁, 유원지 같은 곳을 다니는 것이 좋았다. 한번은 창경궁 대관람차를 타고 꼭대기에 올라섰는데 갑자기 멈추더니 이내 안내방송을 하는 게 아닌가! '지금 정전이니 동요하지 말고 기다리시오.' 왈칵 겁이 나서 아버지를 봤는데, 전혀 동요하는 기색 없이 무사태평이셨다. 꼭대기에서 매달려 '끼기덕 끼기덕' 소리를 내며 바람에 흔들리는 관람차가 얼마나 무서웠는지 오금이 저렸다. 하지만 아버지가 조금도 당황하시는 기색이 없자 내 마음도 차차 안정이 되어가기 시작했다. 물론 시간이 좀 흐른 뒤 무사히 빠져나왔고, 난 집에 갈 때까지 아버지의 손을 잡고 놓지 않았다. 그때 그 일은 아버지가 얼마나 크신 분인지를 절실히 느끼게 했다.

　아버지의 무사태평은 여기서 멈추지 않았다. 내가 초등학교 때 언니들은 중학생, 고등학생, 대학생 3종 세트로 다 있었는데, 하루는 휴가 나온 군인이 강도가 되어 담을 넘어 들어온 적이 있었다. 다행히 파출소에서 나와 아무 일 없이 끝났지만, 엄마는 "집에 딸들이 많아 오금이 다 저린다."고 하시며 가슴을 쓸어내리셨다. 그런데 아버지는 "갔으니 됐네." 하시면서 다시 코를 드르렁 드르렁 골며 주무셨다.

　심지어 아버지는 대장암 말기로 수술을 받고 투병 중이실 때도, 죽음이 전혀 두렵지 않은 듯 남의 병 보듯이 술술 넘기시는 걸 보고 두 손 두 발 다 들었다. 순전히 내 생각이지만 아버지가 아무리 낙천적이고 죽음을 많이 본 의사라 할지라도, 사람인 이상 불안하고 두려운 마음이 당연히 있었을 것 같다. 그러나 아버지는 불안하고 두려운 마음은 그 어떤 것에도 도움이 되지 않기에 스스로 마음을 다스리셨던 것이다. 백만대군을 격파하는 것 보다 자기 마음 하나 다스리는 것이 더 어렵다는 옛말도 있듯이, '스스로 마음을 다스린다는 것'처럼 말은 쉬워도 실행하기 어려운 일이 또 있을까? 아버지의 그런 단호한 마음 다스림이 대장암 말기 완치라는 기적을 일궈냈다는 생각이 든다. 이런 성격은 의사라는 아버지의 직업상 병을 이길 수 있다는 긍정적 에너지로, 환자들에게 영향을 미쳤을 것이라고 짐작한다.

　아버지 직업이 의사여서 좋았던 건 아파도 걱정이 없고, 링거도 집에서 우아하게 맞을 수 있다는 점이었다. 이런저런 비타민제 같은 영양제를 비롯해 구충제, 동상약, 영어로 쓰인 별의별 약이 집에 다 있었다. 약을 넣어둔 서랍장 문이 어쩌다 열리면 얼마나 약 냄새가 진동하던지 코를 쥐며 그 앞을 지나가곤 했었다. 다른 집에는 없을 것 같은 그 서랍장이 보물 상자처럼 신비스러워, 초등학교 때 진영언니와 함께 혹은 혼자서 몰래 열어보곤 했다. 영어인지 독일어인지 모를 외국어로 쓰인 약을 보고는 언니랑 둘이서 "이건 남파간첩의 독침에 넣는 독약일거야.", "이건 마약일거야(

마약이 뭔지도 모르면서).", "이건 많이 먹으면 조용히 죽는다는 수면제일거야."라며 온갖 상상의 나래를 펼치며 놀곤 했다. 지금 생각해 보면 아이들에겐 위험한 장난이지만, 그래도 제 목숨을 소중하게 생각하고 뭔가 위험하다는 것을 알아서인지, 절대 먹거나 발라보지는 않고 눈으로만 구경하고 숨죽이며 다시 서랍을 닫았다.

아버지가 소아과 전문의여서 그랬는지 우리 집에는 약 말고도 여러 가지 분유나 이유식이 있었다. 그래서 나를 비롯해 우리 자매들은 미숫가루 타 먹듯이 오며 가며 분유를 타 먹곤 했다. 하지만 아무도 나에게 분유가 살이 많이 찌는, 칼로리가 높은 식품이란 걸 알려주지 않은 것은, 지금도 차곡차곡 다져진 튼실한 내 하체를 볼 때마다 몹시 섭섭한 마음을 금할 길이 없다.

소아과 의사의 딸답게 우리 자매들은 간염 주사 같은 각종 예방주사도 척척 맞았다. 내가 자고 있을 때 주사를 푹 찔러서 놀라기는 했지만, 주사를 기다리는 공포가 줄어서 싫지만은 않았다. 초등학교 때는 양호선생님이 간호학과 재학시절 아버지 수업을 들은 제자였다. 그 선생님은 우리 아버지의 제자라는 게 자랑스럽다며 아버지에 대한 존경심이 깊은 분이었다. 그런데 어느 날 우연히 내가 아버지 딸인 것을 알게 되셨다. 이후로 나는 우리 반에서 예방주사를 맞을 때면 제일 먼저 맞는 특혜 아닌 특혜를 누렸다. 초등학교 내내 골골 했던 내가 양호실을 가면 친이모처럼 따뜻하게 잘해주셔서, 아프지 않아도 가끔 양호실을 들러 놀다 가곤 했었다.

그러나 아버지가 의사라고 다 좋은 것은 아니었다. 어려서부터 나는 아파 죽겠는데 아버지는 별일 아닌 것처럼 위로나 걱정을 안 해주셔서 섭섭했던 기억이 있다. 아버지 입장에서는 죽음을 눈앞에 둔 환자들과 매일 부대끼며, 1년 내내 하루에 백 명도 넘게 보는 감기환자가 집에 또 하나 있는 게 전혀 대수롭지 않으셨을 것이다. 지금은 너무나 당연하게 이해가 되지만, 그때는 나의 아픔에 감정이입을 안 해주시는 게 못내 섭섭했었다.

내가 아버지의 딸이라는 것 때문에 겪었던 재미있는 일이 간혹 있었다. 초등학교 때 병원에 피검사를 하러 갔는데 주사를 막 꽂으려는 순간, 다른 간호사 선생님이 내가 소아과 과장선생님 딸이라는 말을 했다. 그러자 주사기를 든 간호사 선생님이 갑자기 얼굴이 하얗게 변하며 손을 덜덜 떨었던 기억이 난다. 그리고 어디를 잘못 찔렀는지 다른 장소에서 아버지한테 죄송하다는 말을 연신 하던 모습이 생각난다. 아버지는 "괜찮다. 괜찮다."라며 울먹이는 간호사를 달래셨다. 내가 아버지 딸인 게 다른 젊은 의료진에게 부담이 될 수 있다는 것을 그 때 알았지만, 새까맣게 잊고 살다가 대학생 때 다시 비슷한 상황이 재연되었다.

나는 대학생 때 얼굴에 깨알 같은 점 몇 개를 빼면 예뻐 보이겠다는 가벼운 마음으로, 아버지가 근무하시는 병원으로 찾아가 피부과 진료를 받으려고 진찰대에 누워있었다. 간단한 시술이라 아주 젊은 의사분이(아마도 레지던트였던 것 같다.) 점 빼는 인두(?) 기계를 붙잡으셨다. 그런데 칠공주 막내딸이 왔다고 아버지를 비롯해 머리 희끗한 병원의 원로들과 각 과 과장님들이 다 구경을 하러 오셨다. "애가 많이 컸네. 시집 빨리 가야 되는데...", "쟤 어릴 때 내가 어쩌구 저쩌구...", "막내 얼굴에 기미낀 것 봐. 막내가 나이 먹어서 기미 끼니 세월이 무상하구나. 어쩌구 저쩌구..." 이야기꽃을 피우셨다. 진료실 구조상 시술하는 젊은 의사의 얼굴은 나만 볼 수 있었는데, 난 거의 40평생을 그렇게 식은땀을 흘리며 고통스러워하는 사람의 얼굴을 실제로 본 적이 없다. 더 자세한 이야기가 있지만 나의 미용을 위해 너무나 수고하신 그 젊은 선생님을 생각하며 이만 줄이기로 한다.

나는 언니들과 달리 공부가 별로 재미없었다. 그렇다고 딱히 친구를 좋아하는 스타일은 아니고 혼자서 음악 듣고, 만화책 보고, 영화 보는 걸 좋아했다. 한마디로 사고 치지 않고 참하게 앉아있지만 공부는 못하는 소녀였다. 그래서 성적이 늘 중간이었다. 우리학교가 8학군 우수학교도 아니고 변두리 학교라서 중간성적으로는 4년제 대학가기가 쉽지 않다. 그래서 내 장래에 대해 엄마가 걱정을 하시면 아버지는 "너희 반애들이 64명인데 32등 안에 들면 잘한 거다. 나머지 애들도 학교생활 잘 하지 않느냐. 대학 못가면 어떠냐? 정주영도 대학 안 나왔지만 손가락 안에 드는 대기업 회장이 되지 않았느냐, 대학이 인생의 전부는 아니다."라고 말씀하셨다. 이 말씀에 용기를 내어 공부를 열심히 했으면 감동적이고 멋졌겠지만, 안타깝게도 현실은 그러지 못했다. 그래도 아버지의 이 말씀은 주눅들 수 있는 어린 내 가슴을 활짝 펼 수 있게 해주셨다.

아버지는 불우이웃, 장애인, 북한 어린이 등 어려운 사람과 좋은 가치를 가지고 활동을 하는 이런 저런 사회단체에 꾸준히 기부를 하셨다. 말씀을 안 하셔서 자세한 실상을 몰랐는데, 어느 날 엄마를 도와 서랍정리를 하던 중 수북한 지로용지를 보고 나서야 얼마나 많은 곳에 후원하시는지 알게 되었다. 그것을 이어 받은 것인지 아버지가 한 번도 가르치거나 권유한 적 없는데도, 칠 공주 모두가 본받아 각자 자신의 형편에 맞게 나눔을 실천하고 있다. 초등학교 때 같은 반에 보육원에서 사는 아이가 있었는데, 나는 불쌍하거나 무시하는 감정은 없고 그저 철없이 신기하기만 했었다. 그래서 아버지에게 그런 애가 우리 반에 있다고 하니, 그 아이의 어려운 상황을 잘 설명해주시며 자존심 상하지 않게 잘 도와주어야 한다고 하셨다. 그 친구의 도시락을 반 아이들이 돌아가면서 쌌는데, 아버지는 엄마에게 도시락을 잘 싸라고 부탁하셨다. 점심시간에 그 친구의 도시락을 보고는 평소의 내 도시락보다 훨씬 맛있는 게 많아서 놀랐던 기억이 있다. 그리고 중학교 때는 내 남자짝꿍이 손가락이 없는 조막손이라 포크댄스를 배우는 체육시간마다 짝꿍이 내 손을 잡지 않아 당황스럽다고 짜증난다고 말씀드렸다. 아버지는 남자가 먼저 여자 손을 잡을 필요는 없다며 내가 먼저 남자애의 손을 잡으라고 말씀하셔서, 남자 애 손을 내가 먼저 덥석 잡고 포크댄스를 추었다. 처음에는 반항하던 짝꿍은 나중에는 순순히 내 손에 잡혀주었다. 졸업하고 고등학생이 된 뒤, 그때의 담임선생님을 만나 뵌 자리에서 놀라운 말을 들었다. 나한테 늘 쌀쌀맞던 그 아이가

실은 나랑 계속 짝꿍이 되고 싶다고 선생님한테 부탁을 해서 1년 내내 내 짝이 되었다고 하셨다. 아버지 덕분에 그 짝꿍도 나도 귀중한 인연, 소중한 추억을 만든 게 아닌가 싶다.

어느 부모든 혼기가 되어가는 자식을 생각하면 걱정이 앞설 것이다. 좋은 배우자를 만나 행복하게 잘 살았으면 하는 마음이 한 치도 다르지 않을 것이기 때문이다. 딸이 많은 우리 부모님 역시 마찬가지셨다. 아버지는 내가 대학교를 졸업할 즈음에 결혼상대자를 만날만한 나이라 생각하셨는지, "관대한 남자를 만나라. 어차피 자라온 환경도 다르고 사람이 다르니 생각도 취향도 다른 게 당연하다. 그런 다름을 이해하고 자기 마음에 안 들어도 상대방에게 관대한 사람을 만나라. 남자답다는 것은 얼마나 다른 사람을 통 크게 이해하는가이다."라고 자주 말씀하셨다. 아버지의 이 조언을 마음에 꼬옥 새기고 있다가, 28세에 이해심 많고 자상한 성격의 아버지랑 많이 닮은 남편과 결혼했다. 지금도 후회 없이 알콩달콩 잘 살고 있지만, 가끔 아버지처럼 욕심 없는 남편이랑 사는 것이 살림을 하는 아내로서 답답할 때도 있다는 것을 알게 되었다. 엄마의 내조가 있었기에 아버지의 천진난만한 무욕의 삶이 있다는 것을 새삼 깨닫게 된 것이다.

철이 들고 나서 아버지께 가장 크게 감사드리는 것이 두 가지가 있다. 하나는 내 나이 서른 아홉이 될 때까지 아버지가 엄마와 크게 싸우는 것을 보지 못한 것이다. 두 번 정도 분위기가 싸한 적은 있었는데 두 분이 밖에 나가셨기 때문에 어떤 일 때문에 싸웠는지, 어떻게 싸웠는지 아니면 안 싸우고 화해했는지 아직 모른다. 어려서는 다른 집도 다 그런 줄 알았다. 성인이 되고나니 친구나 지인들이 하나둘씩 어릴 적 아픔을 털어놓기 시작한다. 의외로 어릴 때 부모님이 크게 싸워 너무나 괴로웠다고 토로하는 사람들이 많다. 특히 아버지가 엄마한테 소리 지르고 물건 던지고 손찌검한 기억으로, 성인이 되고 나서도 움츠려들게 되고 불안하다고도 한다. 부모님이 자기 때문에 싸운 것 같아 원인모를 죄책감도, 사막에 떨어진 것 같은 황량함도 느낀다고 한다. 그런 얘기들을 들으며 어릴 적 부모님의 불화가 커서도 정서에 많은 영향을 끼친다는 것을 알게 되었다. 부모님의 싸움이 없었다는 게 나에게는 너무나 당연한 그 현실이, 내 정서에 얼마나 큰 도움이 되었는지 알게 되어 감사하다.

아버지는 엄마의 흉을 보지도, 다른 집 아내를 부러워하지도 않았다. 그저 늘 "엄마 고생한다. 엄마한테 잘해라."고만 말씀하셨다. 물론 엄마도 "아버지가 훌륭한 분이시다. 너희 아버지만한 사람은 세상에 없다."고 하

신다. 최근에 상담과 마음공부에 관심을 갖게 되어 이런저런 프로그램을 참가해보니, 스스로에 대한 자아 존중감은 본인의 경제력, 학력, 외모 등등으로 생기는 것보다 부모님에 대한 존경심에서 오는 것이 훨씬 큼을 알게 되었다. 자신의 뿌리에 대한 자부심이 없어서는 결코 자신에 대한 자부심이 없다는 것이다.

아버지, 어머니 감사합니다. 두 분 사이가 좋아서 제 마음이 늘 안정되고 행복하게 잘 살고 있습니다.

두 번째로 아버지께 감사드리는 점은 아버지의 만족하시는 성품이다. 아버지의 만족도를 숫자를 표시한다면 100점 만점에 99점이시다. 100점은 노자, 장자, 부처님, 예수님을 위해 남겨둬야겠다. 아버지는 부모, 아내, 자식, 직장, 주변 사람, 돈, 명예 등등 그 누구도 그 무엇도 부러워하거나 아쉬워하지 않으셨다. 한 마디로 자기가 가진 것에 만족하며 사는 분이셨다. 그런 아버지의 성격 덕에 우리 자매들이 다른 집 자식들과 비교당하지 않고 클 수 있었다. 그래서인지 나 역시 한 번도 다른 아버지를 부러워해 본 적이 없다.

늘 무엇에든 만족하시는 분이라 당연히 불만도 없으셨다. 장미꽃은 화려해서 좋고, 국화꽃은 수수해서 좋은 분이셨다. 겨울엔 군밤 먹고 눈이 와서 좋고 여름엔 수박 먹고 물놀이해서 좋은 분이셨다. 겨울에 춥다고 탓하지 않고 여름에 덥다고 탓하지 않는 분이셨다. 어떤 상황이든 좋은 면과 나쁜 면이 있는데 그 상황에서 누릴 수 있고 가질 수 있는 것을 최대한 즐기면서 사시는 현명한 분이셨다. 바라는 바가 없으니 다른 사람에 대해 절대 험담하지 않으셨다. 아버지 주변이라고 어찌 이상하고 무례한 사람이 없었겠는가마는 각자의 개성으로 받아넘기시는 것 같았다. 만족을 함으로써 사람이 얼마나 자유로울 수 있는지 아버지는 그대로 보여주셨다. 나는 아직 아버지만큼은 아니지만 좋고 싫은 것이 강하지 않고 주변 사람과 내 처지에 감사하며 행복하게 잘 살고 있다. 이런 마음이 아버지의 딸로 태어나 보고 배우지 않았다면 가능하지 않았으리라 생각해 본다. 만족하는 삶을 가르쳐주신 아버지께 무척 감사하다.

임권택 감독과 배우 채령 부부가 말하는
'형님' 정우갑

감독 임권택

이렇게 진심이 느껴지는 분은 세상에 없을 것이다. 의사들이 다 형님만 같다면 사람들이 병원에 대한 불평불만은 없을 것이다. 형님은 주변에 끊임없이 어려운 사람들이 많이 찾아왔다. 우리 식구를 비롯해서 고향 사람들이 병이 나면 치료받으려고 형님을 찾아왔다. 나라면 그렇게 못 할 텐데 정말 잘 해주셨다.

할아버지가 아프셔도 아버지가 아프셔도 손이 안 닿는 곳에 살면서 어찌 해볼 도리가 없는 상황일 때, 내 형편도 어려워 힘들었을 때, 형님이 가까이에서 의사를 하고 계셔서 도움을 많이 받았다. 할아버지를 진찰할 때는 병원이 있는 서석동에서 임동까지 먼 거리여서 자전거를 타고 가셨다고 한다.

내가 46세에 결혼해서 바로 애를 낳았는데 애가 태어나자마자 큰 수술을 해야 하는데 의학계에서도 희귀한 병이었던 모양이다. 형님이 진단을 해보시고는 차마 우리한테 말씀을 못 하시고 그게 아니기만 바라셨다고 한다. 이후로 애가 클 때까지 병원을 다녔으니 얼마나 오랜 세월을 봐주신 것인지, 대한소아과 학회 이사장을 하셨을 때도 당연하게 하신 거라고 생각했다. 운이 좋아서 된 것도 아니고 하셔야 할 분이 하신 것이다.

나에게 보낸 편지에 의정부에서 만났던 얘기를 쓰신 걸 보고 참으로 울컥했다. 왜냐면 그런 상황을 기억하는 사람도 드물 텐데 그것을 소중한 만남으로 기억을 해주시는 게 정말 감동스러웠다.

형님은 내 인생에서 가장 큰 의지처이다. 나뿐 아니라 우리 형제들에게도 그렇다. 객지 생활을 오래하면서 나는 사람들이 어떤 품성을 지니고 사는 지를 잘 알게 되었고 그래서 세상에 대해서 절망도 많이 했었다. 더군다나 사람다운 사람을 만나기가 쉽지 않다는 걸 알게 되었다. 그런데 그런 분이면서 훌륭한 의사이신 것이다. 내가 영화를 하고 살든, 아님 다른 뭐를 하고 살았든 아마도 유일하게 존경하는 분이 형님일 것이다. 그런 인간이 내 근처에 한 분이 있다는 것이 나한테는 큰 위안이다.

딸들이 아버지에 대한 삶을 기록하겠다고 하는 것도 너무 고맙고 좋다. 형님 안에 굉장히 훌륭한 부분이 많으니까 그것을 모두 드러내서 썼으면 좋겠다.

배 우 채 령

임감독이 3, 40대에는 진짜 바빴어요. 그래도 늘 초청장 1번이 형님이고, 항상 시사회 때 1번으로 초청했는데, 가족도 초청하지 않는 경우에도 형님은 항상 초청을 했어요. '천년학'때도 보러 오셨었어요. 근데 오셔도 우리가 바쁘니까 슬쩍 그냥 자리를 뜨고 안 계시더라고요. 우리가 신경 쓸까봐 그러신 것 같아서 너무 죄송했어요.

2002년에 칸느영화제에서 '취화선'으로 감독상을 받고 오니까 정박사님이 보낸 편지가 와 있었어요. 새벽에 잠도 안 주무시고 "YTN 뉴스에서 자막으로 자네가 그 큰 상을 받았다는 게 뜨고 있다. 월드컵이 아니었으면 이 뉴스가 큰 소식이 될 텐데 안타깝다. 새벽에 그 뉴스를 보고 있다." 그렇게 현장감 있는 내용을 쓰신 거였어요. 우리는 칸느에 있을 때라 못 봤을 테니까 전해주시느라고요. 그 편지를 보고 우리가 울었어요. 그 상이 그동안 고생해온 것들, 열심히 살아온 것에 대한 보답이어서 감격스러운 느낌이 없지 않은데다가 이렇게 따뜻하게 마음을 써주고 계시구나 싶어서 울컥 했죠.

편지는 형님이 동생한테 보낸 것이고 특별한 건 아닌데, 중심 되는 이야기가 아내의 공을 잊어서는 안 된다는 내용이었어요. 읽으면서 저에 대한 이야기라기보다 정박사님의 부인에 대한 공을 그렇게 쓰신 거구나 싶더라고요.

그리고 딸이 많으신 것도 우리는 부러워요. 늘 딸 자랑 손주 자랑을 많이 하시거든요. 근데 진화 결혼 때 딱 한번 연락을 하셔서 갔는데, 그 이후로 여섯 딸의 결혼에는 연락을 안 하시더라고요. 바쁜데 괜히 마음 쓸까봐 걱정되셨나 봐요. 만날 때마다 결혼을 하나씩 했다고 하셔서 서운했어요. 형님하고는 집안 대소사 때문에 연락도 하고 그랬는데, 어떻게 결혼 얘기는 빼고 안 하셨더라고요.

임감독은 평생을 형님 한 분만 좋아하며 살아오셨어요. 젊었을 때부터 정박사님을 존경하길래, 왜 자기 형님을 그렇게 존경하냐고 했더니 이 세상에 형님 같은 분은 두 사람이 있을 수가 없대요.

이산회 수제자 조중현 박사 편지

큰딸 진화에게 보냄

수술 받으실 무렵…

어머님을 병실 복도에서 뵈었는데…

'정철갑이가 암에 걸렸데요'말끝을 맺지 못하셨습니다.

어머님께서 부르시는 애칭이셨던 것 같은데, 슬펐습니다.

제 집사람이 문안드리러 갔을 때 어머님께서

'70이면 괜찮지만 60이면 너무 빨라요.' 하시더랍니다.

너무 상심이 크셨던가 봅니다.

수술팀에 관한 얘기입니다.

'원장님, 선배님들께 맡겨드리고 싶습니다'

'당신들이 해주시오'

교수님의 단면입니다.

그 팀을 믿고, 생사를 맡기신 결단을 볼 수 있습니다.

이 말씀을 직접 나한테 하시더라구요.

지금 생각해도 그 때의 선택이 얼마나 잘 하셨던 것이었는지

가슴을 쓸어내릴 정도이지요. 다름 아니라 같은 시기에 제 큰

딸의 사돈께서 같은 진단으로, 같은 시기에, 연대에서 두 번

수술을 받으시고도 결국 잘못되셨거든요.

1년 후 이산회 골프 모임에 처음 나오셨는데

'조 선생, 그 때 마지막이라고 생각했어요'

항상 의연하시던 분이었는데, 심약하신 부분을 처음 봤어요.

놀랬지요.

3년 후였던 것 같아요.

'오늘은 내가 살게'

이산회 월례모임이었거든요.

갑작스런 말씀에 모두 놀랐는데, 오늘이 3년째라고 말씀하시고

기뻐하셨어요. 수술 후 처음으로 한 잔 하시고...

아! 모두 "필승 코리아"를 외치고 싶을 정도였지요.

근황 중...

 얼마 전 교수님의 서신에 소시적 바이올린을 켜셨다면서

요즘은 '전자 올갠'을 배우신다고 하셨는데 어떠신지?

욕심이 지나치시다고 말씀드렸는데...

소아과 역사가 '한강 성심병원 20년사'라고 한 번 정리된 적이 있는데

몇 년도인지는 모르겠지만, 그 최초의 기록이 바로 교수님께서

쓰셨던 '공책 한 권'으로 알고 있어요. 소아과 외래를 빗자루 드시고
청소하시면서 시작하셨다는 일화가 있는데, 처음 진료하신 시간,
그때 어린이 환자, 병력, 의국 식구들의 들고 날고, 외래, 병실, 신생아실
의 변화 등등 구석구석을 빠짐없이 기록으로 남기셨으니
후대 기록이 필요했을 때 모두 감탄하지 않을 수 없었지요.

후배를 배려하심...

 한강성심병원이 중앙대와 인연을 끊었을 때 김상우 선생님을 필동병원
으로 과감히 보내셨지요. '당신은 교수직을 계속하셔야 합니다.'
필동에서는 교수직이 유지 가능했거든요. 한강성심병원이 손이 부족하
고, 또 선생님이 꼭 필요하신 줄 아시면서도, '내가 하지' 하시면서 등 떠
밀면서 굳이 보내셨지요. 선생님께서는 그 일을 너무 감사해하셨거든요.
'내가 힘들더래도 이웃이 좋으면 그게 더 좋다' 철학이시지요.
한주환 선생의 얘기입니다.
한강 병원 경영진과 수련의 사이 충돌이 있었지요.
한 선생이 역할을 했나봐요.
수련의 과정을 박탈하려고 했나봐요.
한 선생에게는 치명적이지요. 3년 차였으니까요.
과장님께서 개인적으로 나한테만 봉투를 보여주셨어요.
그 때 나는 졸업 후였으니까요. 국외자였지요.
'사직서야, 조 선생'
만일 한 선생이 잘 못 되면 병원을 떠나시겠다는 말씀이셨지요.
비장하셨어요. 탈이 없어 다행이었어요.

운동에 대하여...

 대학 시절 배구 팀으로 유명하셨지요.
원래 운동에 장기가 있으셨던 것 같아요.
한강 병원 시절 테니스를 배우셨거든요.
일본이 63년 올림픽 후 사회 체육이 발달하여 테니스, 수영, 골프가 유행

했다는데 경제가 나아지면서 우리나라도 비슷했어요.
배우신지 불과 몇 달 되지 않았는데, 그 때부터 하여간 대회에 나가셨다 하면 트로피를 가지고 오셔서 자랑하셨어요.
골프도 금방 잘 하시드라구요. 소아과 원로 모임에 나가시면 꼭 입상하셨어요. 어린아이처럼 좋아하셨지요.

어머님께서 들려주신 일화입니다.
한강 병원 개원 초기 레지던트가 없던 시절, 응급환자가 많아서 한밤중에도 과장님께서 자주 불려 나가셨나봐요.
전화가 오면 이미 과장님은 '양말'을 신고 계셨답니다.
한 마디 불평도 없으시구요.
의사도 사람이라 이럴 때 보통 짜증이 나거든요.

육순 잔치에서 의젓하게, 의미 있는 가족의 이야기를 들려주신 것을 기억하고 있습니다. 또 회고록을 기획하신 것 칭찬드리고 싶습니다. 마땅히 이산회 식구들이 해야 할 일을 손수 하셨군요. 감사합니다.

한 가지 더 …
육순 잔치를 '신라 호텔 다이나스티룸'에서 했지요.
소아과 원로들 중 중요하신 분들의 잔치는 여기서 했다는 '정설'이 있었어요. 그렇다면 우리도 빠질 수 없다, 당연히 여기 모셔야 한다는 생각이 있었고, 스케줄이 여의치 못했지만 성사시켰지요.

회고록 행사도 계획 중이시라구요.
하여간 차질 없으시길 빌구요.
뜻깊은 자리가 되길 빌어요.
정성껏 최선을 다한 자리이니 칭찬 받으실 거에요.
칭찬 받아 마땅하지요. 기회가 있으면 또 연락하기로 해요.
안녕히 계세요.

어린이 건강을 품은 소아과 의사 정우긴 애들아, 안녕?

'0'번째 딸, 오한숙희

여성학자 오한숙희

저는 정우갑 선생님의 맏딸 진화의 오랜 친구입니다. 둘째 진주와는 같은 대학 같은 과의 선후배가 되었고 셋째 진옥과는 예술 관련 일을 하면서 동지적인 관계가 되는 등, 일곱딸과 이래저래 친하게 되면서 자칭 이집안의 번외 딸이 되었습니다. 진화보다 생일이 빠르니 순서로 치면 '0'번 딸이라고 할까요.

진화와의 우정은 고교동창으로 시작되었습니다. 학교앞의 분식집 또또와는 우리의 참새방앗간이었는데 그 집의 시그니처 메뉴 짬뽕쫄면과 국화빵을 먹는 동안 온갖 수다로 입시의 부담을 잊고 청춘의 에너지를 맘껏 발산하던 일은 즐거운 추억으로 자리 잡고 있습니다.

진화 아버지와 저의 인연은 바로 그 또또와에서 시작됩니다. 인간의 생명에 대한 이야기를 나누던 중이었는데, 진화가 이런 말을 했습니다.

"우리 아빠가 환자를 수술하다보면 인체의 그 세밀함과 유기성에 감탄하게 되어, '어떻게 신이 없다고 말할 수 있으랴'하는 생각이 든다고 하셨어. 아빠가 특정 종교를 믿으시는 건 아닌데도 말야" 진화의 그 말은 한 번도 뵌 적 없는 '아빠'에 대한 호기심으로 저의 내면에 박혔습니다.

대학에 입학한 직후 진화의 집은 우리 친구들의 아지트가 되었습니다. 화곡동에 택지가 조성되기 시작한 무렵이라 2층 단독주택 주변에는 논밭이 펼쳐져 있었습니다. 진화는 2층의 가장 큰 방을 진주와 쓰고 있었습니다. 겨울 방학 내내 우리는 더블침대에 서너 명이 누워서 온갖 이야기를 하며 깔깔댔습니다. 우리 때문에 동생들의 방으로 밀려났던 진주에게는 지금도 고맙고 미안합니다.

장래희망을 돌아가며 말하고 있던 때였습니다. 코앞의 과제였던 대입을 넘고나니 그 다음은 대학졸업 후 무엇을 할 것인가가 우리의 관심사였습니다. 주로 직업에 대한 이야기들을 하고 있었는데 진화의 차례가 되었습니다. 그런데 진화의 답은 정말 엉뚱했습니다.

"자연사(自然死)"

침대에 누워있던 우리들은 그 엉뚱함에 웃음이 터져 자동적으로 일어났습니다.

"왜? 사고나 병으로 죽는 것 보다 얼마나 좋으냐"

태연한 표정의 진화, 진화를 이렇게 키우신 소아과 의사 아버지는 과연 어떤 분일까? '아빠'에 대한 호기심이 더욱 증폭되었습니다. 그러나 뵙기는 어려웠습니다. 병원에 일찍 나가셔서 늦게 돌아오신다고 했습니다. '아빠'를 처음 본 순간은 매우 인상적입니다.

일요일 아침이었습니다. 시험공부를 한다고 토요일부터 모여 진화의 침대에서 엉켜 단잠을 자고 있는데 기상! 소리가 들렸습니다. 진화가 벌떡 일어나는 바람에 우리도 졸린 눈을 비비고 1층으로 내려갔습니다. 아버지가 반팔 셔츠를 입으시고 체육선생님처럼 맨손체조를 하고 계셨고 어린 동생들이 올망졸망 따라하고 있었습니다. 친구 아버지와의 첫 대면인데, 아버지는 우리를 향해 인자하게 웃으시며 어서 내려오라는 손짓으로 맞아주셨습니다. 마치 우리도 그 집의 똑같은 일원이 된 기분이었습니다. 아침식사 후 아버지는 간호사 선생들과 등산을 가신다고 했습니다. 우리에게도 동행을 권하셨으나 아직 자연에 눈뜨지 못한 나이였던지라 시험공부를 핑계로 집에 남았습니다. 지금 생각하면 그 때 등산에 따라갔다면 피가 되고 살이 될 좋은 경험과 말씀을 얻을 수 있었을 것입니다.

또 어느 토요일이었습니다. 토요일에 오전근무가 있던 시절이었지만 대학생에게는 토요일도 짜릿한 휴일이었습니다. 진화네 집에 모여 침대우정을 펼치고 있는데 아버지의 목소리가 들렸습니다.

"얘들아, 내려와서 이거 먹어봐라"

아버지가 퇴근 후 어머니와 남대문 시장에 가서서 가자미 식혜라는 것을 사오신 것입니다. 우리는 아직 그 맛을 모를 때라 달려들지 못했는데 아버지는 조금씩 음미를 하시며 감탄을 하셨습니다.

"발효식품이라는 것이 조상들의 지혜다. 발효하면 영양가가 높아지거든, 우리 조상들은 이런 것을 어떻게 알았을까. 참 대단하신 분들이야."

독백처럼 하시는 말씀이 이상하게도 귀에 쏙쏙 들어왔습니다.

"너희들 식초 알지? 식초가 아주 몸에 좋은 것이다. 식초를 많이 먹어라."

'공부 열심히'가 아니라 '식초 많이'를 강조하신 아버지는 나에게 호기심 천국이셨습니다.

그 후 시간이 흘러 조카들과 내가 낳은 아이들의 건강 문제로 아버지의 병원을 찾아가면서 아버지와 인연은 이어졌습니다. 병원에서 뵙는 아버지는 여전히 인자하시고 환자와 보호자의 마음을 편안하게 어루만져 주시는 좋은 의사셨습니다. 딸의 친구라서만이 아니라, 다른 환자와 간호사 등 모든 사람을 그렇게 대하신다는 것을 시간이 지나면서 알 수 있었습니다.

여성학을 공부하고 남녀차별에 반대하는 운동을 하면서 나는 아버지의 삶과 사상을 또 다른 시각으로 보게 되었습니다. 화갑기념 논총을 제자들이 헌정하던 날이었습니다. 근사한 호텔에 조금 늦게 도착한 나는 어머니가 로비 소파에 앉아 계신 것을 발견했습니다. 주인공의 아내로, 평생의 동반자로 당연히 안에 계셔야 할 어머니가 아니신가.

"에휴, 이렇게 좋은날, 축사를 한다는 사람들이 하나같이 딸만 일곱인 이야기를 하고 또 하고, 내가 속이 상해서 밖으로 나왔다."

행사장 안으로 들어가니 마침 아버지가 막 말씀을 시작하고 계셨습니다. 앞선 축사에 감사를 표하신 아버지의 첫마디는 이랬습니다.

"나는 일곱 딸을 낳는 동안, 딸이냐, 아들이냐, 고것은 내게 조금도 중요하지 않았습니다. 모든 아이를 '웰 컴' 했습니다. 내 품에 와 준 귀중한 생명이니까요"

"과연 우리 아버지, 짱! "
나는 온 마음으로 엄지손가락을 한껏 쳐들었습니다.

 알면 알수록 존경스러운 아버지에 대한 호기심을 한껏 충족하게 된 것은
일곱딸이 아버지의 삶을 기록하는 작업을 시작하고 나도 그 일을 거들게
되면서였습니다. 자식들을 어린 나이에 잇따라 잃은 어머니의 슬픔과 아
픔이 소아과의사를 택하게 된 동기라는 것이 가슴 찡했고 아버지의 삶의
궤적이 우리나라 소아과학의 역사와 맥을 같이 한다는 것도 신기했습니
다. '원로'라는 표현의 깊이를 알게 되었습니다.

 어느새 구순이 되신 아버지, 스무살 시절처럼 진화네 집에서 하룻밤을 자
고 난 아침, 식탁에서 나를 보시면 '아주머니는 어디서 오셨소?' 하고 물
으시고 제주에서 왔다는 내 말에 '멀리서 비행기를 타고 오느라 수고했겠
네요' 하시며 '많이 들어요'라고 음식을 권하십니다. 그 인자하신 모습과
태도에는 조금도 변함이 없으십니다. 오히려 더 부드러워지셨습니다. 체
조 대신 노래에 맞춰 춤을 추실 때는 사랑스러우십니다. 아버지의 무의식
세계까지 엿보게 되는 요즘, 정! 우! 갑! 세 글자는 환갑을 넘은 우리 딸
들에게 아버지를 넘어 인생의 스승임에 틀림없습니다.

걸어온 길

연보
논문 및 공저

걸어온 길

1932년	나주 출생(아버지 정인위, 어머니 임종인)
1938년	초등학교 입학
1939년	광주 서석공립초등학교 2학년 전학
1944년	광주서중 입학, 기숙사 생활
1950년	5월, 서중 6학년 마치고 졸업
	6월 5일 광주의과대학 입학(국립 전남대 의과대학으로 개편, 1953)
1956년	전남의대 졸업, 대학원 입학(소아과)
1957년	1월 입대, 1수도육군병원 인턴과정
1958년	5월 20일 아버지 돌아가심
	6월 1군 사령부 산하 20사단 의무참모부 배치
1959년	10월 박계숙과 혼인
1960년	12월 첫딸 진화 출생
1961년	어머니 돌아가심
1962년	둘째딸 진주 출생

1963년	육군 제대, 전남 의대 부속병원 전공의
1965년	셋째딸 진옥 출생
1966년	의학석사학위 취득, 넷째딸 진경 출생
1967년	제 9회 소아과 전문의, 전남의대 전임강사
1968년	다섯째딸 진남 출생
1969년	여섯째딸 진영 출생
1970년	의학박사학위 취득
	7월, 전남의대 소아과 조교수
1971년	12월 중대부속 한강성심병원 소아과 과장, 중대의대 부교수
	가족 서울로 이주
1972년	일곱째딸 진선 출생
1973년	대한소아과학회 영양위원회 상임이사선출(임기3년)
	대한소아과학회 연구보고: 영유아 이유식표 제정
1974년	중앙대 의대 소아과학교실 주임교수
1978년	일본대학 의학부 신생아학 연수(3개월)

1981년	일본소아과학회 정회원
1982년	한림대의대 교수
	대한 소아과학회 감사 선임 (임기 3년), 일본알레르기학회
	정회원
1983년	이산회(제자 모임) 결성
1984년	한림대부속 춘천성심병원 소아과 과장, 교수
1986년	한림대부속 강남성심병원 소아과 과장, 주임교수
1987년	소아알레르기 연구회 창립
1988년	재경 전남의대 동창회장
	한림대 종합대로 승격, 주임교수
	소아과학회 법제위원 (임기 3년)
	의학신문사 편집 자문위원
1989년	대한소아과학회장 (임기 1년)
	일본 소아과 학회에서 강연
	산악회 영산회 2대 회장(성심병원 등반 모임)
	소아알레르기 연구회 회장(임기 2년, 연임)

1992년	대한소아과학회 부이사장
	회갑기념 논문집 출간기념회
1994년	대한소아과학회 9대 이사장 선임(임기 3년)
1995년	대한소아과학회 창립 50주년 기념식
1997년	우리민족 서로돕기 운동본부를 통해 북한에 의약품 지원
	8월 한림대부속 강남성심병원 정년퇴임
	홍익병원 소아과 과장
1998년	소아과학회 학농상 수상, 주제강연 '한국청소년 문제 소고'
	대장암 수술
2005년	홍익병원 퇴직
	요셉의원 자원봉사(3년)
2011년	자랑스러운 전남대인상 수상

논문

이 경,정정아,허유미,최하주,이영아,정우갑 "콜로디온 신생아 1례". 人間科學 20.8 (1996): 607-613.

정우갑 "천식 환자의 관리 및 교육". 소아알레르기 및 호흡기학회지 6.2 (1996): 2-7.

허유미,최하주,정우갑,안혜경
"간의 혈관내피종 1례". 人間科學 20.7 (1996): 513-519.

반요섭,조인성,이 경,이대길,이영아,최하주,정우갑
"중합요소 연쇄반응(RCR)으로 진단된 거대세포 바이러스(Cytomegalovirus) 감염 5례". 人間科學 20.2 (1996): 103-110.

이 경,차명준,이영아,정우갑,이 열 "Alexander병 1례". 人間科學 19.4 (1995): 211-216.

이영옥,조인성,이영아,정우갑,김현태 "항-E 항체에 의한 신생아 동종면역성 용혈성 질환 1례". 人間科學 18.5 (1994): 61-64.

이영옥,나영호,이영아,최하주,정우갑,이계숙 "백혈구의 Congenital Pelger-Huet anomaly 1례". 人間科學 18.2 (1994): 71-75.

이영옥,이영아,나영호,최하주,정우갑,박희철 "선천성 낭종성 기형 1례". 人間科學 18.4 (1994): 41-45.

최은경,이영아,최하주,정우갑,이계숙 "Dwon증후군에 동반된 일과성 골수증식장애 1례". 人間科學 18.4 (1994): 47-54.

이대길,이영옥,이영아,나영호,최하주,정우갑 "선천성 매독에 대한 임상적 고찰". 人間科學 18.4 (1994): 1-8.

이대길,이영아,나영호,최하주,정우갑 "신생아 부신출혈의 임상적 고찰". 人間

科學 17.4 (1993): 231-237.

조마해,김주섭,배수동,정우갑 "위궤양이 동반된 소아 위 유문부 격막 1례". 人間科學 17.10 (1993): 691-695.

정우갑 "소아 지속성 천식의 치료". 診斷과治療 13.3 (1993): 323-328.

정우갑 "오진하기 쉬운 소아질환의 감별진단과 치료". 診斷과治療 12.12 (1992): 1592-1597.

이수종,진흥장,최하주,정우갑 "선천성 수두 1례". 人間科學 15.8 (1991): 35-40.

진흥장,이대길,최재민,최하주,정우갑,김성호 "삼심방심(Cor Triatriatum)1례". 人間科學 15.6 (1991): 53-58.

한은희,박재완,최하주,정우갑 "Treacher Collins 증후군 1례". 人間科學 14.5 (1990): 73-77.

정우갑 "하절기에 호발하는 소아질환의 진단과 치료". 診斷과治療 10.7 (1990): 772-774.

김우정,최재민,최하주,정우갑 "소아 위궤양의 내시경진단 1례". 人間科學 13.4 (1989): 53-56.

한은희,김우정,최하우,정우갑 "Stevens-Johnson 증후군 3례". 人間科學 13.8 (1989): 51-56.

박재완,최재민,최하주,정우갑 "유아경축(Infantile Spasms) 2례". 人間科學 13.7 (1989): 61-65.

박정현,한상주,김자예,정우갑 "소아수신증의 임상적 고찰". 人間科學 12.5 (1988): 23-28.

정우갑,이혜란,이규만,민창홍 "소아에 대한 유전자조작법에 의한 B형간염백신의 면역원성과 반응성에 관한 연구". 人間科學 12.3 (1988): 25-30.

김현중,정우갑 "태변 착색아와 태변 흡입신생아의 임상적 의의". 人間科學 12.12 (1988): 1-8.

황옥지,이건희,김자예,정우갑 "태변착색아에서의 소변내 β2-Microglobulin 치의 의의". 人間科學 12.9 (1988): 1-8.

이건희,박재완,김현중,최하주,정우갑 "후복막기형종 3례". 人間科學 12.9 (1988): 43-52.

정우갑 "Opitz 증후군 1례". 診斷과治療 8.1 (1988): 91-92.

정우갑 "Prune Belly Syndrome의 1례". 診斷과治療 7.12 (1987): 1509-1510.

정우갑 "조기 선천성 매독1례". 診斷과治療 7.9 (1987): 1109-1110.

정우갑 "Summer Exanthem 1예". 診斷과治療 7.8 (1987): 996-997.

정우갑 "알레르기성 자반증의 1에". 診斷과治療 7.7 (1987): 860-861.

정우갑 "Reye's Syndrome 1예". 診斷과治療 7.6 (1987): 721-722.

김민수,김덕규,김자예,정우갑 "일과성 피질성 맹(盲) 1례". 人間科學 11.11 (1987): 781-786.

최하주,이경자,정우갑 "Partial Lipodystrophy 1례". 人間科學 11.2 (1987): 55-58.

정우갑 "소아의 호흡기 감염증은 천식의 원인이 될 수 있는가?". 診斷과治療 7.3 (1987): 275-276.

정우갑 "선천성 갑상선기능저하증 1예". 診斷과治療 7.10 (1987): 1244-1246.

정우갑,박원일 "소아 심부전의 치료". 診斷과治療 6.11 (1986): 1313-1319.

박정현,구자웅,이경자,정우갑,박찬정,박영의 "순수 적혈구 형성 부전증에서 급성임파구아성 백혈병으로 이행된 1예". 大韓血液學會誌 21.2 (1986): 329-337.

정우갑 "소아 지속성 천식의 치료". 診斷과治療 5.10 (1985): 1230-1235.

구자웅,이경자,정우갑 "소아의 일시적 적아구 감소증 1례". 人間科學 9.7 (1985): 43-48.

정우갑 "食品 알레르기 診斷方法". 診斷과治療 4.1 (1984): 48-55.

윤석녕,신승식,이혜란,노준명,정우갑 "담석증을 동반하지 않은 급성 담낭염 3례". 人間科學 8.8 (1984): 41-46.

정우갑 "오진하기 쉬운 소아과질환 그 감별진단과 치료". 診斷과治療 4.9

(1984): 1064-1069.

윤석녕,신승식,이혜란,정우갑 "Human Rotavirus 감염에 의한 설사증의 임상적 고찰". 人間科學 8.8 (1984): 1-4.

정혜성,윤영찬,정우갑,이계숙 "우측 폐 무발육증 부검 1례". 人間科學 7.8 (1983): 55-58.

김덕호,김진태,노준명,정우갑 "급성 열성 피부점막 임파절 증후군에 대한 임상적 고찰". 人間科學 7.9 (1983): 25-32.

백운성,김덕호,정우갑 "전염성 단핵구증 1례". 人間科學 7.10 (1983): 43-48.

백운성,김진태,정우갑 "승모판폐쇄 부전증으로 인한 좌측 성대마비 1례". 人間科學 7.2 (1983): 83-85.

김덕호,윤석녕,정우갑,박용욱,이계숙 "교차성 융합전위신을 동반한 단안증의 부검 1례". 人間科學 7.8 (1983): 59-66.

김영하,김덕호,노준명,정우갑 "괴사성 장결장염 1례". 人間科學 7.8 (1983): 49-54.

정우갑 "항생제의 현독성(II)". 人間科學 6.1 (1982): 11-18.

심욱섭,김영하,정우갑 "신증후군 및 급성 사구체신염 환아의 혈장 Zinc 및 Copper 농도의 경과별 변화에 대한 조사". 人間科學 6.6 (1982): 41-46.

이경자,정해성,정우갑 "태지의 지방산조성에 관하여". 人間科學 6.9 (1982): 47-54.

심욱섭,김영욱,정우갑,최창식 "섬유근 이형성증에 의한 신혈관성 고혈압증 1예". 人間科學 6.7 (1982): 53-58.

이경자,백운성,정사준,정우갑,박용욱,이계숙 "Potter's type IV 다낭종신 부검 1례". 人間科學 6.8 (1982): 71-77.

정우갑 "소아 위장관증상에 대한 Trimebutine Maleate(Polybutine^(Ⓡ))의 치료효과". 最新醫學 24.11 (1981): 99-102.

윤진열,김영수,이경자,정우갑 "소아 Isoniazid 급성 중독의 1례". 人間科學 5.7 (1981): 599-604.

윤진열,방수학,노준명,정우갑 "Cryptococcal Meningitis의 1례". 人間科學

5.7 (1981): 593-598.

방수학,정해성,노준명,정우갑 "Swyer-James Syndrome의 1례". 人間科學 5.11 (1981): 907-910.

김진수,이경자,정우갑 "선천성 비후성 유문협착증의 임상적 고찰". 人間科學 5.8 (1981): 651-656.

김진수,방수학,정우갑 "비루성 간염 환아에 있어서 혈장 Zinc 및 Copper의 동태". 人間科學 5.8 (1981): 645-650.

김영수,봉만전,정우갑 "Opitz 증후군 1례". 人間科學 5.9 (1981): 761-764.

봉만전,이경자,정우갑 "Reye 증후군의 임상적 고찰". 人間科學 5.10 (1981): 784-793.

정우갑 "항생제의 신독성(I)". 人間科學 5.1 (1981): 79-86.

김영수,봉만전,노준명,정우갑 "유행성 이하선염성 수막뇌염의 임상적 관찰". 人間科學 4.7 (1980): 1-8.

정동철,류기양,정우갑 "소아의 전신성 홍반성 랑창 2예". 人間科學 4.10 (1980): 63-68.

曺仲鉉,鄭瑀甲 "新生兒 死亡에 對하여". 小兒科 19.8 (1978): 44-51..

한주환,유기양,노준명,정우갑 "서울 분유 α와 α-7의 수유성적에 관한 고찰". 人間科學 2.10 (1978): 63-74.

김남성,류기양,정우갑 "Reye증후군의 임상적 고찰". 人間科學 2.9 (1978): 85-90.

李徇鍾,韓柱煥,金相祐,鄭瑀甲 "小兒 腸重蠱症의 臨床的 觀察". 人間科學 1.1 (1977): 55-62.

이순종,한주환,김상우,정우갑 "소아의 급성 D.D.S 중독증에 의한 Methemoglobin혈증". 人間科學 1.1 (1977): 73-78. 11예 보고, 11 cases.

이순종,정우갑 "급성 은행중독증 1예". 人間科學 1.3 (1977): 73-75. 11예 보고, 11 cases.

곡화성,조중현,정우갑 "화농성 심낭염을 동반한 신생아 패혈증이 1부검례". 한국의과학 8.1-2 (1976): 61-63. 11예 보고, 11 cases.

정우갑 "소아의 만성 설사". 한국의과학 7.9 (1975): 584-588. 11예 보고, 11 cases.

鄭瑀甲 "sympathomimetic Amines의 新生家兎腸片에 미치는 影響". 전남의대학술지 7.2 (1970): 173-180. 11예 보고, 11 cases.

정우갑 "Vitamin B 의 研究". 小兒科 12.12 (1969): 39-41. 口角康爛症의 分布에 對하여, incidence of Cheilosis.

정우갑 "學童에서의 體表面積當 尿中 Hydroxyproline 量에 대하여". 小兒科 12.12 (1969): 43-46. 口角康爛症의 分布에 對하여, incidence of Cheilosis.

鄭瑀甲,李載九,李相溫 "小兒 腦脊髓液內 Lactic Acid 및 Sugar 含量의 病的動態". 小兒科 8.5 (1965): 41-43. 口角康爛症의 分布에 對하여, incidence of Cheilosis.

鄭瑀甲 "小兒血淸 및 腦脊髓液內 Mucoprotein値에 關하여". 小兒科 8.5 (1965): 35-37. 口角康爛症의 分布에 對하여, incidence of Cheilosis.

공저

윤덕진 편,『소아과대전 』,"류마티성 질환",1984,연세대학교출판부

의학교육연구원 편,『가정의학』,"일본뇌염",1987,서울대학교출판부

대한의학협회 분과학회협의회 편,『소아의 발진성질환』,1987,여문각

홍창의 편,『소아과학』,"성장과 발달,1988, 대한교과서(주)

대한소아알레르기 및 호흡기학회,『감기를 달고 사는 아이들』,1999,소화

대한소아알레르기 및 호흡기학회,『어린이 알레르기를 이겨내는 101가지 지혜』,1999,소화

인생사진 모음

23   SEPTEMBER 1974

대한소아 알레르기및 호흡기학회 추계학술대회
1996. 10. 19(토) 주최 : 대한소아 알레르기및 호흡기학회 후원 : 한국산도스(주

91 3 16

칠공주가 부모님의 회혼을 축하드립니다

전남의대 소아과학교실 창립 70주년 기념 동문의 밤 및 정기총회
일시 : 2015. 11. 28(토)　장소 : 호텔프라도

애들아, 안녕?

어린이 건강을 품은 소아과 의사 정우갑

펴낸 날	2022년 5월 15일
지은이	정우갑
엮은이	정진화, 정진주, 정진옥, 정진경, 정진남, 정진영, 정진선
도움	박민나, 정요섭
편집디자인	HOPING.GREEN
인쇄	북만손
이메일	qurdus@hanmail.net